Farming life
in another world.

Presented by
Kinosuke Naito
Illustration by Yasumo

「身纏
火焰的
Farming life in another world. Volume 08

艾基斯
（不死鳥）
Phoenix / Aegis
鳥。」

妖精
（妖精女王）
Fairy / Fairy Queen cute-version
「講好嘍。
咳咳。
田地的圖案呢，
是我來到此地的證明。
我自認為
畫得很不錯。
特別是那段曲線……」

「這才是
我真正的模樣喔。」
妖精
（妖精女王）
Fairy / Fairy Queen sexy-version
Farming life in another world. Volume 08

Farming life in another world. Volume 08

「喝吧、吃吧，然後再喝！」

異世界悠閒農家

Farming life in another world.
Presented by Kinosuke Naito
Illustration by Yasumo

内藤騎之介

插畫 やすも

Farming life
in another world.

Kadokawa Fantastic Novels

異世界悠閒農家

Farming life in another world.

Prologue

Presented by
Kinosuke Naito
Illustration by
Yasumo

〔序章〕

貪睡女王

這兒是哪裡呀？沒見過的地方。照理說，世上幾乎沒有我認不得的地方才對。

而且，魔素的淤塞……好嚴重。這樣能培育生命嗎？

咦？真是奇怪。我不可能被叫到魔素淤塞得這麼嚴重的地方……

我為什麼會在這裡呀？

嗯嗯嗯？

等等，這裡不是蜘蛛的地盤嗎！

糟糕糟糕，如果牠們發現，我會被清理掉！

必須快點逃跑才行……呃，奇怪？感覺已經被發現了耶？啊哈哈哈……你好～那麼，再會嘍～

果然不會這樣就放過我對吧～

呃……我可不好吃喔。

早就知道了對吧～所以要把我清理掉對吧～

……………

咳咳，聽好了，蜘蛛先生。我要和你談些比較正經的話題喔。

我身懷使命，要是有所拖延會造成世界的損失。為了達成使命，能否請您放過我呢？

……不行嗎？這樣啊。

那就不得已了呢。請容我動用武力。

為了小看我而後悔吧！

如果能戰勝蜘蛛，我根本就不會想逃嘛～嗯。

不過，您似乎手下留情了呢。非常感謝您。

然後呢，接下來要拿我怎麼樣？如果要把我清理掉，早就動手了對吧？

帶我到朋友那裡？

……朋友？不是同族？蜘蛛會交朋友還真令人驚訝呢。啊，不是瞧不起蜘蛛喔，因為這種事在漫長的歷史之中很罕見。請別生氣。所、所以呢，是怎樣的朋友？

啊哈哈……是個非常有趣的人呢。

不是人？史萊姆？咦？啊～史萊姆朋友是吧～這樣啊～

好痛好痛好痛，喂，你做什麼呀！我、我沒有瞧不起你喔。

……對不起，我剛剛是有點瞧不起你。請看在我誠實的分上原諒我。

朋友被看不起時會原諒對方嗎？

說得對。完全是我的錯。我不會再瞧不起你們了，請原諒我。

……對方原諒我了。

這隻蜘蛛和我所曉得的蜘蛛似乎不一樣呢。

話說回來……我們來到一個像是人類村落的地方，沒問題嗎？我就不用說了，人類看到你不是會引起騷動嗎？

沒問題？是這樣嗎？

看樣子確實沒問題呢。路過的精靈……高等精靈向蜘蛛打招呼。

而且無視我的存在。這樣啊。傷到我的自尊心了。

蜘蛛為我介紹了牠的朋友。的確是史萊姆。

但是，和普通史萊姆不太一樣呢。散發的氣息？是魔素的成分不一樣嗎？唉呀，畢竟是蜘蛛的朋友，或許是變異體呢。

而且，除了這個史萊姆以外，還有很多其他朋友嘛。這數量是怎樣？老實說，讓我有點羨慕耶～

他們不是朋友？是家人？

……這樣啊。是我太放蕩了。

啊，不行。這是因為那個啦，肚子餓。都是肚子餓的錯。

不好意思，誰可以給我一點吃的東西……甜的最好。

史萊姆去拿了。是個好史萊姆。

還有，看來蜘蛛真的交了個好朋友呢。實在令我羨慕。
啊，對了，蜘蛛……蜘蛛先生。嗯，請容我稱呼您為蜘蛛先生。
您剛剛為我介紹了朋友史萊姆……史萊姆先生，接下來要怎麼辦？
什麼也不做？真的？可以嗎？
不，我並不是想被清理掉……
知道了，總之我等史萊姆先生拿甜的東西過來。思考等到那之後再說。

嗯，不好……妖精們的思緒流過來了。
那是……來到這個村子時的景色啊？唔嗯……留在這裡也不壞嗎？
這我是知道，但你們沒忘記使命吧？最近好像都在聊吃的話題喔。
不過嘛，我們光是存在就能帶給周圍力量。還好不是吃白食。
嗯～因為沒睡飽所以眼睛睜不開。再睡一覺吧。
呵呵呵，這個地方似乎不壞。
……呼嚕……

異世界悠閒農家

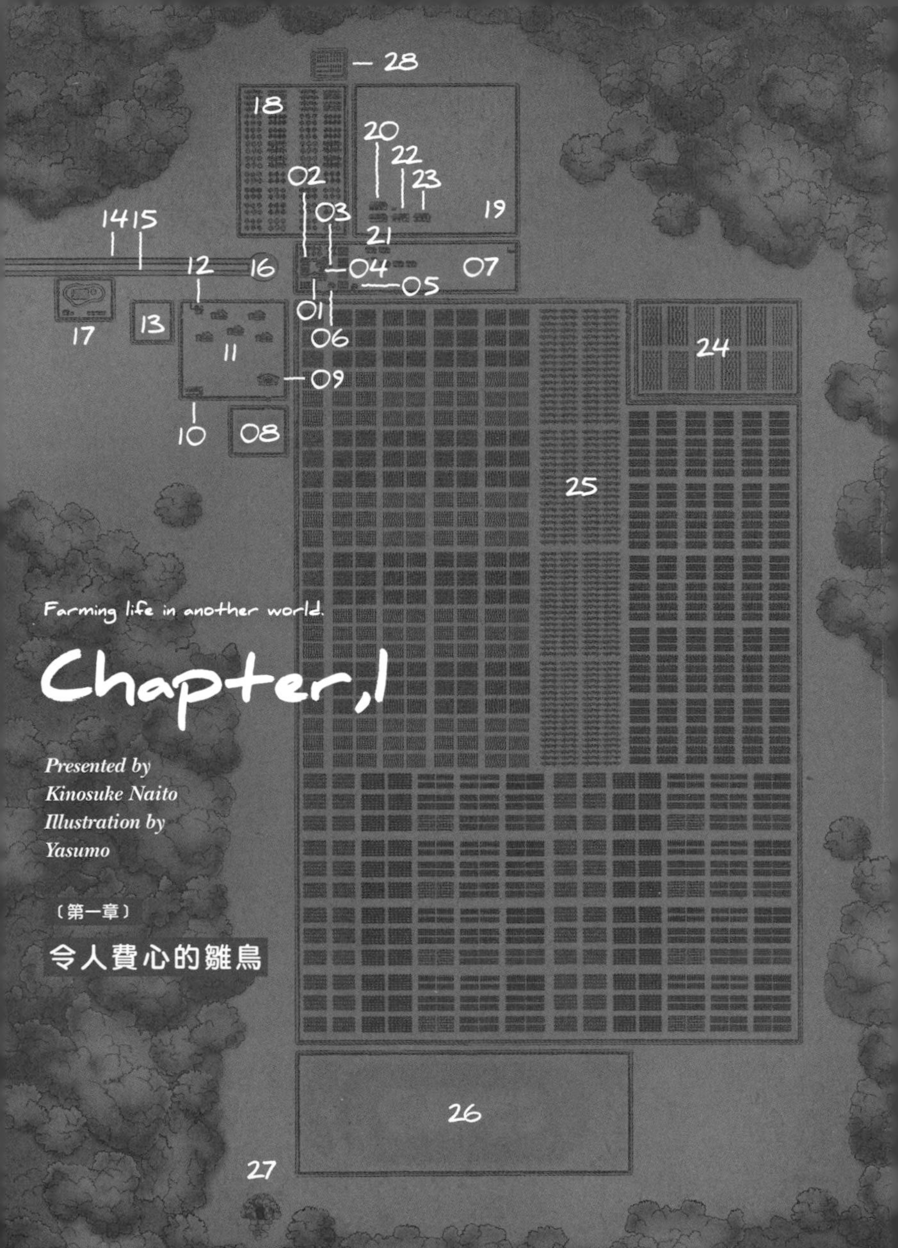

Farming life in another world.

Chapter,1

Presented by
Kinosuke Naito
Illustration by
Yasumo

〔第一章〕

令人費心的雛鳥

01.住家　02.田地　03.雞舍　04.大樹　05.狗屋　06.宿舍　07.犬區　08.舞臺　09.旅舍　10.工廠
11.居住區　12.澡堂　13.高爾夫球場　14.進水道　15.排水道　16.蓄水池　17.泳池與相關設施
18.果園區　19.牧場區　20.馬廄　21.牛棚　22.山羊圈　23.羊圈　24.藥草田
25.新田區　26.賽跑場　27.迷宮入口　28.花田

1 木製珠簾

考慮到「五號村」糧食與酒的問題，我決定將「大樹村」的田地擴大一點。

雖然作業進度比其他地方來得慢，所以今年大概只會收成一次，但是總比不做來得好吧。

告訴多諾邦要增加釀酒用的田之後，他指定了品種，而且要求得很細。雖然無妨就是了。

動工之前，我先詢問幫忙看顧的小黑子孫、幫忙收成的座布團孩子與獸人族女孩們有沒有問題。

要是有田地卻沒辦法收成，那可就笑不出來了。

小黑的子孫們表示沒問題。座布團的孩子們也舉起腳示意會努力。獸人族女孩們雖然也說不要緊，卻指出了其他問題。

容納收穫的倉庫不夠。

…………幸好做了確認。

在農務的空檔，我陪孩子們玩。

原本以為要到外面玩，卻有人喊「等一下」。

其實不久之前，有人擔心會不會把烏爾莎、古拉兒、娜特與蒂潔爾等女孩子養得太粗魯了。

就我看來孩子很有活力是好事，但是娜特的母親娜西委婉地表示這樣不太好。

所以，決定玩些比較適合女孩子的遊戲。

…………

我是男的，不太清楚女孩子通常會玩什麼。

扮家家酒嗎？不，不該妄下定論。問當事人吧。這種時候我可不會錯誤地去問烏爾莎或古拉兒。

「娜特，妳想在室內玩什麼？」

「守城戰。」

…………

嗯，我能體會娜西在擔心什麼。

玩扮家家酒吧。我會準備道具喔。

啊～不過在那之前先問一下，教娜特「守城戰」這個詞的人是誰？我想和他談談。

咦？我？之前在樹上的小屋…………原來如此，我有印象。

反省。

還有，娜特。重新記好這個詞的意思吧。守城戰不是室內遊戲，那是戰爭喔。

扮家家酒開始了。

窩在屋裡的叛亂分子和人質，以及在外包圍的士兵們。

……………

不，我不是對於扮演人質的角色有所不滿，只是覺得應該還有更適合女孩子的扮家家酒吧？嗯，雖然她們正在進行一場難以想像是小孩的交涉。

阿爾弗雷德與獸人族男孩在遠處看我和烏爾莎她們的扮家家酒。

你們也要參加嗎？不好意思？不不不，抱歉啦，這是強制的。好啦，以新人質的身分參加吧。

隔天，娜西很明確地告訴我，這樣讓她很困擾。

非常抱歉。反省。

昨天是在「扮家家酒」這個客場作戰。今天就把大家拉到我的主場。

所以今天就來做工藝吧。喔喔，孩子們，謝謝你們盛大的噓聲。不要慌。這不是工作，是嗜好。是遊玩。我可沒騙你們喔～

你們看，將擺在這邊的繩子穿過木珠子，僅此而已。完成品在這裡。這是木製珠簾。

變成一幅畫了對吧？我事先準備了很多種木珠子，只要在順序上頭下點工夫，就能畫畫喔。不必拘泥於畫，弄成花紋也無妨。好啦，試試看吧。

烏爾莎，別把心思放在雕刻刀上。專心作業。

嗯，交給孩子們是正確的。大家具備我缺乏的美感，而且表現出了個人特色。

…………

娜特，這不是很可愛嗎？想裝飾在自己房間？嗯，沒問題喔。

不過，在那之前先給娜西看喔。如果可以，記得告訴她是在我的指導下做的。

為什麼？別在意。只是為了賺點分數。

阿爾弗雷德也很不賴呢。

要送給露？好孩子。

蒂潔爾……要完成還得費點工夫呢。做得小一點也可以喔。關鍵是不要放棄。

烏爾莎已經完成了嗎？

嗯，感覺帶有攻擊性呢。這可不是拿來當陷阱的喔。也不是裝在棍棒上揮舞的武器。它只是普通的珠簾。

古拉兒……有座布團的孩子們幫忙是吧。

這倒是無妨喔。如果送給基拉爾，他應該會很高興吧。

一時之間，各個家庭開始流行起木製珠簾。

一方面也是因為，父母看見孩子們的作品後想自己做。

「以前好像會用這個傳遞情報喔。」

哦～

阻止小貓們拿來玩還真辛苦。

2 炎炎夏日

莉亞到「五號村」出差。

理由是，一群自稱人質的年輕男女精靈，從各個已經締結友好關係的精靈聚落來到這裡。

總共……大約比兩百人再多一點。

雖然我覺得應該用不著什麼人質，但是陽子認為有必要。她表示，沒有不接受的選項。

他們是各村提供的勞動力。就「五號村」的立場來說，似乎有必要接納、善待他們，表現出重視各聚落的態度。

…………

統治者還真辛苦耶。

「不，村長也做了類似的事吧？」

咦？

…………喔，半人牛族和半人馬族的派駐員。

原來如此，如果和他們一樣我就懂了。

這兩百多名精靈，最後決定讓他們在樹王和弓王的指揮下行動。

原本應該納入「五號村」的武官代表希伊麾下，但是有人喊停，認為將這些精靈當直屬臣下看待還太早。

喊停的是樹王和弓王。

各個精靈聚落也有大小、上下之分。不管這些一視同仁會造成問題。

而且，以精靈的性格看來，要立刻讓他們和別的種族一起行動會有困難。最好能讓精靈分成小組獨立活動。

樹王與弓王提議，希望由他們率領這些精靈。

表示反對的，則是以人質身分前來的兩百多名精靈。

「你們只是想踩在我們頭上吧？」

不愧是代表各聚落前來的，血氣方剛。

「少瞧不起人！我們已經高你們一等了！」

樹王和弓王也不服輸。

吵起來了。吵得不可開交。雖然不至於大打出手，難聽的辱罵卻此起彼落。

不巧的是，我就在現場。因為有人請我來迎接這批精靈。

所以包含莉亞在內，有數名高等精靈擔任護衛。

莉亞她們，那個……比較直接。

她們很仔細地將那些精靈一個個揍到閉嘴。樹王和弓王也在捱揍後安靜下來。

「村長，請指示。」

咦？喔、喔喔……呃，目前來說，還是先由同族率領會比較好辦事吧。

所以，採用樹王和弓王的提議。

這兩百多名精靈，納入樹王和弓王的指揮之下。

「方才那種瞧不起人的態度不可饒恕。我就將你們鍛鍊到能夠笑著為了村長、為了『五號村』而捐軀吧。」

於是，莉亞開始以教官身分訓練這些精靈。

我原本還在想為什麼要突然訓練他們，莉亞偷偷將理由告訴我。目的是讓他們因為接受相同的訓練產生同儕意識，進而變得合群。

原來如此。

樹王和弓王似乎也會參加。

莉亞前往「五號村」出差，今天已是第五天。

報告中表示沒有問題。

真的沒問題嗎？看見莉亞怎麼訓練精靈的畢莉卡弟子們，好像都在反省自己的鍛鍊方式太寬鬆耶？

另外還有報告指出，多處可見以精靈文字書寫的求救訊息……

…………

我沒興趣多管閒事。相信莉亞吧。

由於天氣變熱，泳池大受歡迎。

但是，基於種種原因，去泳池需要有充裕的時間。

工作纏身的我沒去泳池，而是在屋裡和文件搏鬥。

雖然有吹送涼風的裝置所以很舒適……但是感覺哪裡不太對。

我關掉吹送涼風的裝置，打開窗戶。在桌下放個大木盆，把水倒進盆裡。

然後脫掉鞋子、捲起褲管，用自己的腳探了探。嗯，感覺不錯。

雖然不算冰涼，消暑效果卻也綽綽有餘。而且這樣比較有雅趣。

…………

酒史萊姆啊，跳進水裡可不是好事。弄溼地板會惹安生氣。還有，我的褲子也溼嘍。

不要在狹窄的盆子裡游泳。啊啊，真是的，不要把水潑到文件上啦。

三十分鐘後，我明明已經擦乾地板，卻還是捱了安的罵。

大概是因為我把裝水的盆子放在房間裡，和酒史萊姆、座布團的孩子們玩起來了吧。她要我乖乖去泳池玩。

貓這種動物，一想找牠們玩就會逃跑。儘管如此，別人在忙碌時，卻會跑來要人家陪牠們。這是我的偏見嗎？

反過來說狗……應該說小黑的子孫們，只要想找牠們玩，牠們就會全力歡迎。所以不可以表現得不乾不脆讓牠們有所期待。看見牠們失望的模樣，會讓我感到心痛。陪牠們玩時，就要專心陪牠們。中途三心二意可不好。我明白。雖然明白……

但是每當我和小黑的子孫們玩時，小貓們就會來打擾。該怎麼辦才好呢？

「在室內玩才會這樣。只要到外面玩，小貓就不會那麼常來纏人嘍。」

安這麼回答。

嗯，我想這是正確答案。不過，我還在忙文書工作。只是為了轉換心情才和小黑的子孫們玩啊……

「如果工作進展不順利，要不要我在旁邊監督？」

哈哈哈，這就免了。

總而言之，安把小貓們帶出去了……小貓們很黏安呢。這就是餵食者則強嗎？我有點嫉妒。

此時，小黑的子孫們來到我面前。

嗯，我還有你們嘛。我知道。我讓小黑的子孫們躺下，摸牠們的肚子。
小黑的子孫們舒服地晃著腳。這要停手還真有點難啊。

3 幼鳥

早晨，擺了創造神像和農業神像的神社。
我第一眼的感想就是好胖的鳥。沒有半點雛鳥的感覺，就是隻圓滾滾的胖鳥。
大概有排球那麼大。
真的才剛孵出來嗎？
應該是吧。旁邊有碎蛋殼。紅、白、橘、粉紅的大理石花紋，所以不會錯。
這應該是從不死鳥蛋孵出來的幼雛吧。明明只是用來當作擺飾的吉祥物，卻還是孵出來了，生命力真強韌……
可是，不死鳥？
和我的印象完全不一樣呢。而且毛是粉紅色的。
…………
算了，總之先從農業神像上頭下來。要是在那裡拉屎我會生氣喔。

聽到我這幾句話，幼鳥在農業神的頭上叫了一聲。

然後，牠留在原地，向著我張開小小的翅膀。

…………

這是表明「絕對不下來」的意志嗎？

…………原來如此。

原來如此、原來如此。

我用雙手捧起幼鳥，將牠放到地上。

哈哈哈哈，雖然相當威武，但是要貫徹自己的理念還是等變得強一點再說吧。

我一邊聽著雛鳥不甘心的叫聲，一邊確認農業神像有沒有髒汙。

看樣子沒問題。

因為才剛孵出來，所以不會拉屎？話又說回來，才剛孵化是怎麼爬到神像上頭的呀？

啊，會飛呢。雖然速度很慢。啊～別上去、別上去。我會幫你做個專用的棲木。

我帶幼鳥回家，讓其他人吃了一驚。

我想也是。

孵化雖然也令人驚訝，不過主因還是想不到這會是不死鳥的幼雛。

阿爾弗雷德和蒂潔爾想摸牠，不過在這之前，我先找露確認有關不死鳥幼雛成長的事。

「不死鳥不需要特別照顧喲。牠們會自己成長。」

不死鳥的生命力很強，即使絕食個一百年左右也不是問題，還有再生能力。似乎就算不特別照顧也會自己長大。

換句話說……

你要一個人生活嗎？

我用眼神詢問後，幼鳥突然發出可愛的叫聲諂媚。

剛剛的威武怎麼啦？

生活穩定比那種東西更重要。吃飯就該豐盛。

確實是這樣沒錯……不過你明明才剛孵出來，卻很懂嘛。不，應該說忠於本能嗎？

總而言之，我把幼鳥交給阿爾弗雷德和蒂潔爾。

我去找看起來適合讓幼鳥吃的東西。

不需要特別照顧的意思我大概懂了。

幼鳥什麼都吃。

你說什麼？有偏好？

喜歡快收成的米啊？真像麻雀。別生氣、別生氣，會幫你準備。

但是，如果直接對田地出手，我會生氣喔。

明白了嗎？很好。

嗯？怎麼回事？座布團的孩子成群結隊過來，其中一隻走到幼鳥面前。

幼鳥大概也發現什麼了吧，在座布團孩子面前張開翅膀威嚇對方。

然後，幼鳥和座布團孩子的戰鬥開始了。

我還在想突然這是怎麼了，接著便意識到：鳥都會吃蟲吧？

…………喂喂喂喂！給我等一下！

我太晚喊停了。

幼鳥被絲線五花大綁，座布團的孩子則踩在牠身上擺出勝利姿勢。

啊～呃……好厲害。還有，麻煩放開幼鳥。

幼鳥啊，給你個忠告。

不准盯上座布團的孩子。要吃多少米我都會準備，所以乖乖接受吧。

座布團的孩子們也是，如果牠盯上你們就反擊，不用客氣。但是，拜託你們不要主動攻擊。

座布團的孩子們舉起腳揮了揮，示意牠們了解了。很好、很好。

幼鳥呢？不要鬧脾氣。好啦，這是包心菜葉。這個你也喜歡吧……不要戳我的手。真是的。

嗯，看來幼鳥也明白了。大家好好相處吧。

數小時後。

我看見小貓們追著幼鳥跑。

啊……就算喊等一下，小貓們也不會等啊。

安，拜託了。

麻煩妳制止牠們以後，教牠們不要襲擊幼鳥。

不死鳥幼雛的名字決定了。

艾基斯。

我提議過雛子、菲尼子和菲尼太郎，但是幼鳥似乎都不滿意。

最後決定用阿爾弗雷德提議的艾基斯。

名字的典故似乎出自始祖大人講的故事。是神的名字嗎？

這麼說來，艾基斯是公的還是母的啊？儘管我們嘗試辨別，但好像沒人曉得怎麼分辨。

「等牠長大一點之後，應該會出現特徵。」

原來如此。

和阿爾弗雷德相比，牠比較親近蒂潔爾呢。

然後，牠也比較喜歡黏著露和蒂雅而不是我……

…………

弄清楚之前，就當牠是公的。

題外話。

在我替艾基斯做鳥舍時，露悄悄告訴我一件事。

「不死鳥的羽毛是高級素材喔。就算是幼鳥的羽毛也沒關係，打掃時記得留下來，別丟掉嘍。」

…………

把牠當成會自己賺餐費的鳥吧。嗯。

4 艾基斯

不死鳥幼雛艾基斯在庭院的鳥舍裡生活。

鳥舍的面積有兩坪多，天花板約有兩層樓高。儘管我覺得大了點，不過既然是當事者的要求，那就沒辦法了。

出入口分為艾基斯用與人用兩處。

艾基斯用的門特別設計過，內外皆可開門。我另外還動了點手腳，避免風把門吹得啪答啪答響，相當費工夫。

供人使用的出入口，則是我稍微彎腰就能進出的大小。這邊是普通的門，轉動門把開啟。

…………

艾基斯靈巧地轉動門把，從人使用的門進出。

牠開門之後還會記得關門，相當聰明……可是令我難以釋懷。

早上艾基斯起床之後，會先前往庭院北邊有養雞的區域。

牠會站到最高的雞舍上頭鳴叫一聲。我想牠大概要強調自己是第一吧。

那些雞沒把艾基斯放在心上，正常度日。雖然艾基斯看上雞飼料時，會被雞群狠狠教訓一頓……

嗯，牠們的關係大概就這樣了吧。

接下來，艾基斯進到屋裡前往餐廳。

牠會停在空椅子的椅背上等早餐端出來。

雖然我準備了艾基斯用的棲木，卻沒有使用過的跡象。

準備早餐的鬼人族女僕也習慣了，因此和艾基斯打過招呼後就端出早餐。由於牠是以喙啄食，所以不能用淺盤，而是用專屬的深盤。

艾基斯今天的早餐是包心菜葉和胡蘿蔔片。大概是因為正值發育期，牠不會吃剩。水也是裝在專屬的深盤裡。

吃完早餐之後，艾基斯會去散步。

可能是發現走路比飛行還要快吧，除了上下移動之外，牠都是用走的。

散步路線固定。

首先牠努力爬到宅邸三樓，從那裡移動到屋外並且上屋頂。等到確保最高的地點之後，會張開翅膀鳴叫一聲。

之後會前往田地。我耕了一小塊艾基斯用的田，所以牠要巡察。牠檢查得相當仔細。

牠和座布團的孩子們似乎處得很好，彼此會交流害蟲情報，也會友善地對路過的小黑子孫們打招呼，姿態放得相當低。

接著是牧場區。

在散步的同時宣示自己的地盤。

但是馬不理牠，牛用尾巴拍牠；山羊則是牠根本不敢靠近。

就算向我抱怨對方以眾欺寡太奸詐，我也幫不上忙啊。

倒不如說，該宣示地盤的應該是人家吧？

艾基斯順著我的視線看見前方龍形態的哈克蓮和拉絲蒂，閉上眼睛稍微冥想了一下，最後似乎決定當作沒看到。

下次要和山羊一對一較量？注意別受傷喔。

離開牧場區之後，艾基斯移動到果園區。

來這裡好像不是為了偷吃，而是學習有關水果的知識，也因此牠對要吃的水果指定得越來越詳細。

原本以為牠會和果園區的蜜蜂們起爭執，不過似乎在出事之前，座布團的孩子就已經居中調停了。

上了一課。希望我也能預防衝突發生。

中午，艾基斯回到宅邸吃午餐。

午餐是肉。

牠用腳抓住肉，然後以喙咬住並撕扯。

…………

扯不斷。

挑戰數次後，牠向鬼人族女僕哭訴，請人家幫忙切成小塊。畢竟還是幼鳥嘛。

不過，如果一開始就切成小塊，牠會生氣。對於這樣的艾基斯，鬼人族女僕則是以溫暖的眼神在旁守候。心胸真是寬大。

午餐之後，艾基斯到日照良好的地方睡午覺。

最近牠都在座布團背上睡。

我明白這是因為牠判斷那裡最安全，但是座布團沒問題嗎？

不介意？那就沒關係，但如果覺得礙事就說一聲，別客氣喔。

我會送牠回鳥舍。

睡完午覺後，又要巡田。

雖說是為了自己的三餐，不過這點牠的確相當認真。

我在想，明年可以考慮幫牠弄塊大一點的田。

吃晚餐前的空檔，牠在屋裡和小貓們玩。

明明是鳥和貓，卻相處得非常融洽。看樣子牠的社交能力很好。

途中，牠看見烏爾莎，於是全力逃跑。

但是動作太慢。烏爾莎的擒抱逮住了牠。

艾基斯向我求救。

呃~烏爾莎。雖然不死鳥的幼雛好像很健壯，但是不要亂來喔。妳說妳知道，真的嗎？別把牠丟出去喔。很好。

艾基斯，事情就是這樣，認命吧。

順帶一提，小貓們一感覺到烏爾莎的氣息就逃跑。

看來艾基斯的經驗還不夠。唉，畢竟孵化後才過了十天左右嘛。

晚上，艾基斯吃晚餐。

魚似乎也沒問題。

牠沒有整條吞下去，而是一點一點地啄食。儘管是這種吃法，卻漂亮地留下了骨頭和內臟。比我還要靈巧，讓人有點嫉妒。

晚餐後，艾基斯回鳥舍睡覺。

儘管鳥舍裡有棲木，牠睡在地板的稻草堆上。

原以為牠會坐著睡，沒想到卻是仰躺。

…………嗯，怎麼睡是牠的自由。

晚安。

題外話，鳥舍裡除了稻草堆之外還有水桶，也有廁所。
只在事先決定好的地方拉屎這點真是幫了大忙。
安排了廁所用的史萊姆之後，牠去戳史萊姆卻遭到反擊。
此後，牠再也沒對史萊姆出手。看來學到了教訓。

閒話　羅伯特老師

我的名字叫羅伯特，是魔族的研究者。
在魔王國，求學大致上有兩種方法。
僱用家庭教師與進入學園等官方機構就讀，就這兩種。
家庭教師基本上是一對一或者一對少數，因此能夠確實管理每個人的進度，比較容易讓每個學生都跟上學習。
但是，尋找優秀的家庭教師很費工夫，而且需要花不少錢，這種方法多見於富裕的家庭。
進入學校等官方機構就讀，便宜且效率極佳。如果有心向學，我推薦這麼做。
不過，由於是團體學習，能學到的東西終究有限，也會有人跟不上。此外，還有僅限貴族就讀的學校、僅限有錢人就讀的學校等，每間學校的教育方式有所差異是個缺點。

我的家境普通，沒辦法僱用家庭教師，所以是進學園就讀。

在校內人家誇我成績優秀，因此我以成為研究員為目標。

我還真是單純。

但我後來得知，想當個研究員需要有人贊助。如果沒人願意為我的研究出錢，我就沒辦法做研究。

原來如此，必須在還不知會不會有成果時找到願意出錢的人啊？

……這世界真是嚴苛。

我從學園畢業後，一邊在家裡幫忙一邊獨自研究。

這替繼承家業的弟弟添了不少麻煩。但是，我無論如何都想讓這個研究成功。

在不斷試誤的過程中，我找到了研究主題。

土魔法在農地上的利用。

如果是攻擊魔法之類的，大概能找到贊助者吧。當初該挑個比較引人注目的主題才對，我為此後悔過不少次。

不過，我不會放棄。

在這個有糧食危機的年代，這項研究絕對有必要。

之所以找不到贊助者，則是因為這類主題過去曾有許多人研究，卻沒人有所成果。我知道難度很高，但是我希望讓飢餓從世上消失。

迷宮薯的登場，澆熄了我的研究熱情。

豐收萬歲。

可是啊……………不，不能盼望世界不幸。

我離開老家，來到「夏沙多市鎮」。

因為受到這裡剛建立的伊弗魯斯學園聘請。

雖然冠上了城市代官之名又叫學園，卻不是得到國家認可的機構，正確來說是私塾。

儘管待遇不差，卻也算不上好。說實話，如果能挑，還是普通的學園比較好。

但是，那種地方就算我低頭懇求，大概也不會理我吧。畢竟我是個沒有研究成果的研究員，誰會要我呢？

能收到伊弗魯斯學園聘請，是因為我的同學與這所學校有關。

雖然沒什麼興趣，但是弟媳的眼神很刺人，所以我答應了。

畢竟我從學校畢業已經十年，都是靠人家關照嘛。

只要提出要求，學園就會幫忙安排住宿的地方，雖然會扣薪水，不過依舊令人十分感激。

我開始在伊弗魯斯學園擔任講師。
教學得到好評，大家說我講課簡單易懂。
然而，我沒辦法坦率地感到高興。因為和我競爭的其他講師都很厲害……都是些研究成果堆得像山一樣高的人。

阿托瑪・別拉斯。
既是吸血鬼，也是光魔法研究的第一人。
據說他還是那位露露西的弟子，在魔法學與藥草學領域是頂尖的研究者。

加布史洛・賽因巴爾莰。
雖然是阿托瑪的弟子，但是據說在藥學方面已經超越了師父。
不過，本人是以魔法學領域為主。
據說那些有關提升魔法效率的研究發表會，魔法師們擠破頭都要參加。

瑪莉亞娜・戈洛。
火魔法研究的第一人。
儘管有些人會嘲笑瑪莉亞娜是爆炸笨蛋，但她的本領貨真價實。

據說她的研究，讓魔王國軍的魔法戰鬥力翻了一倍。

因為我教魔法學，所以我介紹的都是這方面的人，不過其他領域的教師也都是當代第一人。

我之所以得到好評，大概是因為其他講師水準太高，初學者難以理解吧。

我參觀過一次人家的教學，內容實在難懂，或者該說要學生弄懂根本不可能。儘管我覺得應該更貼近學生一點，不過懂得怎麼教別人大概也是一種才能吧。就這點而言，或許我受到上天眷顧也說不定。

但是學園長，要我擔任講師的領袖是不是太亂來啦？不行、不行，這不是薪水的問題。

面對那種陣容，我實在沒信心能領導他們。

老實說，既然要興辦學園……應該說私塾，不是該在講師陣容多下點工夫嗎？如果問優秀與否，這批人確實優秀，但是他們的腦袋應該用在更有意義的地方吧？我覺得就算是國家研究機關，也湊不到這些人。

為什麼他們會在這裡當講師啊？他們不是會被錢打動的人，而且地位足以讓他們悠哉地在自己的地盤做研究。

究竟是怎樣的報酬讓他們聚集到這裡啊……

這裡的東西雖然好吃，但總不會是理由吧？

講師用餐時，會到對面一間叫做「夏沙多大屋頂」的店。

雖然在其他地方吃也無妨，不過要自費。月初會發下一個月份的餐券。

雖然菜單完全由店家決定，不過種類相當多，吃不膩。

伊弗魯斯學園講師的餐券比較特別，是在專用的窗口領餐。不需要排長長的隊伍令人慶幸。

今天是咖哩啊？呵呵呵。咖哩好吃到能讓人忘記不愉快呢。

阿托瑪氏和加布史洛氏正在對面的桌子為了咖哩的吃法而爭吵，但是我不在意。不能在意。要是牽扯進去，就得陪他們議論到隔天早上。以前我曾經不小心參加了披薩配料的議論，落得悲慘的下場。

直到現在，我依然認為披薩配料還是起司和番茄最強。但是，為了結束那場議論，我贊成在披薩上放蛋了。不，雖然那樣也很好吃……但是無法堅持信念帶來的後悔——很深。

別再想了，現在該專心吃咖哩。

吃完之後還得準備下午的授課內容。

學園長，就算你連吃飯都跟來，我也不會接下任務喔。

在學園長的遊說之下，我成了講師的領袖。

職稱是首席講師。

悲哀的是，在這世上力量就是一切。雖然不甘心，我仍舊無能為力。

學園長的盤算，大概是要我指導那些講師有關教育的部分吧。但是，我沒有教那些人的自信。

我認為這樣也是無可奈何。

問題的根源，在於講師與學生的程度差異。差距太大了。

於是，我向魔王國內各學園發送招募學生的信件，隨信附上伊弗魯斯學園的講師陣容。

招募對象不是各學園的學生，而是各學園的講師。

看見伊弗魯斯學園的講師陣容，有心向學的人應該會來吧。

我要讓伊弗魯斯學園現在的講師，對募集來的各學園講師授課。

然後，讓來求學的講師，擔任學生們的講師。

他們都有教學經驗，應該沒問題吧。

要是跑來很多比我優秀的人就尷尬了……不過嘛，應該招募不到那麼多吧。

只要來兩三個人就謝天謝地。我當時這麼想。

說明得晚了點，目前伊弗魯斯學園的講師包含我和學園長在內共二十人，學生總共約一百五十人。

然後呢，拿著我那份清單登門的現役講師加上聽到傳聞的研究者，總共來了約三百人。

…………

各地學園送來抗議信，有些甚至特地派使者過來罵人。我做錯了嗎？

招募到的講師裡，連我母校的學園長也在。咦？你是辭職跑來的？

……事情鬧得這麼大，讓我有點後悔。但是，我不會反省。

學園總算像個學園了。

應該吧。

日後。

別名吸血公主的露露西造訪學園。

嚇了我一跳。沒想到那種名人居然會隨隨便便跑來……

她是伊弗魯斯學園設立的功臣？相當於榮譽學園長？原來是這樣啊？

於是我懂了。阿托瑪氏和加布史洛氏待在這所學園的理由是露露西……唉呀，不可以直呼人家的名字。他們待在這裡，是因為露露西榮譽學園長啊。

呃，榮譽學園長開授了什麼課……居然在教藥草學！雖然不是我的專業，但是我想聽課！唔喔喔，貴重的藥草堆積如山！居然說是在家裡採的，別開玩笑啦。這些都是號稱沒辦法人工培育的藥草吧？

因為報名者踴躍，所以要限制上課人數？

……身為首席講師，我主張有優先權。唉呀，吵死了。能用的手段就要利用。如果有意見，就拔掉我的首席講師再說！

我的名字叫羅伯特。

儘管偏離了研究者之路，不過我會以講師的身分努力。

5 「大樹村」擴張

在我耕田時，不死鳥幼雛艾基斯經常跑來。

差不多該收成了吧？

我詢問艾基斯，於是牠回答我：「好吃得不得了喔。」原來如此。

為什麼你會知道很好吃？

…………舉止真是簡單易懂呢。誠實是好事。不過，只要說一聲我就會給你，記住別對收成前的作物出手。

嗯？喔，如果是受損的就沒關係喔。

座布團的孩子們要吃，也都是以受損的作物為優先，所以我不會生氣。而且，座布團的孩子們在收成時能幫上不少忙嘛。

…………

你的手是翅膀，不要逞強。只要在能力所及的範圍之內做些你做得到的事就夠了。說到除害蟲，你也不會輸座布團的孩子對吧？沒錯，期待你的表現喔。

好啦，既然好吃得不得了，就努力收成吧。

艾基斯，不好意思，把手邊有空的人叫……辦不到吧。

我寫張紙條，幫我交給屋裡的人。這麼一來你偷吃的事就一筆勾銷。嗯，回答得很好。

高等精靈、山精靈、獸人族、蜥蜴人，以及座布團的孩子們都來了，於是開始收成。

這是每年三穫中的第二次。由於是在炎熱的季節採收，所以相當辛苦。希望大家小心中暑。

還有，雖然作物是生長在「萬能農具」耕出來的田裡，所以採收之前都不會有問題，但是採收之後有可能被熱壞，因此需要注意。露和蒂雅的水魔法與冰魔法大為活躍。

對了，把那顆西瓜冰起來，待會兒吃吧。

我在採收作業上花了大約五天，剩下的部分交給其他人，我則去耕已經採收完的區域。

這是為了第三次收成。儘管到目前為止的收穫量已經綽綽有餘，但是我不會掉以輕心。要小心仔細且確實。

我走到果園區。

為了和不久前才擴大的田地取得平衡，我打算擴張果園區。

北側已經成了蜂群的花田，所以往西側擴張。

十二面×十二面的果園區，翻倍成了十二面×二十四面。

嗯~好寬廣。

現在才耕完沒多久，所以視野良好，等到樹長大之後……會變成森林吧。如果不準備路標之類的東西，可能會迷路。

嗯？蜂群會幫忙帶路嗎？那真是幫了大忙。為了答謝，就幫你們把北側的花田擴大吧。

有想要的花嗎…………想要樹？喔喔，樹如果開花也會有蜜啊？畢竟你們現在就會從果園區的柑橘花採蜜嘛。知道了，那就在花田種樹吧。

可是，我對於這些樹的種類不太熟……已經在森林中找到啦？了解，帶路吧。

嗯，我會記得叫上護衛。不會亂來啦，否則會惹人家生氣。

還有，果園區要改名成果樹區了。

又過了數天。

由於牛、馬、山羊和綿羊的數量增加，所以要考慮擴張牧場區。

這部分則是往東側擴張。

砍伐森林、耕地種牧草，並且在周圍弄出圓木柵和水溝。

從十二面×十二面，擴張為十二面×三十六面，變成了三倍。

在適當的地點設置飲水區和陰影區。

山羊們在作業途中一找到機會就衝向我，真不知道是黏我還是瞧不起我。

儘管小黑的子孫們會幫忙攔阻，山羊卻巧妙地突破了防線。等到小黑的子孫氣得身纏雷電追上去時，牠們總算逃了……居然逃掉啦？真厲害。

啊，嗯，一來我沒有生氣，二來馬兒們會嚇到，所以就到此為止吧。

牛倒是很冷靜呢。

不過，山羊的惡作劇……是因為壓力累積太多嗎？做些山羊用的遊樂設施會不會比較好啊？不要寵壞牠們？唉呀，只是用圓木搭成的簡單玩意兒，這點程度應該無妨吧？

果樹區和牧場區的擴張使得村子變大，所以小黑子孫的守衛範圍也變廣了。

儘管小黑的子孫們表示沒問題，但是地方變寬廣之後，出事時要趕到現場總是會比較慢。

於是，我在村子的四角蓋了看守小屋，當成小黑子孫們的據點。

小黑的子孫們不用說，為了緊急時能讓複數人留宿小屋內，我下了一番工夫，還挖了斜向的水井。

嗯，用「萬能農具」挖的井果然都會有水呢。

此外也準備了收納緊急糧食的有門櫃。啊，糟糕。小黑牠們沒辦法開……啊，開得了呢。

儲糧主要是肉乾、米和麵粉。考慮到必須適度地花點力氣更新內容物，需要麵粉嗎？算了，暫且這麼辦，之後再看情況吧。

小黑的子孫們有在利用看守小屋。

雖然距離森林很近所以不能完全放鬆，但是當成休憩場所似乎剛剛好，所以評價不錯。
座布團的孩子似乎也會輪班留宿監視周邊。感激不盡。還有，拜託你們了。
另外，離家出走的烏爾莎也躲進了看守小屋。是不是蓋得太舒適啦？
離家出走的原因是和哈克蓮吵架。
哈克蓮和土人偶厄斯很擔心，趕快回家。不要鬧脾氣……知道了，我陪妳一起去道歉，這樣可以吧？好，就這麼決定啦。
啊～不過，在到家之前，先告訴我吵架的原因。不知道原因沒辦法道歉吧？
哈哈哈，別害羞。偶爾也讓我表現得像個爸爸。嗯，喔，哈克蓮是媽媽，我是爸爸呀。事到如今還有什麼好說的。
好啦，回去嘍。
怎麼，突然撒起嬌。好，我揹妳吧。
我和烏爾莎一起捱了哈克蓮的罵。
吵架的原因……唉，微不足道的小事。不過，我和烏爾莎的感情似乎變好了。雖然哈克蓮瞪著我說我狡猾，但是我很滿足。
然後呢，現在我揹著阿爾弗雷德。他好像看到我揹烏爾莎了。蒂潔爾在排隊。

唉呀，沒關係吧。

利留斯、利格爾、拉提、特萊因也別客氣喔。唔喔，一口氣全來我可沒辦法。照順序、照順序。

當個爸爸還真需要體力呢～

6 戶外遊樂設施

小黑的子孫們使用了牧場區的山羊用遊樂設施。

呃，不用隱瞞沒關係啦。畢竟誰用都無妨。

還有山羊啊，要是因為小黑的子孫們垂頭喪氣就得意忘形，會有悲慘下場……看吧。

啊……牠們似乎有手下留情，我就當作沒看到吧。

我做了小黑子孫用的遊樂設施。

地點在牧場區，設在山羊用設施的旁邊。

就類似用圓木組成的巨大攀爬架，沒有做得太複雜。

需要注意的不是小黑的子孫們，而是其他動物使用時會不會有困擾。

最令我擔心的是牛。如果牠們卡在比較細的地方就糟了，所以我把空隙弄得比較寬。

沒有擺翹翹板之類的可動物體。因為我不想讓動物受傷。

高度……既然是給小黑的子孫們用，高一點也沒關係吧。我弄成約五公尺高，其他動物爬不上去，這樣或許剛剛好。

圓木遊樂設施差不多就這樣……嗯，已經可以玩嘍。不用規規矩矩地等，玩得高興最重要。

小黑的子孫之中，比較年輕的也開心地爬上爬下。

……是不是可以做點更刺激的機關啊？

幫忙製作遊樂設施的高等精靈和山精靈也有相同看法。想了一下之後，我們轉移陣地。

村子南側，賽跑場旁，我們試著以全力製作遊樂設施。

翹翹板、平衡木、溜滑梯、吊橋、攀繩、隧道、爬網、走木樁……

一條看能夠前進多遠而不落地的路線。就類似之前慶典辦過的障礙賽跑吧。

總而言之，試著挑戰一下吧。

……記得把裙子換成長褲。重點不是妳們不介意，而是我介意。

好，從頭來過。

相當困難。很耗體力。

一名高等精靈在起點立了看板。

『從此處起，前方大地即為熔岩。』

氣氛熱烈。

孩子們看在眼裡。

嗯，不要勉強。這條路線是大人用的，你們身高不夠。

於是我著手製作小孩用的遊樂設施。

設施完工，開放孩子們進入。

烏爾莎和古拉兒順利地不斷向前。阿爾弗雷德是深思熟慮型啊？蒂潔爾，不可以用飛的喔。唉呀，今天只開放到紅色標記的地方。後面難度高很危險，不要逞強。瞧，手很痛對吧？不用一天就抵達終點沒關係。明天可以從這裡繼續。

還有，來這裡玩的時候需要大人陪伴喔。要玩就該安全地玩。

隔天。

我到牧場區的遊樂設施確認。

牛站在最高的地方。

…………

牠是怎麼爬上去的啊？而且，從那副得意的表情看來，應該不是卡在上頭進退兩難。

這樣看了會讓人不安，能不能請你下來啊？

我和「五號村」的精靈們見面。

他們在「五號村」山麓的平原上排成整齊的隊伍。

…………

沒有一句廢話。全員面向前方，一動也不動。

似乎是莉亞之前到「五號村」出差約十天教育他們的成果。

雖然出差歸來的莉亞一臉「鍛鍊遠遠不夠」的表情……但是已經過了約一個月卻沒有鬆懈，從這點看來應該很充分了吧？究竟是哪裡不滿呢？

精靈們在我面前開始行進與戰鬥操演。

一人的、兩人的、十人的、五十人的、兩百人的。他們又是走、又是跑，然後集合、奔跑，散開、奔跑……

舉弓齊射、舉盾集團防禦、持劍散兵衝鋒。

似乎是由樹王指揮全體，弓王擔任現場指揮。

行進與戰鬥操演持續了約一小時後，他們重新在我面前整隊。

「您覺得如何？」

樹王問我。但我看了這些要怎麼回答？

呃…………

「笑容不夠？」

可能是因為大家都很認真吧，感覺十分緊繃。

「遵命。村長希望看到笑容。給我笑。」

咦？

樹王一聲令下，精靈們同時笑了出來。

雖然在笑，眼裡卻沒有笑意。

好恐怖。而且不對。我是希望大家藉由笑容放鬆一點，不是想聽乾笑。

回到「大樹村」之後，我找莉亞商量。

莉亞，不對喔。我並不是在誇獎妳。

7 哈比族的幼雛與寶菈

「一號村」目前住有以傑克為中心的九對移民夫妻，總共十八人，再加上約二十名樹精靈，以及四十二名哈比族。

總數不滿百人。再來就是很多豬。

我的認知原本是這樣，然而並非如此。

哈比族增加得比想像中來得多，他們每年生下並孵化的蛋似乎在二十顆左右。

他們來到村裡已經四年，很快就要邁入第五年。所以，光是哈比就超過百人。

雖然曾經接到報告，但好像沒能更新我的認知。反省。

不過，我也明白無法更新認知的理由。因為我沒見過哈比族的小孩。

雖然有過想看看他們小孩的念頭，但是天使族的琪亞比特告訴我，不要這麼做比較好。

照她的說法，似乎是因為抱著蛋或幼雛的哈比族很凶暴。龍懷孕的時候也聽過同樣的話呢。也就是「為母則強」嗎？

不過，多事造成人家困擾也不好，於是我打消主意。我到「一號村」時也不會靠近哈比族小屋。

這就是無法更新認知的理由。

…………

不是推託的藉口。

之所以能夠改變認知，源自哈比族的請求。

對於哈比族來說，不死鳥似乎是崇拜的對象。

不死鳥的蛋擺在「大樹村」當裝飾的時候，哈比族也曾遠遠圍觀。雖然我覺得可以不用離那麼遠，然而他們似乎懷著敬畏之心。

我當時只想著「原來是這樣嗎？」而沒多管。

不死鳥的蛋孵化之後，哈比族不再是遠遠圍觀，而是暗中守候。雖然我覺得不需要躲起來，然而理由似乎在於不死鳥是種神聖的存在。

…………

在中庭灑水形成的水窪裡有很多泥巴，會在裡頭打滾的艾基斯很神聖嗎？啊，直接進屋裡會惹安生氣喔。進屋前記得先用乾淨的水洗一洗。

還有，和牠一起玩得滿身泥巴的烏爾莎、古拉兒、娜特，以及阿爾弗雷德。去洗澡。

至於蒂潔爾，則是被蒂雅逮到並擋了下來。蒂雅面帶笑容看著我。

…………

確實，在中庭灑水的人是我。

因為艾基斯堅持要……對不起。

離題了。

我觀察不死鳥幼雛艾基斯與哈比族的關係後，注意到一件事。

雖然講什麼敬畏啦、神聖啦，不過簡單來說就是那麼回事。

偶像以及追星族。
就這種感覺。
因為追星時守規矩，所以發現得晚。發現得晚也沒問題，因為他們很有規矩。
至於我呢，原本是溫暖地守望雙方這種關係，但是哈比族提出了請求。
他們表示，想招待艾基斯到「一號村」的哈比族家中。
我本來還在想，原本守規矩的追星怎麼會突然要拉近距離，不過理由很單純。似乎是想讓還不會飛的幼雛看看艾基斯。不，好像是還不會飛的幼雛們吵著要看艾基斯。
原來如此。嗯，也不是什麼需要拒絕的內容。
我找了個時間，和艾基斯一起騎馬前往「一號村」。

如果要用一句話形容還不會飛的哈比族幼雛們，就是狂熱追星族。
他們看見艾基斯後非常興奮，物理性地追逐起艾基斯。
艾基斯大概也覺得被逮到就糟了，於是拚命地逃。
至於腳程……嗯，平分秋色。
還不會飛的哈比族幼雛，就我的感覺來說相當於幼兒園生。小小的很可愛。
不過就算是幼雛，翅膀上依舊有爪子，力量也足以揮動翅膀。成年哈比族雖然試圖制止幼雛，卻沒有效果，反而被幼雛撞倒。

……沒事吧？那就好。是啊，因為不能用蠻力對付幼雛嘛。先休息吧。

於是，我稍微煩惱了一會兒之後，抱起竄逃的艾基斯就跑。和艾基斯的奔跑相比，還是我的腳程比較快。

這個時候，我看見追著我和艾基斯的幼雛數量，重新認知到「一號村」的居民數。

事情就是這樣。

順帶一提，艾基斯雖然沒有受傷，但是從那場追逐之後，每當聽到「一號村」就會嚇一跳。看來心靈創傷需要時間治療。抱歉太晚去救你了。因為我也會怕。這陣子你都可以待在我頭上。

小貓米兒攻擊我的腳，宣示那裡是牠的地盤。好痛。

好啦，說到「一號村」呢，在「夏沙多市鎮」管理店面的馬可仕和寶菈回來了。

暫時回歸鄉里。

至於理由，則是因為有三對移居者夫妻懷孕。

其中也包含「一號村」代表傑克的太太莫蒂。真是可喜可賀。

剛搬過來時認為孩子會成為負擔而有所顧慮的他們……也差不多是時候了。

儘管離生產還早，我依舊拜託數名有助產經驗的高等精靈輪流常駐「一號村」，怕有什麼萬一。

順帶一提，馬可仕和寶菈回來，最開心的莫過於守護著他們家的小黑子孫吧。我記得他們兩人叫牠庫里奇吧。

既然這麼開心，乾脆一起去「夏沙多市鎮」怎麼樣？雖然我想這麼問，但是魔王和比傑爾阻止了我。抱歉。

你就趁馬可仕和寶菈停留的這段時間盡情撒嬌……啊～嗯，我知道你也有面子要顧，但是尾巴已經全力在搖嘍。

然後事情發生了。

寶菈準備回「夏沙多市鎮」的時候，表示自己身體不太舒服。

經過高等精靈們診斷之後，發現她懷孕了。

預產期比「一號村」的三人還要近。

只剩一兩個月。

…………

這種情況下不該跑去祝賀別人吧！

有可能沒發現自己懷孕嗎？似乎有。

根據寶菈的說法，她好像只覺得最近變胖了點。這段時間沒出事真是萬幸。

按照寶菈的期望，她會在一號村生產，於是她就這麼留在村裡。讓孕婦搭乘馬車回去實在很可怕，所以我也贊成。

馬可仕有店要顧，所以還是先回「夏沙多市鎮」，不過預產期到了就會回來。

為了填補寶菈的空缺，改由墨丘利種米優前去，不過……

「對我有什麼不滿嗎？」

「不，因為外表看起來是幼女僕嘛……」

「我從今天開始轉職為女服務生。嗯，雖然不會去接待客人就是了。」

雖說是去填補寶菈的空缺，不過工作內容並非接待或下廚，主要是文書工作，所以沒問題。

「畢竟我受過鍛鍊嘛。區區一點文件打不倒我的。更何況，那邊也有專門處理文書工作和會計的團隊，請放心交給我。」

米優拍胸脯保證，不過她外表是幼女，所以顯得很可愛。

嗯，不久之前還因為文書工作讓妳兩眼無神真是抱歉。加油吧。

所以嘍，馬可仕。當事人很有自信，沒問題的，別那麼擔心。

……不行嗎？唉，畢竟外表是幼女嘛，我懂你的心情。

那麼，米優。這個送妳。

「這是紙……魔道具嗎？」

「沒錯。寫在那張紙上的內容，也會出現在這邊的紙上。」

我亮出另一張紙解釋。
寫在其中一張上的內容，會顯示在另一張紙上。這是德斯給的其中一樣古代魔道具。
以我的感覺來說，就等於魔法版的傳真機。
這項魔道具的缺點，就是單向通行。發信端與受信端固定，我手上這張紙就算寫字也不會發生任何事，而且內容不會留在書寫端，所以不能寫錯。如果不把出現的文字消除，書寫的內容就會不斷疊上去而變得無法閱讀。由於是用魔法一口氣全部清除，因此無法只去掉舊有內容。
雖然缺點這麼多，但如果有很多這玩意兒，送信的小型飛龍大概會失業。
不過，值得小型飛龍們慶幸的是，這東西只有一組。德斯好像也沒留。
有一段時間露拚命地分析想知道能不能複製，不過目前中斷了。不問中斷的理由是種體貼。
「我會將這張紙貼在顯眼的地方。萬一出了什麼事，就用它來聯絡吧。」
「您擔心過頭了。不過，感謝您的好意。」

日後。
受信用的紙，令人觸目心驚。
「那個，村長。上面寫著『救命』耶……」
「夏沙多市鎮」的店應該已經增加過文官了啊……
「誰有空……」

短時間之內，我的視野裡都沒有文官少女組的蹤影。
看來受信用的紙貼錯地方了。
……抱歉，米優。
麻煩妳努力到寶菈生產……生產後還有育兒吧。
我會努力想辦法增加文官，妳那邊也好好加油吧。

8 技術

滾珠軸承。
用在轉軸等處的裝置，透過減少阻力讓轉動變得順暢。我打算將這個用在馬車上。
但是不行。實在不行。
首先，滾珠軸承從它的名字可以知道需要珠子。
要在轉軸周圍設置許多珠子，而且這些珠子要承受重量，所以必須非常堅硬。除此之外，它們非得全都大小相同不可。
以現在的製鐵技術來說辦不到。
滾珠軸承的木製樣品是我用「萬能農具」做的，所以當時沒注意到這點。

「明明轉動得非常快，真遺憾。」

山精靈讓我做的木製樣品轉個不停。

雖然有思考過能不能拿它做玩具，卻想不到能做什麼。我對缺乏想像力的自己很失望。

接著我考慮起關於馬車車軸的問題。

目前一般的馬車車輪是固定在車軸上，連同車軸一起轉動。

優點在於製作簡單。

缺點在於車體搖晃等問題會直接由車軸承受，容易讓車軸累積損傷。車軸似乎經常斷裂。

唉，畢竟只是在車體底部開兩個固定車軸的洞，讓車軸從洞裡通過而已。一旦車體不平衡，傷害自然會由車軸承受吧。

更何況路也不是都很平坦，凹凸不平的路比較多。

光是車輪左右高低不同就會對車軸造成傷害，經常斷裂也是理所當然的事情。

以前我和山精靈製作的懸吊裝置，是將車體與固定車軸的部位分離，然後裝在兩者之間。所以能在抑制搖晃的同時增加車軸壽命，並且受到好評。

但是這並不代表車軸不會斷。

那麼該怎麼辦呢？將車軸固定在車體上，將轉動部位改為車軸和車輪之間。

如果能將方才提到的滾珠軸承用在這裡就好，但是一般的軸承也無妨吧。

「村長，這麼一來只是把斷裂部位變成車輪而已，損傷沒什麼差別不是嗎？」

「別慌。重點在這裡。」

我將車軸切成兩半。然後，將它們裝在車體底部中央，設計成可以上下移動，並且把懸吊裝置裝在靠近車輪的部分。

怎麼樣？

「咦？這麼一來……啊，因為左右的車輪獨立，所以就算路況差，車軸也不容易受到傷害。」

在這之前懸吊裝置都是以減輕車子的搖晃為主，但這次用來讓左右車輪獨立，把車輪壓在地上。

這麼做同樣能抑制搖晃，不會有問題。

「不愧是村長！天才！」

哈哈哈哈哈，其實是原本世界的知識啦。

……………失敗。

整個車體的重量全都壓在其中一邊的車輪上，導致車輪脫落。

「在『大樹村』做的實驗馬車明明沒問題……為什麼！」

好像是因為「死亡森林」的木頭很堅固。是這樣嗎？不對，好像以前就聽人家說過……

總而言之，幸好在大肆推廣之前，曾先在「五號村」試著製造。

改善。

沒什麼，只要讓車軸更堅固就好。

將車軸改為鐵製。

…………

鐵要變彎還真簡單呢，我原本以為會更硬。還有，好重。

做了許多嘗試的結果。

只剩「大樹村」有一輛完全木製的新馬車運作。

技術靠累積。這個秋天讓我了解到，科技並非一朝一夕的事。

另一方面，做來當樣品的滾珠軸承，受到孩子們歡迎。

「它只是會轉吧？那樣有趣嗎…………搞不懂。」

雖然不懂，但是孩子們想要，所以我做了。

「爸爸，謝謝你～」

嗯，不壞。

由於田地擴大，感覺水不太夠。

雖然有水井所以不至於沒水，但是蓄水池的水位降低了。應該是因為流出去的水比累積的水量還要多。這樣下去不行，必須思考對策。

…………

還好附近就有河川。

只要簡單地拓寬目前的水道或者設置新水道，就能解決問題。

和以前不同，現在有人手。

啊，我不是對座布團孩子們的手有所不滿喔。畢竟你們也有幫忙嘛。這次也會幫忙嗎？很好，拜託你們嘍。

最後決定挖一條從河川流向蓄水池的新水道。

挖在目前水道的旁邊，讓兩者就這樣平行。

因為有竹子，所以我也考慮過竹製；然而考慮到腐壞問題之後，大概還是和上次一樣用土來做會比較保險。

「動手嘍！」

「喔喔！」

高等精靈、山精靈、矮人、獸人族與蜥蜴人集合，眾人開始作業。

露負責使用魔法，蒂雅則努力製造魔像。座布團的孩子們也來幫忙搬土。謝謝大家。

這條五公里長的水道，花了約十天完成。
水從新水道灌進蓄水池。
雖然大概也和我已經習慣使用「萬能農具」有關，不過實在很快。這也都是多虧了大家的努力吧。
必須將感謝付諸行動。
為了慶祝新水道完成，我們在蓄水池附近烤肉。
乾杯。
等等，不要只吃肉，也記得要吃蔬菜。咦？烤番茄嗎？呃，雖然烤了應該也很好吃……那麼，就把蘆筍放在旁邊一起烤吧。
嗯，做得多了點，不吃掉不行。你也可以吃喔。
「村長、村長。」
「嗯？怎麼啦？」
「呃……我剛剛才注意到。」
一名高等精靈指著蓄水池。
什麼事？
…………
我原本以為是魔物流進蓄水池，但好像不是這樣。
「出了什麼事嗎？」

「水位……」

水位？蓄水池是個很大的池子，水位不會那麼簡單地上上下下。正因為如此，我才把水位下降當成問題看待。

「要看到水位上升，可得等好幾天喔。」

「不，不是這樣。該怎麼說呢，雖說水的用量增加，但是和流進來的水量比，流出去的水量比較少……必須多挖一條流出去的水道才行吧？」

…………

……………………………啊。

烤肉結束後，我開始挖從蓄水池流向河川的水道。

這部分只要挖。雖然有找人幫忙搬土，不過主要還是由我負責。時限到蓄水池滿出來為止。

為了不讓村子被水淹沒，必須好好努力才行。

9 義大利麵

這個世界有義大利麵。

只不過，不是我印象中的直麵，而是四邊形。
小型的板狀麵。
雖然也有長條狀的義大利麵，不過大半接近寬麵。
理由在於沒有把麵條切細的機器。
由於是拿菜刀切壓平的麵糰，所以不是切成四邊形，就是切成寬麵。
沒什麼不好。這樣也很好吃。只不過，我偶爾會想吃直麵。
烏龍麵已經做出來了，應該沒那麼難吧。
我抱著這種念頭挑戰。

首先，我打算用手把麵糰拉長、弄細。
麵糰斷了。
我也試過把它晾起來，利用它本身的重量拉長，但是做不到。
…………
怪了？
該不會很難？
總而言之，失敗的麵糰不能浪費。
我把它煮過後調味。

自己處理掉。

隔天。

接著我試著和做烏龍麵一樣，用菜刀切。

原本以為只是切細，不過還是很難。不是不可能，但需要技術，而我做不到。

於是我拜託擅用菜刀的鬼人族女僕。

嗯，雖然有點粗……不過這樣就行了。

用水煮。

調味很簡單，橄欖油加上大蒜和辣椒，弄成類似蒜香辣椒義大利麵那樣。

嗯，好吃。

我也請花時間幫忙的鬼人族女僕試吃。

…………

儘管她高興地表示很好吃，臉上卻有憂色。

怎麼了？

「只是切一人份倒還不成問題，不過量一多可能會有點辛苦……」

啊～的確。

那麼，該怎麼辦才好呢？

…………

使用魔法？

於是我拜託露。

雖然第一次調整得不太好，搞得整個麵糰飛出去，不過還是勉強把它切細了。

不愧是露。

這種魔法誰都做得到嗎？

「威力的調整……很難……恐怕不是誰都行。」

原來如此。

在找到代替的方案之前，必須請露操勞嗎？

但是，露光是切一人份就相當疲倦了。

老實說她現在很喘。

「雖然是切麵糰，可是威力要調整到不至於切開砧板，還要維持這種狀態反覆地平移……實在很浪費魔力呢。不過，切得很整齊，做得漂亮。」

「避免讓魔法威力散逸非常需要技術，此外還需要細膩的控制。真不愧是姊姊大人。」

蒂雅和芙蘿拉在誇獎露的同時，也告訴我用魔法切需要對這方面有所鑽研。

這樣啊。

還有，這些切好的麵條雖然要煮，但妳們吃了會不會惹露生氣啊？
我想不是分走多少的問題。
居然還說想吃味噌的……唉，我會試著弄就是了。
「總而言之，就現狀來說是浪費魔力。用魔法操縱菜刀還比較輕鬆呢。」
聽到旁觀的鬼人族女僕這麼說，露一臉「剛剛怎麼沒想到」的表情。

露休息過後，用魔法操縱菜刀切麵糰。
動作比方才流暢，而且不會累，可以量產。
「想吃直麵的時候，就和我說一聲。」
露一臉得意。
嗯，以後也要拜託妳了。

「咦？那個，其實有這種道具……」
我和加特提起義大利直麵的事，於是他從家裡拿了道具過來。
那是個看起來像把小菜刀疊在一起的東西。
「把這個放到麵糰上面，像這樣……」
…………

又細又長的義大利直麵輕鬆搞定。
「呃，這個道具很普遍嗎？」
「以前『好林村』大概一年會接到一兩個訂單……我想應該不是什麼稀奇的道具。」
這樣啊。
……
…………
既然人家遲早會知道，那就趁現在講吧。
露在哪裡？
咦？啊，看到我們剛剛在做什麼了？哈哈哈哈，抱歉！
「所以呢，我們來做製作細長麵條的道具吧。」
山精靈之一聽完我的說明之後舉手。
「那個，我不太明白這是什麼意思。」
我想也是。
因為已經有製作細長麵條的道具了嘛。
沒辦法，我就講得簡單一點吧。
「露看見這個把菜刀疊在一起的道具會不高興，所以需要新道具。」

聽到我的說明，山精靈們露出恍然大悟的表情。

謝謝妳們。

「考慮到只會在村內使用，做一個應該就夠了吧。製作的概念，就往讓這個疊菜刀道具進化的方向去想。」

「了解。」

於是完成了。

只要把義大利麵的麵糰放上去並轉動轉盤就會自動下刀，能夠不斷製造細長義大利麵的道具。

我將它命名為直麵製造機。

有了這臺機器讓孩子們幫忙時會比較方便，因此受到好評。

連著好幾天，我們都吃義大利直麵。

嗯，雖然會換口味，不過差不多想吃點別的了呢。

日後。

「夏沙多市鎮」的夏沙多大屋頂表示想要直麵製造機。

「村長，因為當初說只做一臺，我們才會花那麼大的力氣耶……居然要五臺。」

「抱歉。因為寶菈看到之後聯絡了馬可仕。」

我和山精靈十分努力。

10 發光乒乓球

露用魔法將義大利麵麵糰切成細長的麵條。

沒有上次挑戰時那麼累，似乎是新建構魔法的成果。

那種不屈不撓的態度，讓我由衷地佩服。蒂雅和芙蘿拉也表示讚賞。

與其說是讚賞，不如說是想打聽她怎麼做到的。

一旁，座布團的孩子們用絲線將麵糰切成細長麵條並拿給我看。

嗯，很厲害喔。不過，現在時機不對。趁露還沒看見前藏起來。

早上我巡田的時候，酒史萊姆罕見地來找我要甘蔗。

這是無妨，但是要做什麼？

我拿了一根甘蔗……這樣太大了呢。我將甘蔗切成約三十公分的長度遞給他。這樣行嗎？

酒史萊姆表示沒問題，拿著甘蔗往宅邸移動。

…………

牠該不會要自己釀酒吧？

由於令人很在意，於是我偷偷跟在酒史萊姆後面。

酒史萊姆來到宅邸，直接前往中庭。

抵達大樹旁邊的神社後，牠開始東張西望。在提防什麼啊？

酒史萊姆拿著甘蔗，繞到了神社後面。

我疑惑地偷看，發現那裡有數隻座布團的孩子……以及尺寸和乒乓球大小差不多的發光物體？

酒史萊姆把拿來的甘蔗交給座布團的孩子，座布團的孩子們將甘蔗剝皮，遞給發光物體。

……是蟲嗎？

順帶一提，我旁邊和後面有數隻雜誌尺寸的座布團孩子與小黑的子孫和我一起遠遠守望。大家都很在意呢。

酒史萊姆偷偷飼養生物……是這樣嗎？在感到溫馨的同時，我也開始思考該怎麼辦……這時候酒史萊姆注意到我們。

酒史萊姆當場僵住……隨即擋在我和發光物體之間，發光物體旁邊的座布團孩子們也跟進。慢著、慢著。

我知道你們要保護他，但是為什麼要把我當成敵人啊？他沒有危害田地吧？

……會造成危害嗎？不會？沒問題？好，那我們談談吧。

為什麼要藏起來？

對於我的疑問，座布團的孩子之一舉起腳。

不是往上而是往前？那隻腳指的方向……有露在。

「知道嗎？妖精翅膀可以當成製作藥品的材料喔。」

啊，嗯，我懂你們要藏的理由了。

酒史萊姆抓著我的腳。我知道、我知道。我會保護他。

「親愛的，妖精會在田裡惡作劇喔？」

……酒史萊姆，你怎麼說？這傢伙不一樣？絕對不會讓他惡作劇？你居然這麼護他……

就在我思索的時候，露找來了同伴。蒂雅站在露的旁邊。

「妖精翅膀嗎……很貴重呢。可以做很多好藥。」

露和蒂雅平常可愛的臉現在看起來很恐怖。然而，酒史萊姆方也沒輸。

方才待在妖精旁邊的座布團孩子們帶來了援軍。

「唔哇，好小！」

「這是什麼？」

「在發光！」

他們是阿爾弗雷德、蒂潔爾與烏爾莎。

「爸爸，這是新居民嗎？」

……勝負分曉。

妖精。

現在還小所以感覺像乒乓球，成長之後雖然體型依舊不大，但好像會是人型。

「妳們說翅膀……但是看不見耶？」

「現在這種狀態的妖精，就叫做妖精翅膀……」

露心不甘情不願地搖晃著裝了藥品的玻璃品。

按照她的說法，好像只要把妖精翅膀……或者說乒乓球裝進那個瓶子泡著，就能做出很厲害的藥。

「雖然我不會把他泡進去，不過這藥的效果是？」

「泡進去只是變成其他藥品的觸媒，單純這麼做沒意義喔。隨著添加的材料不同，應該能做出治療跌打損傷、預防疾病、長壽、保養肌膚和生髮的藥吧？」

原來如此。

……可不可以別把治療跌打損傷、預防疾病、長壽、保養肌膚和生髮相提並論啊？不過，預防疾病倒是令人心動呢。

「沒有妖精翅膀就做不出來嗎？」

「也有其他方法喔。不過，用妖精翅膀能跳過幾個步驟，比較輕鬆。」

露鬧起彆扭，我摸摸她的頭告訴她，既然還有別的方法可行就用別的方法。

如果有瘟疫危機姑且不論，但是現在沒有嘛。這次就讓給阿爾弗雷德他們用來情操教育吧。

我一摸露的頭，蒂雅就把頭伸過來。

「我是不是也鬧個彆扭比較好啊？」

於是我滿口「好好好」地也摸了摸蒂雅的頭。

「話說回來，妖精吃什麼啊？甘蔗就行了嗎？」

「只要是甜的什麼都吃喔。放養到花田就好了吧？」

那麼就這樣做。

…………怪了？既然如此，為什麼酒史萊姆會來要甘蔗？

只要帶去花田……啊，會遭到蜂群攻擊是吧。原來如此。

日後。

我做了個在小盒子上弄出圓孔的妖精之家擺到花田。

太低？知道了、知道了。那就放到基座上……這樣沒問題了吧。嗯？高度沒問題，但是數量不夠？

這點我看了也知道。

也不知道從哪裡來的，花田裡有十隻妖精飛來飛去……用「隻」來描述可以嗎？

注意別和蜜蜂吵架喔。如果吵架，我會站到產蜂蜜的蜂群那一邊。

什麼？長大了就能上忙……知道了，就相信你們吧。
我回到屋裡，立刻開始製作缺少的妖精之家。阿爾弗雷德、蒂潔爾與烏爾莎也來幫忙啊？謝謝你們。但是，不可以拿工具玩喔。因為很危險。
嗯，回答得很好。

閒話　貴族少女祕聞？

要是到了「夏沙多市鎮」，建議去中央北側的夏沙多大屋頂一趟。
問我那是怎樣的地方？算是城鎮裡頭的城鎮吧？
呵呵呵，搞不懂對吧？放心，去了就知道。那是一棟前所未見的巨大建築。

要是去了那間夏沙多大屋頂，務必要吃那邊的咖哩。
那是一道加了許多辛香料的湯，拿麵包沾著吃，不過相當美味。美味到會令人忘我。
我第一次吃的那天，排了三次隊。
沒錯，那間販賣咖哩的店「馬菈」，顧客必須自己排隊購買。
有點奇怪對吧？那裡有椅子也有桌子喔。既然如此，為什麼非排隊不可？我也想過這個問題。

不過，答案很簡單。

那裡是店卻又不是店，而是攤販。既然是攤販，自己排隊購買也很正常吧？排隊的時候，看似熟客的人這麼告訴我，我也接受了這個答案。

說起這個咖哩，不止用麵包沾了好吃，拿其他店買的食物沾也很好吃。

當然，既然用沾的，當然要是固體嘍。像是和香草一起烤的雞肉。

不建議和其他的湯混著吃。這樣只會讓味道變淡，因此千萬不要。對，是經驗談。

不過呢，雖然「馬菈」的咖哩本身就很好吃，不過他們也不是只賣咖哩。

披薩、炸物、蓋飯，還有義大利麵。我知道，這就一種一種地好好說明吧。

首先是披薩。

這是在壓平的麵糰上放配料拿去烤的食物。味道會隨著上頭的配料組合而出現變化。

白天的午餐時間是由店家決定，不過晚上能提出某種程度的要求。如果有偏好或排斥的食物，建議晚上去。

問我有怎樣的配料？

這個嘛，番茄、茄子、蘆筍、花椰菜、地瓜、大蒜和香草。

不止蔬菜喔。切成薄片的肉、煮熟的雞肉等也很好吃。還有人討論要不要放半熟的蛋呢。

不過，披薩不可或缺的就是起司。會加很多起司。

這就是披薩。

接著是炸物。

食材沾麵粉後裹上蛋汁，再灑上剁碎的麵包，最後用油煮的料理。

用油煮似乎叫做「炸」，所以是炸物。

你問這種東西好吃嗎？好吃得亂七八糟。

炸物裡頭呢，有很大一塊放在盤子上端出來的炸豬肉排、炸牛肉排……啊，所謂的炸肉排(Katsu)，是油炸料理的名字。「馬菈」的人是這麼說的，所以就當作是這樣吧。

回歸正題。

還有種叫「串炸」的食物。把食材切成一口大小，再用竹籤串好端出來。

食材有豬肉、牛肉、雞肉，再加上洋蔥、蓮藕、茄子、香菇、番茄和蛋，也有切塊的魚肉。另外，「魚漿」這種將魚肉搗成泥後做成固體的食物也很好吃喔。

沒錯，不是直接吃。在吃之前，要淋上醬汁。這種料理也很好吃，好吃到讓人不曉得該怎麼說明。

當然，醬汁就是店家的生命。不管地位多高的人低頭，店家都不肯傳授醬汁的作法，頂多只能拿小瓶子分裝一點醬汁。即使如此依舊能讓人欣喜若狂，很厲害吧。

所以令人想大吃特吃，不過店家會提醒客人別吃過頭。

不是他們捨不得，而是吃炸物等於把油一起吃下肚。油吃太多似乎會胖喔。

接著是蓋飯。
這不是常規餐點。僅限店家有準備叫做「米飯」的食物時供應。
畢竟所謂的蓋飯，就是把料理放在米飯上頭嘛。
儘管我推薦把牛肉煮到湯汁收乾的那種，不過用蛋和湯汁去煮炸豬肉排的那種也不錯。
然而很遺憾，蓋飯的內容由店家決定。這似乎是種很費工夫的料理，沒辦法仔細聆聽顧客的要求。
嗯？哈哈哈，就算出一大筆錢也不行。不，我說真的。
實際去那家店就知道嘍。他們根本沒空聽人家點菜。
唉呀，別那麼失望。
蓋飯的評價可是好到大家都說它不會失敗。
對了、對了，蓋飯有道隱藏菜單，那就是把咖哩淋在米飯上。很好吃喔～我一瞬間就吃完了呢。然後我感到絕望。為什麼沒有更仔細地品嘗……啊啊，好想再吃一次。

最後是義大利麵。
是的，一般店家也有的義大利麵。雖然不是什麼罕見的料理，但是聽我說。
「馬菈」的義大利麵啊，又細又長。嗯，我起先也覺得不容易入口，但是只要拿叉子像這樣……捲捲捲。
看起來簡單，不過一開始要小心。醬汁會濺到衣服上喔。
義大利麵的口味？口味有很多……記得叫做番茄肉醬吧？一種把碎肉、洋蔥和番茄放進平底鍋燉煮的醬汁。我喜歡這種。
還有沾滿食用油的義大利麵。這種的有點辣。
其他還有味噌口味、醬油口味……畢竟「夏沙多市鎮」有港，用海鮮的也很多。還有用貝類或魚的義大利麵。
最受歡迎的……競爭很激烈呢。
細長義大利麵是最近才有的，因此熟客也在嘗試各種口味。
當然，我也試過用麵條拌咖哩吃。相當好吃。
呃，都是好吃好吃這種不入流的感想真抱歉。
唉呀，細節就自己體驗，或者去問詩人吧。
哈哈哈，嗯？祕密？啊，這麼說來，會找我談話的開端就是這個嘛。
有種能免費吃到「馬菈」料理的祕密手段。這話不能傳出去喔。
在夏沙多大屋頂的對街，有一所伊弗魯斯學園。只要成為那裡的學生，就能在白天吃到「馬菈」的料理。雖然不能選菜色就是了。

我沒有騙人。不過，免費是有玄機的。

其實餐費包含在學費裡。

別生氣、別生氣。學費沒那麼貴，價格很普通。考慮到這樣就能吃到飯，要當成是免費也行吧？能接受了嗎？

如果還是懷疑……夏沙多大屋頂的一角，有專門為伊弗魯斯學園學生安排的用餐區。去問問坐在那裡的人，就會明白我說的不假。

某個貴族與管家。

「大約兩個月前，似乎有過這樣的對話。」

「所以，我的女兒呢？」

「進入伊弗魯斯學園就讀了。」

「入學？學費怎麼辦？雖說不貴，還是需要一筆不小的金額吧？」

「據說那裡有種獎學制度，如果半工半讀，不僅能免除一部分的學費，還可以日後再支付。」

「換句話說，我的女兒在工作？」

「她在最受歡迎的店鋪『馬菈』擔任服務生。以前那個任性的大小姐，居然變得這麼成熟……嗚嗚。順帶一提，向來只穿長褲的大小姐改穿裙子了。」

「……你該不會看過了？」

「是的，因為我是管家。」
「……」
「怎麼了嗎，老爺？」
「還問『怎麼了嗎』。太奸詐了吧？居然只有你見過我女兒穿裙子……咳咳，見過她的英姿。」
「不止我一個，夫人和數名女僕也都見到了。」
「咦？」
「這裡到『夏沙多市鎮』須搭馬車十天、搭船四天，所以大家輪班前往。還有，咖哩非常美味。」
「我、我也要去！」
「很遺憾，有會議預定在王都召開，您差不多得前往王都了。」
「嗚唔。」
「夫人已經向『夏沙多市鎮』的伊弗魯斯代官打過招呼了，請您放心。」
「不、不，不是這個問題啊。」
「在下已經安排好，將在會議結束之後前往『夏沙多市鎮』。啊，午餐為您準備了在『馬菈』學到的『漢堡』。這是種在麵包中間夾進各種食材的料理，在移動中也能輕易地用餐。順帶一提，我在那邊享用了大小姐親手做的漢堡。」
「你、你這傢伙！」
貴族與管家大打出手。

「不要緊吧？」

女僕長將溼毛巾遞給管家。

「謝謝妳，不要緊。」

「不要太欺負老爺啊。」

「畢竟老爺和大小姐的爭吵，正是她離家出走的原因……所以我忍不住就……」

「我懂你的心情，不過——」

「我不會在外面這樣。」

「那當然。所以呢，有派人監視大小姐嗎？」

「留了兩個人，做得滴水不漏。」

「看來可以暫時放心了呢。」

「……大小姐早就告訴妳要去哪裡了吧？」

「……你在說什麼啊？我聽不懂耶？」

「可是，大小姐有封要給妳的信在我這裡喔？」

「大小姐就是討厭你這種壞心眼的地方喔。」

「那就頭痛了，非得改善不可。以後的事姑且不論……替妳安排明天中午的馬車和船班吧。去看看大小姐的樣子。」

「真是出色的改善。」

11 無事的一天

在「大樹村」裡，有各式各樣的種族。

儘管再怎麼說都相處了很長一段時間，有些事依舊能令我吃驚。

鬼人族。

她們擔任宅邸或說全村的女僕十分活躍……但是我看見其中兩人把臉貼近，以頭上的角互抵。

「那是在做什麼啊？」

我要求安解說。

「吵架。」

吵架？兩個人都面帶笑容耶？

「是吵架。在那種狀態下，先別開目光的人輸。」

哦～

雖然不鼓勵吵架，但還是比悶在心裡好吧。何況沒有大打出手，看起來又能分出明確的勝負。

「順帶一提，長的時候那種狀態會持續個三天左右。」

…………

「妳覺得會持續下去嗎？」

「以現在的氣氛看來……應該不會立刻結束吧。」

嗯～如果地點不在餐廳倒是可以放著不管，不過這樣實在很麻煩。畢竟不方便讓孩子們看見嘛。

我拜託安出面仲裁。

安的仲裁方法很簡單。面帶笑容從互瞪的兩者之間通過，撞開她們強行結束。

面對抗議的兩人，則是輪流用自己的角抵上去。

一個人用不到五秒。

這樣就擺平了。

兩人雖然都回去工作了……但是這樣不會心存芥蒂嗎？

「芥蒂？從來沒有耶。因為我沒輸過。」

啊，嗯，安不能當參考。之後再去安慰兩人吧。

小貓們、艾基斯與一重窩成一團睡覺。真可愛。

只不過他們躺在小黑的肚子上，使得小黑散發出「幫幫忙」的氣息。我也想幫你，可是該怎麼做？

如果小黑有那個意思，就算我躺在上面也能站起身吧。

小黑之所以沒起來，是怕吵醒了睡著的小貓們、艾基斯與一重。
有辦法不吵醒躺在上面的他們，解救小黑脫離困境嗎？
正當我煩惱時，座布團的孩子從屁股放出絲線垂降下來。
牠停在我眼睛的高度，舉起一隻腳表示「包在我身上」。
要怎麼做？
在我的注視下，座布團的孩子回到屋梁上。接著，牠移動到小黑的正上方。
然後和方才一樣放出絲線垂降。
該不會！
座布團的孩子輕輕抓住艾基斯。位置漂亮！
但是這樣搬得動嗎……哦哦，搬起來了！不愧是大力士！然後艾基斯……還在睡！幹得好！
牠將艾基斯移動到小黑旁邊的枕頭上，隨即移回到小黑正上方垂降。
下一個目標是……一重。
座布團的孩子在一重上方著地……的瞬間，一重睜開眼睛。緊接著，她用惺忪的睡眼看著座布團的孩子。
…………
座布團的孩子撤退了。嗯，不得已。光是搬走艾基斯就已經夠努力了，剩下的由我來想辦法吧。
我正要試著從小貓米兒開始移動時，小雪來到現場從旁一吠。

小貓們和一重頓時驚醒，從小黑的肚子上逃離。

起先我還覺得好凶，結果小雪把頭放在小黑空出來的肚子上。

…………

畢竟那裡是妳的地盤嘛。

接著，小黑再度散發出「幫幫忙」的氣息……是想上廁所嗎？

可是，如果不多忍耐一下，小雪會生氣喔。

順帶一提，靠著別人先一步避難的艾基斯雖然在小雪的一吠之下醒來，不過立刻又睡著了。

真有膽識。

妖精們的活動範圍相當廣。

明明是在村子北側的花田睡覺，白天卻會在宅邸裡或居住區現身。

大概是很中意牧場區，他們正圍著牛尾巴玩耍。雖然會遭到尾巴拍打……沒事嗎？嗯，真耐打呢。

目前還沒造成危害，所以我不會多管……但是要注意別亂闖私人空間。個人房間當然不用說，人家上廁所和洗澡時也是。還有，我家也就罷了，不要跑進別人家裡。

然後呢，糧倉禁止進入。

問我為什麼？不是你們的錯。只不過，露告訴我許多有關妖精惡作劇的故事。

比方說把地瓜變成石頭、在麵粉裡摻沙子……不，我不認為全都是妖精幹的。
但是，對於田地和食物的惡作劇，我不會一笑置之。
懂了嗎？不是嘴巴上講不要按、不要按，卻等著人家去按喔。
絕對不准喔。拜託嘍。

隔天。
差不多該收成的田地出現了異狀。
是叫麥田圈吧？麥子倒下，形成了圖畫。畫得很爛。

…………

人啊，生氣到了極點反而會笑出來呢。

田地有小黑的子孫與座布團的孩子們守著，能瞞過牠們做出這種事的有限。
抱歉，嫌疑最大的就是妖精！
我前往花田。
那裡聚集了大約五十隻妖精，以及大約十隻長成嬌小人型的妖精。
他們的中心是一位漂亮的女性……個子感覺很高。背後有翅膀，卻不是天使族那種羽翼，而像是由光聚集而成。

直覺告訴我，她是妖精之王……不，女王。而且，她就是犯人。

不過為了以防萬一，我決定先確認。

「對田地惡作劇的是妳嗎？」

「嗯？怎麼，居然對本女王無禮啊？」

我伸手抓住妖精女王的頭部。

「對田地惡作劇的是妳嗎？」

「等等、痛、痛痛、好痛好痛好痛！」

「對田地惡作劇的是妳嗎？」

偵訊手段會不會太強硬啦？不，考慮稻田的心情，這點程度還不夠。

嗯？她是之前就在這裡的妖精嗎？

怎麼啦？喔，你們阻止過了對吧？謝謝你們。還有，抱歉我不該懷疑你們。然後，犯人就是這傢伙對吧？哈哈哈，太好了、太好了。

「不、不行，撐不住了，要裂了，頭要裂開了啦～」

異世界悠閒農家

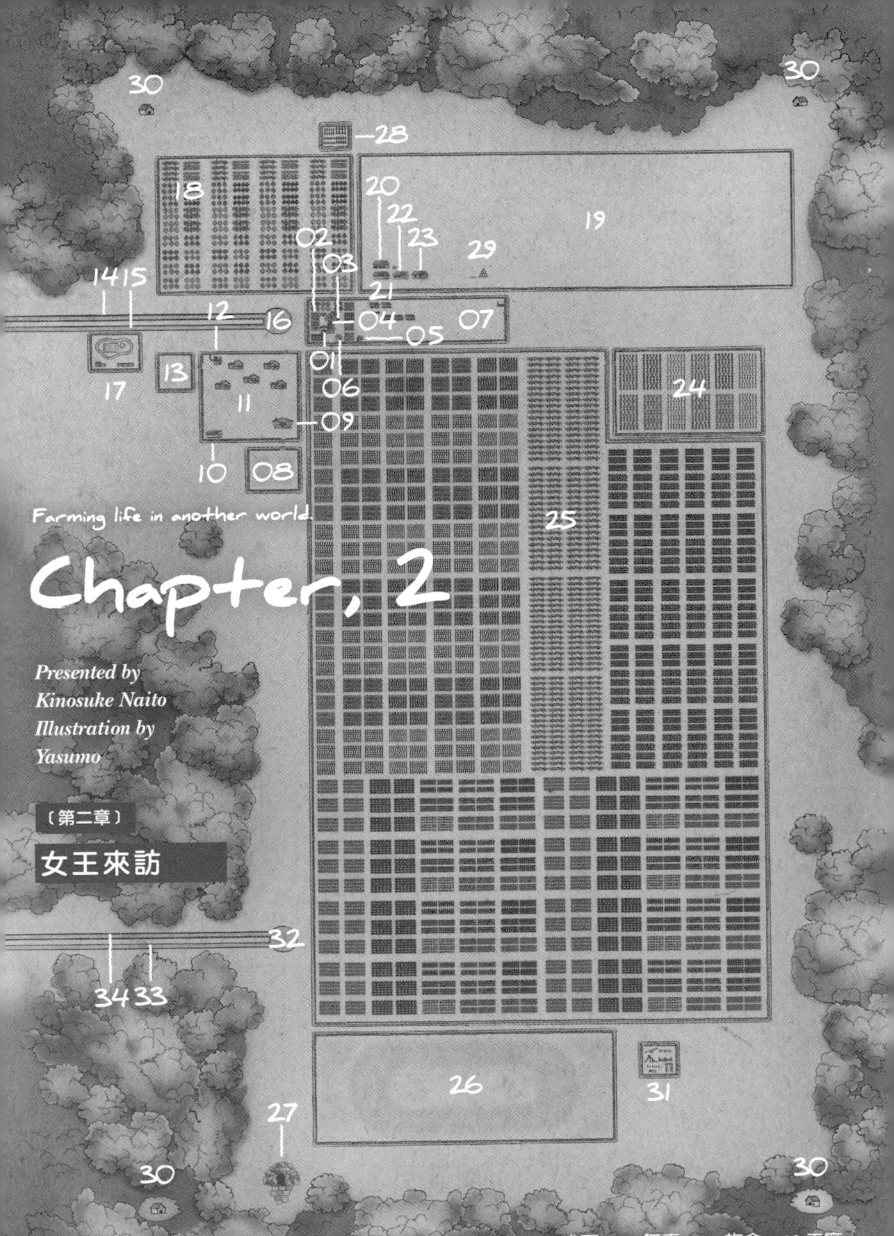

Farming life in another world.

Chapter, 2

Presented by
Kinosuke Naito
Illustration by
Yasumo

〔第二章〕

女王來訪

01.住家　02.田地　03.雞舍　04.大樹　05.狗屋　06.宿舍　07.犬區　08.舞臺　09.旅舍　10.工廠
11.居住區　12.澡堂　13.高爾夫球場　14.進水道　15.排水道　16.蓄水池　17.泳池與相關設施
18.果園區　19.牧場區　20.馬廄　21.牛棚　22.山羊圈　23.羊圈　24.藥草田
25.新田區　26.賽跑場　27.迷宮入口　28.花田　29.遊樂設施　30.看守小屋
31.正規的遊樂設施　32.新蓄水池　33.新排水道　34.新進水道

1 妖精女王

秋收的時間。

很忙。但是忙得很愉快。

「為什麼本女王要做這種事……」

要說有什麼破壞了我的好心情，就是妖精女王。看來反省得還不夠。

「露，準備澡盆。」

「是、是我不好。只要從這裡採收到這裡就好了對吧？我知道了。來吧，讓我們努力揮灑勞動的汗水吧！」

妖精女王慌慌張張地採收紅蘿蔔。

紅蘿蔔只要抓住整把葉子往正上方拔就好，但是妖精女王還不習慣，所以我事先把紅蘿蔔田的土弄鬆，讓她比較好拔。

不，與其說拔，不如說只是撿吧。所以我希望她不要抱怨，努力幹活。

昨天早上。

我逮到了對田地惡作劇的妖精女王。
她雖然沒有招認，卻有許多目擊者的證詞。
問我是誰作證？是妖精女王以外的妖精。
妖精們主動告訴我妖精女王的罪行，作證過程十分流暢。
端到妖精們面前的布丁沒有白費真是太好了。嗯，可以吃嘍。布丁雖然只有這點，不過甘蔗我會再準備一些。

我姑且還是有聽妖精女王的辯解。
「為什麼要對田地惡作劇？」
「布丁沒有我的份嗎？」
「……等妳交代完再說。」
「講好嘍。咳咳。田地的圖案呢，是我來到此地的證明。我自認畫得不錯，特別是那段曲線……」
雖然辯解才聽到一半，不過判決已下。有罪，而且不可饒恕。
在我心中她的罪和飛龍差不多重。
然而，拿長槍刺人類模樣的生物令我於心不忍，該怎麼辦才好呢？
……
這麼說來，露之前想拿妖精去泡，長大之後還可以嗎？

我找露商量。

「你說把妖精女王浸到溶液裡……沒試過耶，會怎麼樣呢？」

妳不知道嗎？

「畢竟從來沒人抓住妖精女王嘛。我很感興趣。」

可愛的笑容。真是可靠。

「啊，話先說在前面，就算把妖精翅膀拿去泡也不會要他們的命喔。泡進去一陣子之後他們就會消失，然後出現在別的地方。」

似乎是消失時產生的物質能拿來製藥。

雖說會出現在別的地方，卻不知道會出現在哪裡。有可能就在旁邊，也可能在別的大陸。

「妖精女王也會這樣嗎？這麼一來，消失時產生的物質……呵呵呵。」

「慢著。會出現在別的地方？那可就頭痛了。這樣等於放走她。」

「你都激起我的好奇心了，現在才要喊停？」

「沒有要喊停。畢竟必須給這傢伙懲罰才行。」

我伸手抓住想偷偷溜走的妖精女王。

「啊，不行，住手！」

「快選，要泡澡還是勞動。」

「兩個都不……嗚嘎啊啊啊啊！」

妖精女王神出鬼沒。在任何地方，卻也不在任何地方。她似乎就是這種存在。

但是，她有弱點。

一旦被其他人碰到，就會變得和普通人沒兩樣。不止我的手，座布團孩子們的絲線也一樣。在我發現妖精女王之前，座布團的孩子之一已經放出絲線。

此刻妖精女王之所以逃不掉，就是因為手腳上綁著座布團的絲。

順帶一提，妖精女王的頭髮裡面也藏了一根。就算她擅自解開手腳上的絲也逃不掉。呵呵呵。

總而言之，先扔進澡盆試試能不能熬出高湯，不用整個人都浸在水裡。露也打算先這麼做對吧？

我會準備專用的澡盆，一開始要先用冷水還是熱水？

「慢著。是我不好。」

…………

妖精女王用高高在上的態度道歉。

她認為這樣算是道歉嗎？

「倒下的麥子，就用我的力量讓它們恢復原狀吧。沒什麼，這點小事根本……咦？等等，為什麼要抓頭……好、好痛……痛到沒辦法說話了啦！」

她讓倒下的麥子恢復原狀。真厲害。太好了。眼淚奪眶而出。

這並不代表餘怒已消。不過……怒氣減半倒是真的。
回頭一想，送她去泡水倒是有點可憐呢。
「哼哈哈哈哈！你們這些笨蛋！大意了吧！」
妖精女王解開座布團孩子綁在她手腳上的絲線。
「再會啦！蠢貨！」
…………
對我擺出嘲弄姿勢的妖精女王還在原地。
嗯，這句話該由我來說。
「再會啦，蠢貨。」
我讓她先泡半天冷水，再泡半天熱水。

於是到了現在。
聽到我說只要幫忙採收就放她一馬後，妖精女王同意並參與勞動。
「這麼說來，我那份叫做布丁的東西怎麼樣啦？那個一看就知道，一定又甜又好吃！」
「這種話等妳好好做完工作再說。」
「不是已經在工作了嗎！我這個尊貴的女王！手都被土弄髒了！」
「妳採收了多少紅蘿蔔，妳倒是說說看。」

「呃……超過二十根。」
「這樣啊，看看那邊。」
高等精靈們正在採收馬鈴薯、番茄、茄子與南瓜等作物，已經快結束了。
「她們有很多人！我這邊只有一個喔！」
「妳負責的田地是一面的一半。高等精靈是十人負責二十面。懂嗎？」
「困難的計算我不會！」
「……我知道了。閉上嘴做人家要妳做的工作，吃的會準備好。」
「有布丁吧？」
「我剛才說過什麼已經忘了嗎？那麼，我再說一次。這種話等妳好好做完工作再說。」
「嗚唔！」
今年收成很熱鬧，而且很累。
採收完畢後，就要開始準備武鬥會。
「可以回去嘍。」
「布丁！」
「我說過沒辦法天天做了吧？」
「那麼，甘蔗也無妨。」

「講得好像自己很偉大一樣。」
「本女王就是偉大！偉大的人表現出該有的態度有什麼問題嗎！」
「這倒是無妨。啊，要是妳又對田地亂來……」
「我、我知道。不會再犯了。你很囉嗦喔。」
「嫌我囉嗦沒關係。話先說在前面，不是只講這裡的田喔。」
「咦？」
「對田地惡作劇不好。懂了嗎？」
「懂、懂了。」
「很好。記得告訴其他妖精。妳很偉大對吧？」
「嗯、嗯。因為本女王很偉大嘛，包在我身上。哈哈哈哈哈。」
「哈哈哈，交給妳嘍。」
假如這樣能減輕世上農家的辛勞就再好不過。

「啊，找到了。」
露看見我和妖精女王後走過來。
「先前泡澡剩下的水，發現有很多功效喲！我想改變溫度做實驗，可以嗎？」
「行啊。」

如果妖精女王能派上用場，就該儘量調查。

「慢著，不要擅自決定！我不想再泡那種澡了。」

「溫度不會像之前那樣極端。這回是很舒服的溫度喔。」

「騙人！絕對不要！」

儘管露苦口婆心，妖精女王卻堅持拒絕。

唉，這也是當然的吧。畢竟第一次很慘嘛。

更何況，妖精女王已經用勞動賠完罪，沒有提供協助的必要。所以說，就提供酬勞吧。

「泡一次澡一個布丁，妳覺得如何？」

「……三個。」

「蛋很珍貴。布丁只有一個，相對地，我會用很多鮮奶油和水果裝飾它。」

「！」

成交。

之後好一陣子都可以在村裡看見露在燉煮妖精女王。

「真像魔女呢。」

「不是像，我就是魔女。」

對喔。

然後呢，在露不做實驗的時候，妖精女王也會跑來村裡要甜食。
「工作就給妳。」
「我很擅長哄小孩喔。」
…………
雖然或許是真的，但有點恐怖，所以我暫時還不敢拜託她。

2 真妖精女王

自己的孩子是勞動力，可以毫不客氣地使喚，完全不考慮孩子的教育。在這種時代流傳一句話——
「如果讓小孩工作，妖精就會破壞田地。」
實際上，讓小孩重勞動的田地，都會遭到不可思議的方法破壞。
即使監視田地也沒用，所以當時的人們相當恐懼。或許就是因為這樣，如今小孩的勞動環境改善了不少。
即使如此，偶爾還是會有人虐待小孩。妖精則會出現在這種人身邊，反覆地惡作劇。
沒錯，始祖大人告訴我的。

…………

「但是，我沒有讓小孩重勞動呀？」

「會出現在什麼事都沒有的地方惡作劇，也是妖精的一面。」

真是會找麻煩的存在。

不過，始祖大人之所以說這些，大概是因為我要妖精女王別對田地惡作劇吧。他是要告訴我，妖精這麼做也有其意義。

「我知道了。我會告訴她，只要別對我的田出手就好。」

「抱歉啦。啊，用詞要小心喔。如果沒講清楚，會讓她以為只要不是村長你這邊的田，要做什麼都沒關係。」

哈哈哈，雖然和妖精女王相處不久，但我也這麼認為。到時候說話小心點吧。

我在牧場區看著妖精女王和山羊們玩耍。

……嘴裡還咬著甘蔗呢。一臉沒安好心的表情。

嗯…………不知不覺間，她居然成了山羊的老大。或許她比我想得還要厲害。那些山羊別說我的命令，連我的請求都不肯聽。

然後，她騎著山羊……衝向牛群所在的區域？喂喂喂。

牛平常顯得悠哉，不過生起氣來可是很恐怖的喔。

啊，山羊們在牛群面前叛變，把妖精女王交出去了。就是說嘛。山羊們就該是這副德行。
然後妖精女王……逃跑了、逃跑了。
居然逃到設置在牧場區的遊樂設施上頭。看來相當害怕。
但是，為什麼要在那邊挑釁牛群？牛爬得上去喔。啊，看吧，被追上了。
嗯，就算向我求助，我也很為難啊。

其他的妖精倒是很老實，悠哉地在花田閒晃。
就某方面來說，此情此景充滿了奇幻風情。
只不過，我有件事想拜託人型的小妖精。
如果要在花瓣上睡覺，麻煩睡姿優雅一點，不要兩腿開開。因為會教壞小孩。

武鬥會將近，所以村裡的訪客變多了。
德斯、萊美蓮與基拉爾。
每一個在看到妖精女王之後，都露出沉痛的表情，所以我決定當作沒看見。
「你們認識她嗎？」
「雖然不是不認識，但是和那傢伙無法溝通。」
這句話讓人感受到德斯的辛勞。

以前被惡作劇過嗎？被惡作劇之後應該不會放著不管吧？意思是就算這樣妖精女王還是活下來了嗎？這麼一想還真厲害呢。

「妖精女王是小孩的同伴。如果讓她陪小孩，她就會和小孩一起玩……但是她晚上也會把小孩帶出去，所以要注意喔。」

萊美蓮提醒我別讓妖精女王靠近火一郎，但是對我說這些，我也很為難。

還有，妖精女王晚上也會把孩子帶出去，這點已經確認了。哈克蓮大概是看見白天也想睡覺的烏爾莎之後猜到了，當場逮了個正著。

我讓妖精女王泡了大約兩天的熱水澡。

「畢竟不管怎麼說，那傢伙都很強，腦袋又好。我也被整過兩次。」

我一開始不曉得基拉爾這句話是在說誰。

明白是在說妖精女王之後，我吃了一驚。妖精女王很強？腦袋很好？

…………

該不會，先前的態度是裝出來的？

「不，那的確也是妖精女王沒錯。該怎麼說才好呢。」

看見基拉爾困擾的模樣，萊美蓮伸出援手。

「實際看一次比較快。」

於是萊美蓮拜託妖精女王幫忙。

妖精女王在地上召喚出數根很粗的藤蔓裹住自己。

那些藤蔓形成一顆球並且打開。

裡面是……寢室？不，是王座嗎？妖精女王坐在上面，看起來好像稍微長大了點？散發出來的氣息也不一樣。

「人類啊……有事想問我嗎？」

…………

這是誰啊？妖精女王？不，確實很像女王，然而……雙重人格？

「怎麼啦？要是你愣在那裡，本女王什麼都沒辦法回答喔。」

「呃，那麼……為什麼要往牛衝鋒而去？」

「因為那樣比較有趣嘛。但是那些可惡的山羊，明明已經向我宣誓效忠，卻在那種場合背叛。不可饒恕。」

…………

嗯，是同一人。我懂了。

所以，這就是基拉爾所認識的那位很強的妖精女王？

「為什麼平常不用這個外型？」

「這個外型不受小孩歡迎，動物們也不喜歡。啊，對了，我想起來嘍，村長。之前你做的那個叫鬆餅的東西，我還想再吃一次。」

妖精女王在我回答之前便離開了藤蔓王座。

啊，縮小了。氣息也恢復原狀。只有待在藤蔓王座裡的時候很強嗎？

基拉爾回答了我的疑問。

「她能伸展藤蔓建立自己的地盤，在裡頭隨時都維持那副模樣，是個連我用噴吐也消滅不了的麻煩存在喔。之前曾經交手過一次，但我不想再對上她了。」

居然能讓基拉爾說這種話……不簡單啊，妖精女王。

「她會在澈底卸除攻擊的同時，滔滔不絕地訴說甜食的美好，搞得我腦袋都要出問題了。」

…………

嗯，的確是妖精女王呢。

「村長，鬆餅。」

纏著我要東西吃的也是妖精女王。

…………

她會一直講到我去做吧。

算啦，沒關係。

「我知道了。今天的點心就吃鬆餅吧。」

妖精女王非常高興，往孩子們的方向跑去。

大概是要告訴烏爾莎和阿爾弗雷德，避免我撤回前言。原來如此，真聰明。

話說回來。

這些妖精女王召喚的藤蔓該怎麼辦？留下的部分相當占空間……露、蒂雅與芙蘿拉開心地把它切碎拿回去了。

似乎能製作貴重的魔法藥品。

感覺妖精女王就像會走路的藥草。

3 一如往常的武鬥會

「大樹村」舉行了武鬥會。

今年也是由文官少女組主導，所以我輕鬆不少。

儘管原因並非如此，但我今年也在飲食方面提供了頗多協助。

「今年有不少甜食呢。」

德萊姆對我說道，他手裡的盤子盛著放上鮮奶油與水果的鬆餅。

因為小孩們喜歡嘛。還有妖精女王。

「妖精女王啊……她要是嘗到這種甜點，大概短時間內都不肯走了吧？」

別說短時間，她已經在花田弄了個自己的家。看起來像巨大花朵的住家，真有奇幻的感覺。

不過，她也不是成天都在那裡睡覺，有時在村裡有時跑出去。

順帶一提那是第二間。

第一間孩子們覺得很有趣跑去玩，結果枯了。

雖然是人家擅自蓋的建築，不過弄到它枯萎還是很可憐，於是我訓了孩子們一頓。不過妖精女王大笑著原諒他們，讓我覺得自己的度量不如人。

不，該管教的還是要好好管教。

我要妖精女王別寵孩子，結果她把矛頭指向我說：「小孩做的事該由大人負責。」儘管不太能接受，身為成年人的我依舊老實地捱罵。

如果孩子們看見我捱訓的樣子能反省自己的行為就好了。

我原本這麼想，孩子們卻開心地玩了起來。

……………

爸爸因為你們的所作所為被人家訓斥，你們都沒感覺嗎？這樣啊，追逐妖精很開心是吧。

嗯？孩子們的目光完全沒和我對上？簡直就像沒看見我一樣……啊！妖精女王用了什麼魔法把我藏起來了對吧！

「那當然嘍。怎麼能讓孩子們覺得難受呢。」

澈底以孩子為中心。

可是，為了孩子們好，現在應該好好反省才對！我和妖精女王針對孩子們的教育進行了一番熱烈的討論。

不過雙方完全沒有交集就是了。

這位妖精女王呢，在會場後方的用餐區像個主人一樣地點餐。

「接下來麻煩給我四片，不，麻煩給我五片！還要很多那種軟軟的白色東西和水果喔！果醬……用草莓的。」

孩子們圍在旁邊。

妖精女王平常的舉止讓她很受孩子們歡迎。

「女王，我幫妳拿果汁來嘍。」

「女王，這個也很甜喔～」

…………

孩子們啊，不要太寵妖精女王。

休息時間即將結束，於是我和德萊姆一同前往指定的座位。

德斯、萊美蓮、葛菈法倫、基拉爾、始祖大人、魔王、優莉、比傑爾、藍登、葛拉茲與荷。

今年麥可先生和「五號村」的兩位前任四天王也來參觀。傳送門果然很方便。

我的座位在武鬥會舞臺的正面。裝飾很華麗，令人不好意思。

一般組與戰士組已經結束，分別都讓觀眾見識到了精采的戰鬥。

接下來要開始的是騎士組。

上一次因為「五號村」相關事務缺席的露和蒂雅回歸，感覺會非常熱烈。

騎士組第一輪的看點，大概是連續兩年贏得優勝的琪亞比特對上蒂雅。出現在決賽也不足為奇的對戰組合，勝負究竟會如何呢？

我原本這麼以為，結果卻是由蒂雅贏得壓倒性的勝利。

根據陽子的解說，琪亞比特和蒂雅從特色到戰法幾乎完全一樣，而蒂雅各方面都強上一截，所以這個結果似乎是理所當然。

「不容易爆冷門。琪亞比特如果不展現獨特的技巧，很難取勝哪。」

看來真的很難。

不過，琪亞比特的表情倒是出人意料地愉快。為什麼呢？

「因為琪亞比特……就某方面來說，算是蒂雅大人的崇拜者。」

格蘭瑪莉亞這麼告訴我。原來如此。

比賽繼續進行。
可能是因為年年舉辦的關係，能夠看見應對強者的策略，很有意思。
儘管不太會爆冷門，但是連我這個外行人都看得出他們在戰法上下了工夫。
我不由得感佩，大家都很努力呢。

決賽由露和莉亞交手。
戰勝琪亞比特的蒂雅，在準決賽敗給了露。前一場碰上座布團的孩子似乎造成很大的影響。
露則是接連碰上格蘭瑪莉亞與庫德兒等天使族，相當幸運。然而，她的好運也只到準決賽。
相較於和蒂雅大戰一場之後相當疲倦的露，莉亞則是精神抖擻，或者該說狀態萬全。先前的戰鬥，她都是以弓箭單方面攻擊贏得勝利。
這麼一來應該是莉亞有利吧……我原本這麼想，不過並非如此。
露避開莉亞的弓箭貼身肉搏，就這麼以拳頭擊倒對手。
恭喜。莉亞沒事吧？只是昏過去而已？這樣算沒事嗎？我拜託芙蘿拉治療。
然後我深切體會到自己不適合戰鬥。猜測完全沒中。

騎士組結束之後，就是自由對戰。由想戰的人上舞臺與別人交手。
德斯和基拉爾打頭陣。儘管戰況激烈，不過他們是以人形態對戰，所以比較能讓人安心。慶典一如往常。

我想自由對戰應該會徹夜舉行吧。大家注意別受傷了。

陽子，我可不會上場喔。

嗯？魔王為什麼是那種裝扮？連髮型都換了，變裝嗎？不是變裝？轉換心情？不，這是無妨……只見妖精女王出現在魔王背後，魔王的身影隨即消失。

咦？魔王出現在舞臺上。正確來說是舞臺上正在大戰的德斯和基拉爾之間。

他理所當然地被牽扯進去了。

沒事嗎？不，沒事。他躲開了德斯和基拉爾的攻擊。真厲害。不愧是魔王。

正當佩服的我抓住大笑中的妖精女王時，德斯和基拉爾大概認真起來了，同時化為龍形態。喂喂喂，在這種狹窄的地方……呃，大家都習慣了呢。觀眾紛紛拿起餐點和飲料避難。

還沒避難的只剩魔王。他的臉在抽搐呢，沒問題吧…………看來不行。他開始逃竄了。加油。

我一邊避難，一邊責備妖精女王。

「不要擅自移動別人。」

「是～」

由於她老實道歉了，所以我原諒她。

「不，等一下。我差點沒命耶，拜託再嚴厲一點。」

成功脫逃的魔王似乎很不滿，所以我用稍微嚴厲一點的方式警告妖精女王。

閒話 「一號村」居民 布魯諾

我的名字叫布魯諾。

其實我家境不錯，但是基於某些理由離家出走了。當時完全沒計畫，導致後來流落街頭，過得相當艱辛。

但是，因為有了這段生活才讓我遇上老婆，也因此得以移居「一號村」，所以我接受這一切。

現在的我，是個住在「一號村」的男人。為了懷孕的老婆，我必須努力。

在這種情況下，秋收結束，武鬥會的時期來臨。今年也要移動到「大樹村」。

雖然我希望老婆靜養，但是她堅持要去，於是我屈服了。

孕婦似乎做點運動無妨，這點我原先不知道。大吵大鬧自然另當別論，但是保護過度會造成反效果——有生產經驗的高等精靈如此告誡我。

不過，還是避免搭乘馬車比較好，所以我們徒步移動。

我和老婆當然不是兩個人出發，而是與其他同樣徒步移動的人結伴，和她同時期懷孕的人也在其中。她們也和我老婆一樣堅持要去嗎？

儘管生產還有段時間，肚子已經很顯眼的寶菈留下來看家。

「大樹村」和往常一樣，充滿了各式各樣的種族。

這點我早已見怪不怪，大驚小怪是沒辦法在這裡生活的。

何況在「一號村」，我們也是和地獄狼、惡魔蜘蛛、樹精靈與哈比族待在一起。

我甚至開始期待有新種族。這麼說來，有不死鳥的幼雛呢。

牠似乎來過「一號村」一次，不過我當時在工作，所以沒見到。這次務必要看上一眼。

但是，不能慌。首先要問候村長。

先到的人多半問候過了，這回大概只有我們徒步組。有點緊張。因為我是徒步組的代表。

不死鳥的幼雛就在村長頭上。

哦哦，還真是威風……比想像中圓了點呢。因為還是幼雛嗎？就形容牠看起來有福氣吧。

問候完村長之後，我也問候了不死鳥的幼雛。

村長對孕婦們很體貼。

不止口頭慰勞，會場內還安排了孕婦的區域。

孕婦區寬敞、乾淨，甚至有專屬的廁所和床。除此之外，還有數名惡魔族的老手助產師在附近待命。真是感激不盡。

話說回來……村長身旁有位陌生的女性耶？她是誰啊？

我和老婆聊了起來，話題是村長為我們介紹的陌生女性。

「村長說是妖精的女王呢。」

「確實是這麼說的。」

我原本覺得自己不會為了新種族感到吃驚，沒想到還是有吃驚的餘地。

不，只是我缺乏想像力吧。

讓想像力更豐富，還有讓思考方式更柔軟吧。

要做好連神明搬過來都不會驚訝的覺悟。嗯？遠方傳來貓叫聲？怪了？舞臺上有貓？

起先有點擔心，不過好像是由四隻貓上演一場大亂鬥。貓咪以前腳互拍的模樣真是溫馨。啊，用魔法了。還是相當凶惡的魔法呢。

唉，既然住在這個村子裡，就不會是什麼普通的貓吧。

「話說回來，親愛的？」

老婆出聲問我。

「你剛剛有記得在心裡對妖精女王祈禱嗎？」

「那當然。」

妖精女王。在人類的國家，大家都說妖精女王是小孩的守護者。

她會幫助被迫重勞動的小孩，也和小孩生病、長牙有關，這些故事很有名。

儘管孩子尚未出生的我們看起來沒什麼能向女王祈求的事情，不過沒這回事。

因為妖精女王又稱安產妖精，正是我們此刻最適合祈禱的對象。

「會不會是村長為了我們把妖精女王找來村裡呀？」

「或許真的是。不過，他應該費了不少力氣吧。」

看見老婆為難的表情，我表示同意。

妖精女王性格自由奔放、喜歡惡作劇，幾乎不會在同一個地方停留。

如果要留住她，需要有小孩，還得提供甜食與玩樂。

反過來說，要趕走她很簡單。只要拜她，她就會感到厭惡而離開。所以安產要在心中祈求。

真的很感謝村長。

還有回到一號村後，就叫寶菈來「大樹村」一趟吧。她要是知道妖精女王在這裡，一定會很驚訝。

晚上。

一如往常，武鬥會的熱鬧氣氛延續未斷，是個喧鬧的夜晚。

老婆已經先回旅舍就寢了。不能讓孕婦熬夜。

這一次，我參加一般組並且贏得勝利，喝了不少酒。

嗯？怎麼啦？有一隻地獄狼吵吵鬧鬧的。

…………庫里奇？是那隻幫馬可仕和寶菈顧家的地獄狼。

牠今天應該在「一號村」陪寶菈才對……還有醉意的腦袋頓時清醒。

「村長！寶菈出事了！」

有新生命在「一號村」誕生。

突然的生產，讓寶菈和嬰兒都面臨危險。

幸好，兩位高等精靈為了寶菈留在「一號村」，加上有惡魔族的老手助產師來參加武鬥會。

然後還有妖精女王。

按照惡魔族老手助產師的說法，當時母子都有危險，不過好像在妖精女王一抵達「一號村」就突然恢復了。真是謝天謝地。

不能拜，所以我只在內心重複感謝的話語。

然後，很多事回想起來都能理解了。

村長會因為妖精女王的惡作劇而斥責她，其他人卻置之不理。

就連露大人和蒂雅大人也全都交給村長處理。

即使對以賓客身分來訪的龍和魔王惡作劇，龍和魔王也都不會對她本人生氣。

我原本還在想是為什麼……如果有這樣的恩惠，也就能容忍了。

既然如此，村長為什麼會斥責她？不，村長的口氣不怎麼嚴厲，應該當成是在和她玩吧？

村長已經有許多位妻子……難道，他和妖精女王也——

不不不，我的想像力未免太豐富了。哈哈哈。

入冬之後，露大人告訴我理由。

「妖精女王啊，除了生產之外還有其他幫得上忙的地方喔。」

與小孩子生病、長牙無關。

「被妖精女王惡作劇的村子，懷孕的人會增加。」

原來如此，所以才會這樣啊。

「大樹村」的露大人、蒂雅大人，以及兩位高等精靈、三位山精靈懷孕了。真是可喜可賀。

然後，那個……這是什麼啊？藥？用妖精女王萃取液做的？

咦？啊，晚上的……啊、啊～

承蒙您的好意，等到老婆生產完，我們夫妻會商量著用。

還有，妖精女王似乎每十天左右會來「大樹村」一次。既然如此，村長應該更需要這種藥……完全不需要嗎？

不愧是村長。

4 自秋入冬

武鬥會結束隔天。

我徹夜未眠。朝陽好刺眼。

為什麼沒睡？那是因為昨天晚上留守「一號村」的寶菈突然就要生了。

雖然我是不是醒著大概沒什麼差別，但我難以入睡。畢竟還聽到了寶菈難產的消息嘛。幸好，剛剛小孩已經平安出生。真是可喜可賀。

而且是個男孩，眼角很像寶菈，嘴角也像寶菈呢。呃……一定也有像馬可仕的地方。

儘管我這麼安慰馬可仕，不過匆匆趕回來的他完全沒放在心上。

討論像不像之前，應該先感恩孩子的誕生是吧。嗯，也對。

阿爾弗雷德出生時我也這麼想。

呃，馬可仕、寶菈，你們拜我也得不到保佑喔。

還有，庫里奇。辛苦你了。如果沒有你的聯絡，寶菈就危險嘍。

哈哈哈，真可靠啊。嗯，之後也要拜託你了。

還有哈克蓮，抱歉啦。

「不用在意喲。畢竟爸爸和媽媽不知道馬可仕長什麼樣子嘛。」

我請哈克蓮去接馬可仕。

由於惡魔族的老手助產師說，母子都有可能面臨最糟糕的狀況，所以不能不叫他回來。

通過傳送門之後，哈克蓮化為龍形態飛過去。

從「大樹村」到「夏沙多市鎮」往返花了三小時。

因為是晚上，所以最花時間的部分，其實是從「夏沙多市鎮」裡找出馬可仕。

和哈克蓮同行的麥可先生動員商會人手找出馬可仕，確保他不會亂跑。手段似乎和誘拐差不多。

同行的麥可先生……回來之後一直在睡。等他醒來後必須道謝才行。

然後呢，我也該反省。其實拜託始祖大人或比傑爾就好，但我當時似乎也慌了。

而且注意到這點，是在哈克蓮把馬可仕帶回來的時候。弄清楚怎麼回事的始祖大人和比傑爾強調起自己的存在，這才讓我想到。真的該反省。

幸好母子均安。如果有個萬一……還是不要多想吧。畢竟孩子已經順利出生了，這樣就好。

我請始祖大人用傳送將人從「大樹村」帶回「一號村」。

雖然已是早晨，「大樹村」的宴會仍然沒有結束。

即使傳出寶菈難產的消息，關係人士以外的人依舊繼續參加宴會。儘管會讓人覺得有欠莊重，但是陰沉的氣氛似乎會喚來不幸。

「所以希望宴會繼續。」

由於「一號村」的居民全都這麼說，因此只能繼續了。

舞臺上的對戰自主中止。大家一邊享用酒菜，一邊說些開心、吉利的事。

不過，這也只持續到寶菈平安生產的消息傳來為止。

一陣歡呼之後，又恢復原狀了。

魔王居然站到了舞臺上，並且募集挑戰者。挑戰者是優莉，看上去似乎有些尷尬。雖然優莉背後還站了現役四天王就是了。這樣的宴會，此刻還沒結束。

「村長，該怎麼辦？」

「自主參加，明天早上解散。還有，想睡的人就讓他去睡。」

我打著呵欠這麼說道。

「大樹村」的武鬥會結束之後，則是「五號村」舉行收穫祭。

實際上採收作業開始得更早，而且已經完畢，只是要等「大樹村」的收成與武鬥會結束。

「抱歉讓大家久等了。」

「不會。就算提前舉行，『大樹村』的各位不參加也炒不熱氣氛。」

「有這句話我就安心了。」

活動由陽子與兩位前任四天王主持，所以進行得很順利。

雖說是收穫祭，不過內容相當於冬季取向的大型販售會。不過，有攤販和舞臺，所以也不是完全沒有慶典的要素。

我開場和大家打完招呼，就去監督鬼人族女僕和獸人族女孩負責的十個攤位。

只賣酒的兩個攤子非常受歡迎。儘管沒有直接賣，而是兌了果汁、冷水與熱水以杯為單位，卻賣得飛快，或者該說根本停不下來。

顧客也沒在攤位前面逗留。大家都快速地點完、付錢，接過酒杯後就把位置讓給下一個客人，沒有製造麻煩。

他們的動作甚至讓我懷疑是不是曾練習過。大家這麼想喝酒嗎？市面上應該也有不少「五號村酒」和「五號村酒改」才對呀？是慶典氣氛所致嗎？

其他攤販裡，有五攤是賣食物。

烤雞肉串、烤魚肉串、烤玉米、披薩與堡。

堡不是漢堡，而是熱狗堡。

只不過試吃時有人對「熱狗」這個名字有疑問，所以我開始思考它的名字。

於是，將麵包切開塞料的料理叫做堡；用麵包夾住餡料的料理叫做三明治。

所以我所知道的漢堡，在這裡叫三明治。有種不協調感。我習慣得了嗎？是不是該找個機會改名？

一個攤位只提供一種料理，因此處理速度很快，不過還是排起了隊。

儘管大家都很努力，調理速度還是趕不上。

如果還要更快，必須擴充設備，所以攤販做不到。若要想個辦法解決……大概得增加攤位的數量。明年就這麼辦吧。

兩個攤位販賣甜食，賣類似棉花糖和鯛魚燒的東西。

棉花糖機與鯛魚燒烤盤是由山精靈和加特費心製作。謝謝你們。

不止小孩子喜歡，也很受大人歡迎呢。

可能是價格設錯了吧，很多人大量購買令我有點困擾。棉花糖的漂亮形狀，再怎麼撐也就數小時，希望大家只買吃得了的量。鯛魚燒也希望大家趁熱吃啊……

剩下一個攤位賣果汁。

不喝酒的人會來光顧。

我原本以為，可能是因為這邊沒有賣酒的攤位受歡迎，所以來客不多，但是到了晚上卻大排長龍。

先前客人不多，大概是味道還沒傳開吧。

舞臺上，有各種表演娛樂觀眾。

我雖然沒空悠哉地觀賞，不過阿爾弗雷德上場時倒是有仔細看。

阿爾弗雷德讓不死鳥幼雛艾基斯表演鑽火圈。

…………

雖然會場反應熱烈……但是不死鳥是火鳥對吧？讓牠鑽過火圈？這樣算得上厲害嗎？不，很棒！阿爾弗雷德，很棒喔！

還有擔任助手的露。

雖然那副裝扮很可愛……不過我覺得在大家面前穿成那樣不太好耶，是不是？大腿露太多了。

5 優莉就業與冬天

差不多入冬了。

座布團和座布團的孩子們進入冬眠，要暫時分別了。

不過，今年座布團的孩子似乎有一部分會待在宅邸或迷宮裡，不會進入冬眠，可以不用覺得寂寞。

以迷宮為據點的阿拉克涅阿拉子不需要冬眠，因此一如往常。

格魯夫和達尬也要暫時離開。

他們今年冬天似乎要在「五號村」周邊修行。好像是武鬥會的成績沒什麼起色令他們感到很介意。

確實，兩人都被瞬間解決。還沒展現實力就敗退很不甘心吧。

「五號村」的畢莉卡、畢莉卡的弟子與精靈們似乎也一起修行，因此場面十分熱烈。

熱烈歸熱烈……但是修行就不能在家附近嗎？

…………

潑人家冷水也不好，就當成不行，目送他們離開吧。

「五號村」有了小小的變化。

魔王的女兒優莉到「五號村」任職。

立場是魔王國管理員。這個職位似乎類似沒設代官地區的視察員。

起初大家以為「五號村」接受魔王國派任管理員也就罷了，要接納魔王女兒的公主恐怕有困難。

「聽說公主殿下相當任性……」

村議員這句話所代表的形象就是原因。

對於這點，優莉選擇拜訪每一位村議員，試圖洗刷不良印象。

雖然她是這麼打算……

「公主居然一個個登門拜訪，根本是在整人吧！」

卻被兩位前任四天王罵了。

不過也因此順利讓大家接納了她，算是歪打正著吧。

「嗚嗚，明明是芙勞說和大家打招呼很重要，我才這麼做的……」

優莉知道「五號村」傳送門的存在。所以，她到「五號村」就任後，幾乎每天都會來「大樹村」。

芙勞的女兒芙拉西亞叫她「優莉姊姊」，讓她很開心。

順帶一提，芙拉西亞對於外公比傑爾是喊「爺爺」，不過對外婆希爾琪涅則是喊「姊姊」。外表讓她這麼認為也是難免。

雖說應該算不上取而代之，不過芙拉西亞對荷莉喊「奶奶」。儘管當事者荷莉感到過意不去，卻很高興。

雖然計劃蓋棟新房子當成優莉的住宿地點，不過實行要延到春天。

這一帶儘管冬季也能動工，不過這段時間似乎已經預定要蓋家畜小屋。優莉也不想中斷原本的工程，讓人家先幫她蓋房子。

相對地，優莉在住處完工前會住在陽子宅邸。儘管還有約二十人的隨從同住，但是陽子宅邸很大，完全不成問題。大就是正義。

不過，知道傳送門存在、得到使用許可的，都只有優莉。對此抗議的不是優莉，而是文官少女組。

「跟隨公主殿下的二十人裡，有好幾個是我的同期，還請務必招攬她們加入文官行列。放心，我們會鍛鍊她們。」

「裡面有龔子爵家的千金。她擅長計算，以前在老家應該也負責管帳才對。」

「有南方大陸知名代官的女兒呢。想必她也很清楚代官的工作。」

「波羅伊男爵的女兒……芙琉琳小姐？之前聽說她出嫁了，是回來了嗎？她應該有財務相關的工作經驗才對。絕對要確保！」

呃，她們的工作是優莉的隨從，並不是來當文官的……但是文官少女組全員直接向優莉提出請求。

優莉留下兩人避免生活起居出問題，其他十八人則轉職為文官。

「抱歉，好像在強人所難。」

我姑且還是先向優莉道歉。

「我本來就想過有可能會這樣，所以不用在意，請儘量使喚吧。她們的老家由我聯絡。」

「麻煩妳了。」

我原本在想，既然要加入文官行列，那就招待她們到「大樹村」，卻被其他人阻止了。說是這麼做太殘酷。

為什麼會殘酷呢？

儘管不太清楚，不過她們會暫時留在「五號村」實習。

利用實習期間查證……確認她們沒有危害「大樹村」的意圖之後，再告訴她們傳送門的事。

之後似乎會送其中幾人去夏沙多大屋頂。關於這點我也贊成，希望她們好好努力。

冬天。

該做的事都做了，所以該懷孕的時候就會懷孕，這點沒問題。

問題在於一口氣都來了。

露與蒂雅分別懷上第二胎，還有兩名高等精靈與三名山精靈也懷孕了。合計七人，真是可喜可賀。

這波集體懷孕是有原因的。雖然有點長，不過請聽我解釋。

其實大約從一年前開始，阿爾弗雷德開始一個人睡覺了。他的成長令人欣喜。不過，大概是覺得寂寞吧，他偶爾會在半夜跑到我或露的房間。

去露的房間時，如果露在就沒問題。露不在的時候，就會有點問題。

然後，來我房間時，如果露在就沒問題，但露以外的女性在就會是問題。

我認為這方面的教育終究還是太早了點。

但是，我也不能把因為寂寞而跑來的阿爾弗雷德趕回去。

結果，為了讓阿爾弗雷德來也沒關係，我經常一個人睡。

這是一段和平的日子。

然而，秋天時妖精女王來了。

妖精女王雖然會在晚上帶孩子出去玩，但她也很懂得怎麼哄孩子睡覺。此外，她還刺激阿爾弗雷德身為男孩子的自尊心，引導阿爾弗雷德一個人睡。

因此，我的和平夜晚就此離去。同時，激烈的夜晚復活了。

武鬥會時，寶菈生產讓大家變得亢奮可能也占了一部分原因吧。我只能努力了。

這就是集體懷孕的原因。

我個人則是希望蒂潔爾覺得寂寞而半夜來找我。

「蒂潔爾小姐很容易入眠，請放心。」

…………

只好期待火一郎的成長了。

集體懷孕的消息傳開後，獸人族女孩們加強了攻勢。我只能努力了。

身為山精靈代表的芽顯得有點苦惱。大概是因為其他山精靈比她這個代表先一步懷孕吧。然而，懷孕是神賜予的禮物。不要那麼苦惱，放輕鬆一點。還有，那個……不用穿奇怪的服裝也沒關係喔。那和性感是反方向。等座布團醒來之後記得去找牠商量喔。

閒話　和平國家國王的故事

不久之前我還是國王。

然而，因為兒子謀反而退位了。我當時已經有一死的覺悟，不過似乎只有軟禁。但是，這樣一點也不值得高興。

我十歲繼承王位，守著它已經長達三十年以上，沒想到居然會碰上謀反。

真想揍那個笨兒子一頓。此外，更令我憤怒的是家臣們。

雖然不曉得理由何在，可是居然會去支持我那個笨兒子。這些年來我的辛苦究竟是為了什麼？啊，真是火大。

不過，軟禁生活過了三個月之後，怒氣也淡了。

雖說是軟禁，但也只是不能離開宅邸而已，在屋裡倒是相當自由。另外，雖然不能公開，不過還是有感念我恩情的人會送些東西過來，所以金錢和飲食都不虞匱乏。

弄不到的只有情報，我完全不清楚兒子目前在搞什麼。畢竟先前身為國王總是能得到最新情報，因此失落感很重。不過，這點我也習慣了。

當我發現時，睡眠不足、運動不足的問題都已解決，身體狀況也很好。我想丟掉國王這個重擔，或許意外地不算什麼壞事。我其實不適合當國王——只要這麼認為就好。

那麼，什麼職業才適合我呢？

…………

為了尋找我的天職，可不能一直被關著啊。好，逃走吧。

同行者有五人。

從我小時候就在身邊照料我的老爺子、一名擔任護衛的騎士，還有三名侍女。一群選了我而不是笨兒子的人。

即使聽到我的逃走計畫，他們也沒有半點動搖，只是鞠了個躬就開始做準備。真可靠。

原本我想帶妻子同行，不過能猜到這會是一趟艱辛的旅程。儘管遺憾，但是得和她分別了。

希望我離開之後她能出面斡旋，避免剩下的人受罰。考量到妻子娘家的力量，兒子應該不會處罰她吧。不，很難想像那個笨兒子有本事對她怎麼樣。

這麼想的我去拜託妻子之後，被她揍了。

咦？妻子的位置就在丈夫身旁……這句話的確令人開心……但是妻子加入之後，同行者增為大約五十人。

該不會妻子比我還要有人望吧？不、不對，只是因為我想悄悄溜走才縮減人數而已……關於這件事，還是別多想吧。

總而言之，以他國為目標。畢竟留在國內會很麻煩嘛。認得我長相的國家也很麻煩。考慮到這點，我決定前往頗為遙遠的國家。

馬車隊列真誇張啊。整艘船幾乎都包下來了耶，會不會太顯眼？沒問題？不會有追兵嗎？和預料得一樣，追兵來了。

呃，毫不留情地對追兵進行反擊是不是有點怪啊？他們只是聽從笨蛋兒子的命令追過來吧？是我國的人耶？不，我並不想回到軟禁的生活……

也對。要是被帶回去，有可能會判死刑。

好，反擊。盡可能瞄準手腳。

一路甩掉追兵的我們抵達的地方是魔王國。

到了這裡，總不至於再有追兵了。畢竟這個國家正在和大陸之雄福爾哈魯特王國打仗嘛。儘管福爾哈魯特王國也有向我國求援，但我沒理會。我們又沒和魔王國敵對。

所以應該沒問題。希望如此。要是沒問題就好了。

好，來確保住宿吧。資金沒問題嗎？多到要蓋棟豪宅也沒問題？那就拜託嘍。

吃飯就……有個受歡迎的地方？老婆啊，妳是什麼時候弄到這種情報……不，很可靠喔。

——王子視點——

怎麼會這樣？

我不是讓政變成功了嗎？

排除滿口道理的父親坐上王位，家臣們也都為我高興。

到這裡為止都很好。

事情從哪裡開始變得不對勁的？

沒錯，從那個時候起就不對勁了。

「弄一份反抗我的貴族名單出來。」

「咦？」

聽到我的要求，親信一臉困惑。

「喂喂喂，你平常的準備周到上哪裡去啦？我還以為你早就準備好了。你也被政變成功的喜悅沖昏頭了嗎？」

「不，那個，王子。您說反抗的貴族，是指怎樣的貴族呀？」

「啊？那還用說，就是那些妨礙我即位的傢伙。」
「若是這樣的話，沒有。」
「啊？」
「您是第一王子對吧？」
「嗯、嗯。」
「沒有其他王子對吧？」
「沒錯。」
「既然如此，王位由您繼承是理所當然的。大部分的貴族都認為這次是王室的家庭紛爭或說父子吵架，所以靜觀其變。」
「慢著、慢著。但是軍隊在王城遭到抵抗了吧？」
「這個嘛，沒得到許可就率軍攻城，自然會這樣嘍。更何況，您開戰的宣誓講成那樣嘛。」
「你說『那樣』……應該很帥吧？」
「真虧您可以把自己的父親罵得那麼誇張呢。大家都嚇到嘍。」
「咦…………我以為很帥耶。」
「裡面有很多無憑無據的內容，已經讓人懷疑王子您的腦袋喔？」
「……該不會，我的評價一落千丈？」
「請放心，從一開始就在谷底。」

「你以為我會說『那就好』嗎！」

「您就算怒吼也毫無威嚴喔。重新整理一次吧，貴族大半沒參加，城裡抵抗的人也只是盡忠職守，並不是反抗王子。就某方面來說，反抗的人是王子，要是因為他們沒追隨就當成是在反抗您，好像也不太對吧？」

「抱歉，太複雜了。麻煩講得簡單易懂一點。」

「那不是和王子您敵對，而是正確應對王子行動的結果。」

「意思是沒有人違逆我？」

「正是如此。還是說，因為是王子做的，所以要所有人都低下頭接受？對於立場上應當守護國王的那些人來說，這種處置太過分了吧？」

「唔、唔嗯。」

「看樣子您似乎能夠接受，屬下感激不盡。」

「倒也沒有完全接受啦。我知道了……不然，就那個吧。弄一份為非作歹的貴族名單給我。」

「是。」

「喔，這個倒是準備好了呢……等等，這是支持我的貴族名單喔？你居然會搞錯，是太累了嗎？」

「沒有搞錯。」

「……咦？」

「『咦？』什麼，讓獨一無二的王子匆促即位還會有好處的，當然只會是這種人不是嗎？」

「……」

父親常說財政面臨危機。

但是，我有解決辦法。那就是從貴族身上搾取。不，是把貴族抄家沒收財產。

我也不是笨蛋，不會抄掉無罪的貴族。要抄那些有罪的貴族。

儘管我向父親多次提議，他卻沒一次接納，還嘲笑我。所以我才發動政變……

「呃，現在我國的收支情況怎麼樣啊？」

「請跟我來。」

文件堆積如山，多到讓人不想看。

「開玩笑的吧？」

「不，認真的。而且這些已經是篩選過的喔。」

「……拜、拜託用一句話總結。」

「財政困苦。期待王子您的手腕。」

從此以後，我就被埋在文件堆裡。

紙不是很貴重嗎？多成這樣，都讓人感覺不出來了……可是很貴重對吧？

用這麼貴重的紙請求我簽署，代表這些案件就是這麼重要，所以我很努力。

但是，不管我處理多少，都會有比已處理分量更多的文件送進來。這是怎樣？父親在整我嗎？

「前國王以前都是輕而易舉地解決掉喔。」

……………唔。

「我還以為當上國王之後只要每天出席宴會就好。」

「雖然並沒有這回事……不過有些宴會非出席不可。在那之前還請您搞定這堆文件。」

「唔嗯嗯嗯嗯。」

「不可以沒讀就簽名喔。裡面還混了檢驗用的文件。」

「喂，你是想妨礙我工作嗎？」

「不，檢驗用文件是我的假單。我預定休個一年左右，麻煩您嘍～」

「等等，喂、喂，這種時候要是沒有你在……」

「做得到，王子一定做得到！」

「做不到啦！你敢休假我就宰了你喔！」

「哈哈哈哈哈。」

唔，親信欺負我。

父親以前也是這樣嗎？

「你剛剛說什麼？」

「軟禁地點找不到前國王的身影。」

「看守的在幹什麼？和他待在一起的母親呢？」

「呃……包含原本待在軟禁地點的前國王、前王妃在內，共有五十二人一起失蹤了。」

…………！

該不會，和傳聞的「劍聖村」事件一樣？

「不，並非如此。有留下字條。上面寫著『我為了自由踏上旅程，之後交給你了』。」

「是父親的筆跡嗎？」

「是的，沒有錯。您打算怎麼處理？」

「……追。」

「咦？」

「追上去把他帶回來！不能只有他一個人逍遙自在！」

「前國王一行人進入魔王國了。屬下判斷軍隊已經無法追蹤，派遣密探已經是極限。這個是一個月前的情報。」

「唔！為什麼會跑到那種難搞的地方！」

「要逃離王子您的手掌心，那裡是最佳選擇。不愧是不敗王。」

「別用那個名字稱呼他。他只是個不敢打仗的膽小鬼。」

「是是是，屬下知道了。然後呢，這是密探的聯絡……現在，前國王一行人似乎以『夏沙多市鎮』為據點。」

「那個最近以美食聞名的城鎮對吧？」

「是的。他們在那裡……呃，加入了猛虎魔王軍。」

「居然加入了魔王軍嗎！」

「不，似乎是一種叫做『棒球』的球類運動隊伍。」

「球類運動？」

「是的。是以九人組成一隊的球類運動，在『夏沙多市鎮』很受歡迎，似乎有好幾支隊伍。猛虎魔王軍也是其中之一。」

「原來如此。」

「前國王在裡面好像是捕手兼第四棒。」

「……這很厲害嗎？」

「捕手好像是守備方的關鍵位置呢。至於第四棒……可以說是攻擊的關鍵吧？聽說他在每一場比賽都很活躍。」

「換句話說，他是在玩？」

「倒也不能這麼說呢。因為那支隊伍的教練，就是魔王。」

「……咦？」

「雖然魔王因為國政繁忙，大約十天才能參加一次，不過他是教練。」

「所謂的教練……是指？」

「指揮隊伍的人。」
「完全搞不懂。」
「我也是。還有，好像還確認到多位其他國家的退隱人士。」
「退隱人士？」
「像前國王那樣被迫退位的人，還有王位繼承競爭落敗的王子等。」
「意思是這些人都在魔王指揮的隊伍裡？」
「不，大多數好像在其他隊伍。海鮮咖哩軍和披薩至高軍比較多的樣子。」
「……」
「還有，前王妃……好像沉迷於舞臺劇。」
「舞臺劇？這麼說來，母親以前喜歡看人家演戲呢。她又贊助人家了嗎？」
「不，好像是自己登臺演出。她和左鄰右舍的婦人們一起……」
「…………」
「要怎麼做？」
「什麼怎麼做？」
「不，那個，要繼續監視嗎？」
「當然。還有，把這封信送過去。」
「信？內容呢？」

「我的賠罪，還有請求他復位。」

「我想前國王應該沒有善良到會因為這樣就回來……一般來說，會懷疑這是陷阱喔。」

「就算只有些許可能性，也要賭一把！要不然，國家……國家會撐不下去！」

「只要國王好好工作就行啦。來，好好努力！」

「唔唔唔。對了！我還有兒子！他應該今年就滿十歲了！」

「……難道說？」

「聽說父親繼承王位也是這個年紀。呵呵呵。」

「陛下精神錯亂了！衛兵！直接動手阻止他！不要客氣。沒錯，右鉤拳、右鉤拳！很好，那邊用左鉤拳！」

「別小看我！唔喔，怎麼可能，噗、咕噁——！」

「很好。辛苦了，衛兵。你可以下去了。還有陛下，雖然很遺憾，不過請您再努力十年。」

「嗚嗚……居然毫不客氣地動手揍我。我明明是國王耶。」

「您是國王對吧。別把責任丟給王子。」

「……該不會，你還為了我政變時沒找你商量而生氣？」

「哈哈哈，畢竟是當天才聽說的嘛。要不是前國王低下頭懇求，我早就離開這裡嘍。」

「父親向你低頭？」

「是的。所以我才會待在這裡。請您好好努力。」

「順帶一問，如果事先找你商量會怎麼樣？」

「我會衝去找前國王密告。因為事情會演變成這樣是顯而易見。」

「原來如此。所以那些貴族才說別找你商量嗎？」

「所謂的忠告，請您看穿說話者真正的用意之後再聽從。還有，我從下週開始休假。到時候會去問候前國王，賠罪的信由我拿給他。」

「咦？你說休假……」

「感謝您的簽署。請放心，只有短短三十天左右。」

「慢著慢著慢著！是我不好！」

這是和平國家國王的故事。

6 一如往常的暖桌

正午過後，我來到外頭。好冷。發抖。由於是冬天所以理所當然。

儘管有多穿衣服防寒，臉依舊會痛。真想馬上回家，不過得忍耐一下。

向大樹神社一拜。巡視神社周邊，確認有沒有髒汙。沒問題。

這雖然是早晨的例行公事，但因為是冬天或說因為很冷而睡過頭，於是拖到了現在。

不不不，不是睡到剛剛才醒，而是延後。由於深感抱歉，我再度向神社一拜。

緊接著，轉身跑回家。

溫暖的宅邸之中令人安心。

不過，這間屋子因為很大，所以離我的房間有些遠呢。這點比較麻煩。

回到房間，我脫掉好幾件多加的衣服。即使如此依舊十分暖和。

我的房間相當寬敞，不過巨大的床鋪和略大的暖桌占了不少空間。

暖桌底下墊了厚木板又鋪了地毯，因此和其他地方相比高出約十公分。這塊板子禁止穿鞋踩上去，就算是小黑牠們也會先把腳擦乾淨才上來。因為有這條脫鞋規矩，所以在屋裡有人甚至會穿比較容易脫的涼鞋。

好啦，雖然我也想鑽進暖桌……不過已經有不少訪客了呢。

首先是小黑和小雪。然後是……小黑二啊？你也變大隻了呢。和小黑已經沒什麼差別嘍。然後是兩隻小貓，牠們窩在暖桌上。我想剩下兩隻應該在暖桌裡吧。嗯，果然。啊，一重也在暖桌裡，和小貓們窩成一團。好好好，很冷對吧。我會幫妳們放下來，但是要在呼吸困難之前出來喔。

最後呢……我房間的暖桌擺了一張無腿靠背椅，代表那裡是我的位置。當然，是我專用的，不過……不死鳥幼雛艾基斯坐在上頭，而且一臉滿足。

抱歉，那裡是我的座位。我把艾基斯移動到暖桌上。就算你擺出不滿的表情也沒用。

我坐上自己的位置窩進暖桌裡。呼，好暖和。

接著，艾基斯移動到我頭上。暖桌裡的一重則窩到我腿上。好乖、好乖。

嗯？座布團的孩子們在屋梁上做準備。是不是先別看比較好啊？我就悠哉地等待吧。

就在我這麼想時，房間來了客人。那個人是陽子。

她彷彿把這裡當成自己房間一樣，自然而然地窩進暖桌。一重發現陽子出現便移動過去。好寂寞。

代替一重過來的則是酒史萊姆。真有彈性呢。而且好冰。

酒史萊姆的目的在於陽子拿來的酒吧。

用米釀的酒。把冰塊放進竹杯，再把酒倒進去。居然先給我一杯，真是不好意思。

嗯，感覺就像日本酒兌了水……不過很順口。

陽子的份要讓我來倒嗎？哈哈哈，別讓一重喝酒。還有，也分酒史萊姆一點，不然牠會鬧彆扭。

正當我享用著陽子拿來的酒時，座布團的孩子呼喚我。

準備好啦？你們剛剛在做什麼呀？

…………

這次是醒著的座布團孩子們團體行動。

牠們按照種類分開，然後列隊、行進，利用絲線進行立體移動。感覺像馬戲團呢，真厲害。唉呀，失敗了……沒關係，不要在意。沒錯，堅持下去比較重要喔。

座布團孩子們的團體行動，表演了大約五分鐘。

坐在我對面觀賞這一切的陽子傻眼地看著我。是嫉妒嗎？

如果用妳腿上的一重和我頭上的艾基斯交換，我就接受這份嫉妒。

我一邊稱讚座布團的孩子們一邊喝酒，此時鬼人族女僕端來了料理。午餐吃火鍋。

雖然大白天就吃火鍋好像不太對勁，但好像是陽子點的。那就沒辦法了。反正也沒有中午不能吃火鍋的規矩嘛。

鬼人族女僕之後，露、蒂雅、阿爾弗雷德與蒂潔爾來了。目的是一起吃飯。

小黑、小雪與小黑二讓出了位置，小貓們則在暖桌裡堅守不出。算了，以暖桌的尺寸看來，應該沒關係吧。

火鍋的主角，是從「夏沙多市鎮」運來的鮟鱇。正確說來是很像鮟鱇的魚……不過我從味道判斷牠是鮟鱇。

一掀開鍋蓋，高湯的香氣撲鼻而來。一起燉的白菜和蘑菇看上去也很美味。

只不過，顏色有點……讓人想要紅蘿蔔的紅色呢。

味道沒問題。喔，連麻糬也有啊？夠大家吃對吧？那就好。嗯，好吃。

艾基斯也要吃嗎？要吃是無妨，但要先從我頭上下來。啊，不可以直接用把喙伸進鍋裡。我們會幫你裝到小盤子上，別急。

……………

不要魚頭？眼睛很可怕？我懂你的心情。我知道了，魚頭就由我來吃吧。哈哈哈，沒關係啦。

嗯？啊啊，抱歉。也該和兒子女兒講講話才行呢。

不管怎麼說，冬天待在屋裡的時間總是比較多，是增進一家人感情的好機會。

隔天。

今天沒有睡過頭。去神社吧。

嗯？小黑二坐在中庭。怎麼了嗎？

小黑二一吠？哇！小黑的子孫們從我的左右兩側現身，開始團體行動。真是漂亮的行進，而且數量很多。大概是要和昨天的座布團孩子們對抗吧。

不需要表演給我看，我也知道你們很厲害啦。不不不，讓我看完吧。雖然很冷，不過我會忍耐喔。

7 在好林村附近休息

我決定帶賽娜生的賽緹給「好林村」的村長看看。

雖然計劃了很久，卻一直遭遇文化上的阻礙。根據賽娜的說法，帶出生的孩子給對方看，是地位低下那一方該做的。雖然我不認為自己的地位比「好林村」的村長來得高，但是全體居民都表示反對，讓我很困擾。

雖然想改為請對方過來看孩子，但是在這種情況下，由我這邊出面迎接似乎也不行。重點好像是要靠自己的力量抵達。

既然如此，就不能隨便開口要人家過來，所以計畫停擺了，但是我找到了解決方法。

首先我前往「五號村」，名義是視察。

不過，我不會利用傳送門，而是騎著哈克蓮移動。只是途中會經過「好林村」附近，偶然在「好林村」附近休息而已。只是因為想休息所以休息罷了。

事先得知我會從附近通過的「好林村」村長，就算來打聲招呼也沒什麼好奇怪的。雖然「好林村」村長的女兒、外孫女和我同行，不過這完全是偶然。世間有些事真的很不可思議呢。哈哈哈。

雖然麻煩，但是風俗習慣之類的東西不能小看。

順帶一提，這個解決方案是優莉提的。

王族和貴族似乎也會碰上類似的問題，這是送她地瓜乾得來的回禮。

實際上，雖說要在「好林村」附近休息，不過「好林村」是聚落的合稱，聚落也沒有用柵欄之類的東西圍住，邊界曖昧不清。因此，我們降落在「好林村」村長家所在的聚落附近。

然後呢，加特也和我們同行，由他去叫「好林村」的村長過來。雖然我覺得不用叫人家也會來，但還是有不來的可能性嘛。

儘管讓不滿兩歲的賽緹坐在哈克蓮背上移動會令人擔心，不過這部分就靠魔法解決。魔法真方便。

結果，雖然費了不少工夫，不過順利問候了「好林村」的村長，也讓他看到了賽緹。我鬆了一口氣，或者該說心頭的負擔稍微輕了點。

要說出乎意料的部分，就是「好林村」村長用跪地磕頭當問候吧。我並沒有生氣呀？不不不，大家是鄰居，好好相處吧。貢品？賽娜，這個拒絕也無妨對吧？很好，畢竟這次的見面是偶然嘛，這種東西就免了。

搞得有點累。

還有，我也問候了村長夫人——加特和賽娜的母親。幸好她是個溫厚的人。

咦？要為下訂單道謝？不用在意。畢竟我們這邊也有好處嘛。

啊，不時來「好林村」打擾的蒂雅懷孕了，短時間內會改由別人過來。是的，今後也請多指教。新訂單會由小型飛龍送來。

…………

原來訂單相關事宜是由夫人掌管啊。我都不知道。

和我一起移動的除了賽娜、賽緹與加特之外，還有格魯夫的兒子。他的目的是來找「好林村」的青梅竹馬。

他和青梅竹馬認定彼此是伴侶，已經私訂終身……仔細一問，才曉得還沒走到承諾這一步。

最糟糕的情況下，有可能只是對方哄他——聽到加特的弟子這麼嘀咕，格魯夫的兒子當場成了廢人。幸好武鬥會已經結束，舞臺可以等過了年再修理也沒關係喔。

好啦，格魯夫的兒子……和一位極為出眾的美人站在一起，而且滿面笑容，嚇了我一跳。

該說很有女人味嗎？年紀看起來比格魯夫的兒子還要大，感覺就像個姊姊。

咦？和格魯夫的兒子同年？這……呃，發育真好呢。

在不知情的人看來就像姊弟。搞不好會有人以為是母子……但只要當事人不在意就沒問題。加油吧，格魯夫的兒子。

然後格魯夫的兒子呢，扭扭捏捏地來找我。

想帶她回去？如果有當事人和「好林村」村長的許可，那倒是沒關係喔。啊，慢著、慢著。格魯夫不在也就罷了，但沒有格魯夫他太太的許可不會出問題嗎？結婚的許可由我給？只要我答應，沒人會有意見？

咦？是這樣嗎？先、先等一下。

我找了賽娜和加特商量。村民結婚是由我決定嗎？

「在『好林村』是這樣。不過，實際上當事者、雙方家人會先商量好，村長只是給最後的許可。」

原來如此。

「只不過，村長的決定比當事者的判斷更受到重視，所以如果村長不同意就不能結婚。」

責任真是重大呢。

所以說，大家才會認為格魯夫的兒子結婚需要我的許可？

「我想『大樹村』按照『大樹村』的規矩來就行了。」

規矩？沒那種東西。只要兩位當事者都有意願不就好了嗎？我可是很歡迎。

「那麼，我想只要准許就行了。」

聽完賽娜的回答，我點點頭。

不過，總覺得哪裡不太對勁。這應該對我沒什麼壞處吧？

「如果還沒得到家人的贊同，村長卻給予許可，村長就要負責說服家人。」

……………

格魯夫的兒子啊，先確認一下。

你有得到雙親的許可嗎？女方沒問題？自己的父母還沒？原來如此。

那麼，雖然帶她回去無妨，但是結婚要先得到格魯夫夫妻的許可。就是這麼回事。等到格魯夫回來吧。嗯。

呃，不需要露出那種表情吧……帶她回去沒問題喔，住在一起也沒問題。只不過還不能行房而已……放心，一個冬天很快就過了。只要格魯夫夫妻同意，就在村裡幫你舉行盛大的結婚典禮。如果不能住在一起，就幫她在旅舍安排一個房間，這樣如何？

……咦？擔心有別的男人對她出手？

這倒能理解，不過……村裡沒人會做那種事吧？放心。就說放心了啦…………我？哈哈哈哈，你在說什麼啊，我怎麼可能主動增加老婆的數量呢？

不，不是她有沒有魅力的問題。我說了不會對她出手，這樣沒問題了吧？不，你露出那種表情我也沒辦法啊。

和格魯夫的兒子談完時，「好林村」的居民已經聚集至此。

拜託不要所有人都跪地磕頭。好啦，起來、起來。天氣很冷，到火堆旁邊吧。

之所以聚集這麼多人是因為……喔，想知道搬去「大樹村」的兒女狀況啊。

就和信上寫得一樣，大家都過得很好喔。不需要擔心。

我和賽娜、加特、格魯夫的兒子，告訴他們獸人族移居者的近況。

早知道會這樣，是不是多帶幾個人來比較好啊？我們講話的期間，賽緹一直待在「好林村」村長的懷裡。

如此這般停留了數小時，休息結束。

我們被託了好幾份應該是趕著寫出來的信……更正，板子。畢竟飛龍快遞能送的量有限嘛。

在「好林村」村長等人目送之下，哈克蓮起飛。

我們姑且還是以「五號村」為目的地。一會兒後取消視察，轉往「大樹村」。雖然直接回去也行，不過名義上終究是視察「五號村」嘛。還是該做個樣子。

抵達「大樹村」時已經是晚上，小黑的孩子們出來迎接。謝謝你們。

還有，雖然事到如今才說這個有點晚，不過現在的數量還真是誇張呢。

我們將行李從哈克蓮背上卸下之後，她便恢復為人形態。

「幫了個大忙，謝啦。」

「不用在意啦～晚上還我人情就好。」

呃…………

我試著假裝不知道她在說什麼。

「我也要第二個。」

…………請手下留情。

還有，加特。抱歉啦。下次帶娜特一起去吧。

「哪裡，感謝您的體貼。」

原本我想把加特的太太娜西、兩人的女兒娜特也帶去。

但是娜西擔心礦山咳復發而辭退。儘管有露治療應該沒關係，不過還是是為了安全起見。

雖然娜特可以同行，但因為母親沒去，所以她選擇留下。不過，對於娜特來說，等於是去個陌生的村子嘛。我不會勉強她。畢竟這次去「好林村」也是臨時決定的。

下次先花點時間調整一下吧。

最後是賽娜和賽緹。

今天辛苦妳們了。嗯，很棒的笑容。

幸好有去「好林村」。

唉呀，這裡很冷。雖然有魔法防禦，但是要以防萬一。移動到暖和的地方吧。

有點忙碌的一日。

順帶一提。

格魯夫兒子的青梅竹馬在小黑的子孫們出來迎接時就昏過去了。

很久沒發生，讓我忘了會有這種事。

小黑牠們明明沒那麼可怕，但是第一次看見的人還是會嚇到呢。等她清醒之後向她道歉吧。

還有，格魯夫的兒子。露出那種表情也沒用，不是我的錯喔。

8 醉漢村長

格魯夫兒子的青梅竹馬，順利得到格魯夫太太的接納……或者該說非常受到人家歡迎，於是兩人就這麼決定結婚了。

雖然沒有得到格魯夫的同意讓我有點擔心，不過格魯夫的太太笑著表示：「重要的冬天跑出去的丈夫沒權利多嘴。」

……

格魯夫在離「五號村」不遠的地方努力修行，我覺得他可能馬上回來比較好。

格魯夫的兒子和青梅竹馬今年冬天會住在旅舍。這是格魯夫太太不惜動用獎勵牌提出的請求。她不是討厭小倆口，而是體恤人家。不，說明白一點，大概是期待有個孫子。加油，格魯夫的兒子。露做的藥分你一點吧。放心，不是什麼可疑的……的確是可疑的藥呢。嗯，唉呀，就是那一類的藥啦。你懂吧？這應該能幫上你才對。唉呀，別馬上吞下去喔。為將來需要的時候留著。我們說好嘍。

或許是我擔心過度，然而這是因為格魯夫的兒子住進旅舍還不到三天就已略顯疲態。還有，如果有煩惱就來找我或加特，別悶著喔。

沒錯，不可以悶著。

我在宅邸當著女性們的面宣告。大家來談一談吧。我覺得孩子已經夠多了。

談完的結果，又有兩個獸人族女孩懷孕了。為什麼！

當然，因為該做的事都做了。我為自己的意志力薄弱感到悲哀。

開始下雪了。

一邊泡澡一邊賞雪別有一番風情。不知為何陪著我泡澡的酒史萊姆，慵懶地待在盆子裡漂浮，旁邊則是裝了酒的竹杯。

……………

可以分我一點嗎？不好意思啊。不過，會乖乖分我，代表這酒是你擅自拿來的對吧？

我知道了，一起去道歉吧。所以再來一杯。

泡得久了點，所以小黑擔心地來看看狀況。謝謝你。

順便幫你洗個澡吧。哈哈哈，別客氣。而且不弄乾淨會被安瞪喔。小雪也喜歡你乾淨一點吧？最近沒有外出所以沒關係？只要不外出身體就很乾淨，這種事大家都想過啊～但是，就算不外出身體還是會髒。認命讓我洗吧。哈哈哈哈哈哈。

嗯，有點醉了。

我和洗乾淨的小黑窩進暖桌。酒史萊姆不見了。等等要記得去道歉啊。

暖桌上有小番茄。由於放在外面冰了一會兒，正適合泡得暖呼呼的身子。

某天我想起了小番茄，將它種出來，小黑的子孫們卻以為番茄發育不佳而大驚小怪。向牠們解釋「這個品種就是這樣」相當費工夫。

由於吃的時候不會弄髒嘴角，所以我想推薦給大家，不過小黑牠們似乎比較喜歡普通番茄。話雖如此，卻也不是不吃。

小黑張開嘴巴等待，於是我放了三顆小番茄到牠嘴裡。

至於鬼人族女僕們則是因為不用切就能端上桌省了麻煩而給予好評。在幫料理添色這方面，似乎有活躍空間。

有什麼以小番茄為主的料理嗎？

……想不到。

會不會是因為喝了酒啊？還是說根本沒這種東西？

嗯？不知不覺暖桌上放了一籃橘子。感謝。

正好想吃橘子了呢。在橘子另一邊，妖精女王不知不覺間已經窩進暖桌，嘴裡咬著地瓜乾。

…………

喂，別在暖桌裡搔人家的腳。

嗯？小貓們也在暖桌裡嗎？好險。因為小貓們就算碰上我，也會毫不客氣地攻擊嘛。好乖、好乖。

四隻小貓意外地黏我。理由很簡單。因為母親寶石貓珠兒懷孕了。難怪珠兒近來比較安靜，原來是這麼回事。

這是無妨，但可別每年都來一次。不過，即將誕生的小貓令人期待。雖然不能大聲說出來就是了。

要是人家笑著對我說「和自己的小孩相比，你好像更期待貓的小孩」就糟了。

唉呀，大概是我的思緒外洩了吧，小貓們生氣了。不不不，就算新的小貓出生，也是妳們比較重要喔。哈哈哈。

妳們快當姊姊了，得穩重點才行呢。

然後妖精女王，今天怎麼啦？

「只是很正常地來玩而已。不過他們在念書，所以我被趕出來了。」

鬼人族女僕端了杯熱紅茶給妖精女王。

聞起來像是加了很多砂糖……更正，加了很多蜂蜜的甜香，飄來我這裡。

我的紅茶不用那麼甜……怪了？我的份呢？咦？偷、偷酒的是酒史萊姆，不是我喔。

不，我確實也有喝……啊，嗯，雖然是我的東西，但是不能瞞著管理的人自己拿走對吧。太晚去道歉是我不好。

…………

溫熱的紅茶真是好喝。呼。

我喝著紅茶，邀請正好在場的妖精女王陪我下黑白棋。

她強得亂七八糟。

我和小黑、小貓們集思廣益也贏不了。不愧是妖精女王。

還有小黑，去叫小黑四過來。

沒關係。為了勝利必須不擇手段。我可沒有什麼自尊。

嗯，我果然醉了。

9 巧克力與雪對策

妖精女王，今天的點心要什麼？

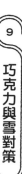

「鬆餅！要淋那個黑色的東西！」

黑色的？喔，巧克力啊？

之前雖然種了可可，但是不曉得做成巧克力的方法，所以放著沒管。

最近獸人族女孩找到了製作巧克力的方法。儘管一開始苦味很重，但加了牛奶和砂糖之後就變得適中了。

不過，離我所知的巧克力還很遠。我所知的巧克力口感更滑順、甘甜。但是，我參觀了她們製作巧克力的過程，感覺非常辛苦，所以說不出這種話。何況就算是這個味道，也已經讓村民們大為讚賞了。

然而，全都是手工作業所以很難大量製造，實在很遺憾。巧克力成了貴重品，因此我沒有單吃巧克力，而是當成其他食物的配料。

居然要求淋上這麼貴重的巧克力，妖精女王還真是不客氣。雖然會做就是了。

妖精女王回答鬆餅時豎起了三根指頭，所以是三塊。

擺上鮮奶油和香蕉，再淋上加熱後溶成液狀的巧克力，最後灑上弄碎的杏仁就大功告成。

因為怕不夠甜，所以我姑且還是準備了蜂蜜……狠狠地淋了一堆上去。會蛀牙喔。怪了？妖精會蛀牙嗎？

唉呀，我聽到阿爾弗雷德、蒂潔爾與烏爾莎的腳步聲。看來用功時間結束了。

那麼來煎下一批吧。

「再來一份！」

對於妖精女王的要求，我嘴上回答「好好好」，但煎的是阿爾弗雷德他們的份。

我知道，要照順序來。

今年的雪下得很大。

保護各區域變得很辛苦。清除積雪當然不用說，還得把雪蓋住的通道挖出來。

還有要檢查水道。雖然寬的水道沒問題，窄的水道卻可能結凍。

至於檢查方法，就只是粗魯地拿木刀敲打結凍的水面，因此孩子們搶著做。

好好好，一起去吧。記得穿得暖一點。帽子也戴著吧。唉呀，人數有點多耶……要是只有我一個人，出問題時就麻煩了。

露和蒂雅懷孕了，不能勉強她們。有沒有人……哈克蓮已經在準備外出，似乎打算跟我們一起去。

「妳穿得很暖耶，龍也會怕冷嗎？」

「雖然不怕，但是孩子們有樣學樣可就不好了吧？」

「的確。火一郎呢？」

「母親大人來了。」

我都忘了。

我、哈克蓮、阿爾弗雷德、蒂潔爾、烏爾莎與三個獸人族男孩出發巡視水道。

扣掉我和哈克蓮，每個人都拿著木刀，在不知情的人眼裡大概是個有點危險的集團吧？呃，也可能是一群從劍道場回家的小孩……烏爾莎，別亂揮木刀。除了蒂潔爾手裡那把之外全都是同樣的長度，再怎麼比都一樣。不要繞路。不要把樹上的雪敲下來。

下雪讓烏爾莎相當興奮，哈克蓮一句話讓她安分下來。

「烏爾莎要當個穩重的姊姊對吧～」

…………原來如此。啊，喂，獸人族男孩們啊。不要悄悄說什麼做不到、太困難之類的話。信心很重要喔。

會結凍的地方有限。基本上是水流緩慢處，所以幾乎只有那幾個位置。

「凍住的部分只有上面喔。」

孩子們用木刀敲破冰層檢查。從冰的厚度看來……似乎還沒出問題。

「這裡全都凍住了。」

找到了嗎？幹得好。

還用木刀把結凍的地方打碎啦？真厲害。

水道沒壞吧？好，那就讓哈克蓮用魔法把結凍處的冰全部融化吧。

「不要讓我來，給孩子們練習。」

哈克蓮這麼說，所以交給孩子們處理了。
孩子們以火焰魔法讓冰塊融化。
…………
村裡的孩子都是天才嗎？這是基礎？不不不，他們可是漂亮地用火焰讓冰融化了喔。
於是我發現，哈克蓮一臉得意。
「……是哈克蓮妳教的嗎？」
她用力點頭。雖然不甘心，不過還是誇獎她一下吧。

檢查完水道後，我們回到屋裡享受紅豆年糕湯。
原本很冷的身子都暖和起來了。還好出發之前有先準備。
年糕每人一塊喔。畢竟吃多了會吃不下晚飯嘛。

我在享受紅豆年糕湯的同時，也聽取各區的報告。
各區都沒事。
村子外圍溝渠中的積雪全都用魔法融掉了。太好了。
所以，沒融掉的雪呢？還有不少啊？
那麼，可以蓋雪屋了呢。

要在哪裡蓋？這個嘛，中庭看來比較方便。既然萊美蓮來了，天氣又好，那麼明天就堆個雪山吧。
該做點準備……咦？已經準備好了？動作真快。
雪山是不是很受歡迎呀？大家都很期待嗎？
如果萊美蓮不弄，就由我來。
我將紅豆年糕湯遞給來報告的高等精靈們，同時思考著這些事情。
怪了？年糕的數量不夠？吃完的孩子們一哄而散，彷彿要逃避我的疑問。
……
要是吃不下晚飯惹安生氣，我可不管啊。

10 生產與雪屋與雪山遊戲

「一號村」的孕婦陸續生產。
每個孩子都順利出生，真是太好了。
回想起來，寶菈大概是最危險的吧。
難產的原因是什麼？因為沒發現懷孕所以太逞強？還是工作壓力？完全沒有相關知識實在很麻煩。
按照惡魔族老手助產師的說法，這種事每個人情況不同，所以沒辦法確定難產的原因。話是這麼說卻也不需要煩惱，希望把重點放在讓孕婦吃得營養、適度運動，過規律的生活。

原來如此，把這件事告訴大家吧。嗯，意思是看得太嚴重也不行對吧？我明白。我再怎麼說也是村長嘛。

我知道，不可以過度在意，更不可以放著不管。

我們用雪蓋了雪屋。

地點起初選在中庭，但是乾淨的雪不夠只好放棄。雪屋需要的雪比原本所想得還多。

由於是從萊美蓮做的雪山拿雪，所以雪屋的建設地點在雪山附近。

把火缽拿進雪屋裡，馬上就變暖了。好暖和。在火缽上頭放鐵網，加熱裝了味噌湯的鍋子，屋裡滿是香氣，令人心曠神怡。

現在雪屋裡有我、酒史萊姆，以及矮人多諾邦。既然成員是這些人，當然會有酒。

把味噌湯的鍋子稍微移開，空出熱酒的空間。

首先是熱紅酒。

由於沸騰會讓酒精揮發，所以必須盯著……不過有酒史萊姆和多諾邦在應該沒問題吧。嗯，熱了。

我還加了肉桂、胡椒、檸檬汁與橘子汁等東西挑戰調酒。多諾邦，熱紅酒裡追加葡萄酒好像沒什麼意義耶？

熱紅酒之後，用小鍋子煮熱水，挑戰類似熱清酒的飲料。

我沒做清酒壺，於是拿竹子代替，所以酒帶有竹子的氣味。不過，這樣也有這樣的好處。酒史萊姆也高興地表示不壞。

「最近喜事連連呢。」

多諾邦邊喝邊嘻嘻笑。這不只是因為酒。

因為村裡又來了三位女長老矮人。我們不會把特地穿越「死亡森林」過來的人趕回去，而是歡迎她們到來。

之後，她們得知我們認識守門龍，「五號村」甚至有通往這裡的傳送門，當場洩了氣。瞞著守門龍翻山越嶺似乎很辛苦。

不過直接去找他談應該就會放行了耶。是不是害怕過頭啦？不，他必須要讓大家害怕吧。畢竟是守門龍嘛。

…………嗯？怪了？

我記得，他是因為要防止「死亡森林」的魔物和魔獸南下，才被稱為守門龍。既然如此，守門龍不是該受到大家感謝嗎？為什麼會害怕？

我拿這個疑問去問多諾邦，他笑著回答：

「光是身為龍，就會成為敬畏的對象。」

原來如此。

看著雪屋外頭和孩子們打雪仗的哈克蓮與德萊姆，實在很難這麼想呢。

順帶一提，萊美蓮在和火一郎玩雪。要是把雪球往萊美蓮那邊丟，從許多方面來說都很危險，所以打雪仗組要小心。啊，萊美蓮用魔法張設護盾啦？防禦和防寒都萬無一失。

這是走進雪屋的德斯告訴我的。

為了道謝，來碗味噌湯……他盯著酒看，所以我拿酒給他。

我原本還在想德斯是來做什麼的，結果好像是安拜託他拿下酒菜過來。謝謝。

還有，只因為是龍就會成為敬畏的對象啊……德斯進來不久，基拉爾也來了。他手裡拿著鍋子，似乎是給孩子們的紅豆年糕湯。謝謝。

古拉兒站在基拉爾後面，拿了餐具過來。

至少，他們在這個村子不是敬畏的對象呢。

基拉爾在村裡為古拉兒弄了間屋子。

嗯，雖然負責蓋的是我和高等精靈們就是了，不過差不多在秋天時就蓋好了，所以古拉兒開始在那裡生活。

古拉兒外表年幼，但依舊是龍。儘管不必擔心防犯問題，生活層面依舊令人擔心。

我認為不需要勉強她一個人住，但是考慮到將來希望學習生活自理的古拉兒以及認為她和女婿候選人住在一個屋簷下還早的基拉爾達成共識。女婿候選人指的是火一郎。

雖然我覺得火一郎才三歲多一點，不需要在意，但是古拉兒很有志氣。

於是古拉兒開始一個人住。

她努力了三天左右，但是第四天就放棄了，哭著回到宅邸。雖說她一個人住，不過姑且還是有派人看管，或者說通勤照料她的起居……但是晚上家裡只有一個人，似乎讓她覺得很寂寞。

目前她一半時間待在宅邸，另一半時間在家裡。

新家還住了五位從德斯那邊派來的惡魔族老手助產師。這是基拉爾拜託的。

村子裡有惡魔族老手助產師很可靠。

還有，自從古拉兒開始一個人……近似一個人住後，她的生活能力逐漸提升。

當事者認為目前這樣沒有問題，可是阿爾弗雷德和蒂潔爾卻很羨慕古拉兒有自己的家。即使你們想要，我現在也還不能答應，更不會答應。

原以為烏爾莎也會想要，但她似乎完全沒興趣。嗯，我懂。妳還是比較喜歡待在哈克蓮身邊對吧。

由於雪屋蓋得很寬敞，所以德斯、基拉爾、古拉兒都進來也還有空間，不過古拉兒放下餐具之後，就跑去打雪仗了。看來她距離長大成人還早。

我們享受著類似熱清酒的飲料以及熱紅酒，偶爾還會喝點味噌湯。

之後，多諾邦享用起埋在雪裡冰鎮的酒。

冷天待在溫暖的雪屋裡喝冰涼的酒相當好喝。喝過頭可能會感冒，所以要注意別喝太多。

…………

不過，應該沒人會在意這種小事吧。

唉呀，孩子們的雪仗似乎已經到最後決戰，差不多該熱紅豆年糕湯了。

結束之後他們大概會跑過來。雖然很冷，不過紅豆年糕湯還是在外面加熱吧。誰來幫個忙……不好意思。

我請德萊姆幫忙。

原以為多諾邦會過來，不過他在和德斯、基拉爾喝酒。敬畏云云的怎麼樣啦？算了，也罷。

負責管紅豆年糕湯的人雖然會覺得冷，不過離火堆很近。而且，這是個可以討孩子們歡心的好工作，加油吧。

在孩子們享受紅豆年糕湯的期間。

萊美蓮和火一郎一起在雪山上滑雪橇。真是溫馨。

一旁，妖精女王站在滑雪板上展現美技──

利用跳臺，跳起來在空中旋轉一圈。

著地時也擺出了漂亮的姿勢。精采。雖然精采……

看到那種表演之後，孩子們都衝上去搶著要模仿。

慢著，過去之前先擦擦汗。如果覺得衣服溼了就換掉。我另外有蓋換衣服用的雪屋，也準備了衣服。右邊是男生用，左邊是女生用。別在裡面鬧喔，特別是女生。

雪橇？嗯，有準備足夠的數量。今年還有滑雪板喔。剛才妖精女王用的那種，站著滑的雪橇。還沒習慣時，要先在比較低的地方試喔。

至於跳臺，只有可以從上滑到下都不摔倒的人可以用。禁止空中旋轉一圈。不可以逞強和亂來喔。

滑雪板要把腳固定在上面，所以摔倒時容易扭到腳骨折。

所以，我的手工滑雪板設計成腳可以輕易離開。

這麼一來雖然不太需要擔心骨折，卻變得不適合比較激烈的動作。能用這種滑雪板在空中轉身還真不簡單呢。

…………

啊~烏爾莎。妳想說只要轉兩圈就不算旋轉一圈了對吧？不行喔。

這些滑雪板不適合那種動作，所以禁止空中旋轉。雪橇也不准。

11 孕婦與牛

放著孕婦不管不是好事，所以我登門拜訪。

拜訪為懷孕中的寶石貓——珠兒準備的房間。
空房間裡擺了火缽，並且用鍋子煮熱水，維持恰當的溫度與溼度，舒適得令人難以想像是冬天。
房間角落放了個大坐墊，珠兒就窩在上面。
珠兒在懷孕期間不喜歡人家碰，所以我站在稍遠處看著牠。
代替牠來到我身邊的是貓爸爸。不是來撒嬌，而是警告。知道啦，我不會靠近珠兒。
你已經是個出色的父親了呢——我摸摸牠。只不過，希望你在孩子的教育上也花點力氣。米兒牠們到現在還是一樣愛撒嬌又愛胡鬧喔。
哈哈哈，就算你發出難為情的叫聲，我也幫不了你。
嗯？貓爸爸突然離開我身邊。
我還在想是怎麼回事，原來是米兒牠們來到房間了。然後牠們開始攻擊我。不是為了保護貓媽媽，而是因為放著牠們不管跑來陪貓爸爸和貓媽媽。
抱歉。還有在這裡打鬧會被珠兒瞪，好啦，離開房間嘍。
離開房間之前，我檢查放在火缽上的鍋子。還是加點水吧。
儘管鬼人族女僕會定期來巡視，不過注意到的時候就該先搞定。
我到別的房間陪米兒牠們玩，座布團的孩子和小黑的子孫便闖了進來。花了不少時間。
然後，懷孕中的露和蒂雅笑著叫我。

是，我知道。我沒有放著妳們不管喔。

在牧場區，牛自顧自地移動，完全不把積雪放在眼裡。

儘管應該不要緊，但是臉上和背上都有雪的牛看起來很冷。

我想帶牛去溫泉，不知方不方便？只要利用迷宮的傳送門，移動就不成問題。

問題在於溫泉。

最近入浴的人很多，讓牛進去泡，大概會不受歡迎吧。

我決定借用為溫泉地獅子一家開闢的溫泉。

中午，我開始帶著牛往溫泉地移動。

山羊們衝過來表示想去，然而我實在沒辦法同時帶牠們走。馬兒們也是，抱歉要請你們排隊。

由於事前已經聯絡過，在迷宮內和溫泉地的移動很順利。

牛群進入溫泉，看起來很舒服。

…………

獅子也一起泡，就畫面上來說會令人不安呢。不過，我已經明確地拜託過牠們不要吃這些牛，應該沒問題吧。

我原本打算等牠們身子暖一點，就一頭一頭地幫牠們刷洗……但是牛群不肯離開溫泉呢。大概很中意吧。

擔心牠們覺得冷所以讓牠們先進溫泉是個失敗。

只好等牠們自己出來……但是我會覺得冷。不得已，到建築裡避難。

和管理溫泉地的幾位死靈騎士、傳送門管理員阿薩交換情報，藉此打發時間。

牛群離開溫泉時，太陽已經快下山了。

日後。

先前從來沒有溜出柵欄的牛群溜走了。

而且，是跑到溫泉地悠哉地泡溫泉。牠們穿過迷宮，利用傳送門到溫泉地？真聰明呢。

不，不是佩服的時候。呃……

牛群並沒有粗魯地撞破柵欄。牠們打開牧場區的門走到外頭之後，還會記得把門關上。不僅如此，甚至請小黑的子孫們護衛。

就是護衛之一跑來向我報告，我才知道牠們偷溜和跑去哪裡……嗯。

總而言之，不要擅自移動。只要講一聲就帶你們去。

牧場區擺了個鐘。

鐘上綁有粗繩，牛會咬住繩子敲鐘。
聽到鐘聲，照顧牧場區動物的高等精靈或獸人族女孩就會開門。
前往溫泉地的路上，會由小黑的子孫們引導、護衛。

…………

鐘連續響了三天之後撤掉了。
這只鐘只是把手動門變成自動門而已。
既然能開關門，就讓牛自己來吧。
不可以在溫泉地留宿喔，記得要回來。
嗯？喔，知道了。我把門改造得比較容易開關吧。
現在是冬天，所以要等到天氣好的日子才行。
還有，擔任牛群護衛的小黑子孫們工作變多了，我為此向牠們道歉。
你們會一起泡溫泉所以不用在意？有這句話我就放心了。

雖然也有帶別的動物去溫泉地，但是牠們對溫泉似乎沒那麼執著，讓我稍微安心了點。
不執著的理由各不相同，不過山羊們是因為移動途中的迷宮。
平常旁若無人的山羊們，在迷宮裡卻嚇得渾身發抖。如果知道害怕的原因倒還好辦，但牠們無論如何就是會怕，在迷宮裡極為恐慌。

從此以後，牠們完全不肯進迷宮。究竟是在怕什麼啊？牧場區的井就像洞窟一樣，所以並不是拿洞窟沒轍吧？我和阿拉子、地龍一起在迷宮內搜索，但是沒有可疑之處。搞不懂。

12 冬季將盡

晚上，我躺上床之後，有小貓來到我這兒。是米兒。

米兒從我頸邊鑽進被子裡，往我右邊腋下移動，然後睡著了。哦哦，還真稀奇。

因為冷嗎？不是吧？

米兒牠們幾隻小貓雖然在哪裡都能睡，但是晚上會睡在貓媽媽珠兒身邊。

牠會來我這裡就代表……大概是珠兒快生了，所以不讓小貓們靠近吧。米兒是找不到地方睡覺，才會跑來我這裡吧。好乖、好乖。

正當我用腋下感受米兒的體溫時，拉兒、烏兒與加兒來了。

牠們和米兒一樣從頸邊鑽進來……然後在右邊腋下發現米兒。於是，拉兒換到左邊腋下，烏兒和加兒則移動到我的大腿之間。

…………

小貓們跑來讓我很開心，但是這下子我就動彈不得了。真為難。不過，這是種幸福的煩惱。

正當我這麼想時，高等精靈來了。

高等精靈發現在我床上睡覺的小貓們之後，將牠們一隻隻丟出房間。

呃……啊，對，說得也是呢。抱歉，小貓們。請原諒沒辦法替妳們講話的我。還有，記得去比較溫暖的房間睡覺喔。

隔天早上，發現小貓們睡在不死鳥幼雛艾基斯的小屋裡。

位置比小屋的主人艾基斯還要好。

好冷。但是天氣很好。

我前往牧場區。

為了在牧場區挖個露天浴池。

儘管這不是冬天該忙的事，不過牧場區的馬和牛難得提出請求，所以沒辦法。

起初我以為牠們是嫌去溫泉地麻煩，然而並非如此。好像是沒辦法去溫泉地的山羊們非常嫉妒。由於實在很煩，因此牠們希望我想點辦法。原來如此。

山羊們之所以去不了溫泉地，是因為不敢進有傳送門的迷宮。

原因在於住在迷宮裡的阿拉克涅阿拉子及地龍。
大概是因為阿拉子和地龍很少離開迷宮，所以山羊們對牠們很陌生吧。
如果想解決這個問題，只要讓山羊們和阿拉子交流就好……不過現在是冬天。
阿拉子和地龍雖說不怕冷，但是在旁邊看的我會覺得冷，所以我沒讓阿拉子和地龍離開迷宮。
山羊們到現在還沒去過溫泉地。所以才嫉妒能去溫泉地的馬和牛啊？
原本以為山羊是嫌吃不到的葡萄酸，然而看樣子並不是。這些山羊也有可愛之處嘛。不過，給馬和牛添麻煩可不好喔。唉呀，這並不是可以給我添麻煩的意思喔。別咬。我會幫你們挖露天浴池啦。

雖說是為了山羊們做的，但我不會偷工減料。
我在牧場區北側找了個地點，用「萬能農具」連雪一起挖，範圍大約二十公尺見方。
深度……雖然擔心牠們溺水，但是動物大小各不相同，如果配合最小的，那就不是露天浴池而是水窪。既然要挖，我希望不止山羊，牛、馬和羊也能使用。
由於是讓動物使用，為了讓牠們能直接走進水裡，浴池是以緩坡建成。沒有柵欄，可以自由進出。最深的地方弄成約兩公尺左右。
浴池底部當然不用說，緩坡途中也有在適當的深度弄出平坦區域，方便動物們站立。
這麼一來應該能將每種動物泡的區域區分開來吧。
浴池完工之後，就把雪堆進去。接下來只剩用魔法融雪加熱……不過平常會拜託幫忙的露目前懷孕，所以我不想讓她到寒冷的室外。

正當我思考該找誰時，格蘭瑪莉亞飛了過來。

「能拜託妳嗎？」

「包在我身上。」

格蘭瑪莉亞造出火球，砸向堆在池裡的雪。

……怪了？沒有變化。

格蘭瑪莉亞的火球埋在雪裡。這是……

「失敗了嗎？」

就在我詢問時爆出了巨響，池中的雪堆汽化了。

事後我才曉得，用魔法將雪融成水好像很需要技巧。

格蘭瑪莉亞告訴我，技術不佳的人會引發爆炸。換句話說……就是失敗了對吧？

「對不起。」

道歉的格蘭瑪莉亞很可愛。

融雪加熱的魔法，我改為拜託因為爆炸而聚集過來的小黑子孫們。抱歉啦。

牠們分成融雪組，以及將水煮沸組。由於作業人數夠多，轉眼間露天浴池就完工了。

看起來相當溫暖。

首先入浴的權利，就讓給辛苦幫忙的小黑子孫們。嗯，因為水是你們加熱的，不用客氣。

嗯，小黑的子孫們，沒時間讓你們客氣嘍。

想要搶先泡的山羊們衝過來了，快點進去。

然後，格蘭瑪莉亞。別沮喪。

「不，可是，那個……說得也是。只要先讓雪融化再煮沸就好，想一口氣把雪變成熱水的我該說是太笨還是……」

下、下次一定會順利。畢竟我的指示太模糊了嘛。

露天浴池相當受歡迎。

一旦水變溫，小黑的子孫們就會用魔法加熱，所以看來不用擔心會冷掉。要是和冷空氣的落差導致出不了浴池就麻煩了，所以我在露天浴池的附近生火。

這個露天浴池只限今年冬天。

到了春天，阿拉子和地龍從迷宮出來讓山羊們習慣，應該就沒問題了吧。

我如此打算，所以沒考慮什麼排水。

啊，想排水時就拜託……不能拜託格蘭瑪莉亞呢。嗯，再想個辦法吧。

就在我開始感覺冬天差不多要結束的時候。

座布團的孩子們悄悄測量我的身高。

…………

為什麼要量？不止我，也有量阿爾弗雷德和蒂潔爾呢。

然後呢，高等精靈、蜥蜴人、矮人、獸人族、山精靈與文官少女組，則是一段時間之前就開始來要布。還有試穿之類的呢。

從這些事能推測到的……就是去年辦的遊行。

該不會，大家想再來一次？很不好意思耶。不，我沒說不准，但是我能不能坐在觀眾席……其他人說不能這樣。唔嗯～

算了，反正只有一天嘛。知道了，我就奉陪吧。嗯，說一不二…………慢著，那是什麼？

山精靈做了高臺，高度大約三公尺。

以高臺來說有點矮，但是最大的特徵在於底下裝了六個大型車輪。

「高臺上有座位，村長只要在那裡向大家打招呼就……」

「原來如此。確認一下……我坐著的時候，是不是會讓高臺移動？」

「當然，已經納入考量了。」

「很好，我們來談談吧。」

冬天即將結束。

異世界悠閒農家

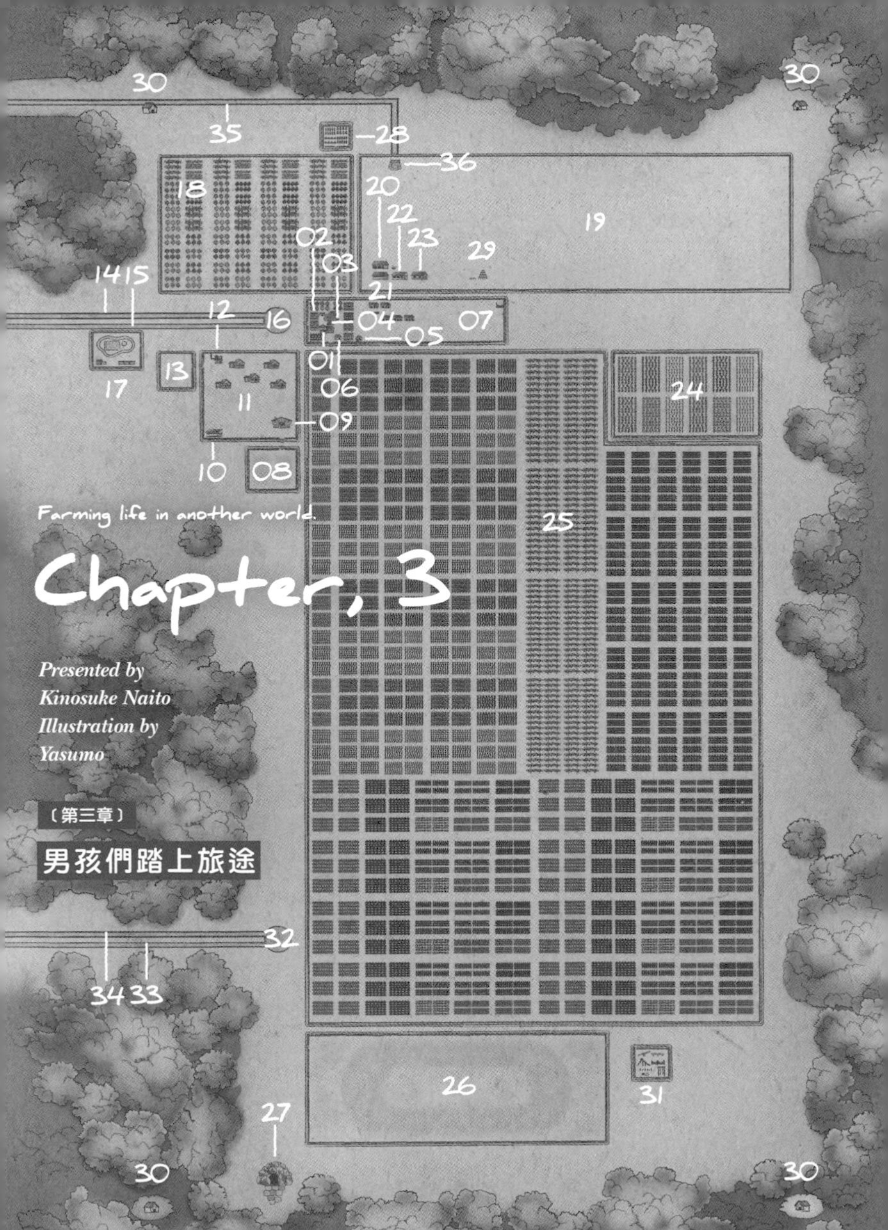

Farming life in another world.

Chapter, 3

Presented by
Kinosuke Naito
Illustration by
Yasumo

〔第三章〕

男孩們踏上旅途

01.住家　02.田地　03.雞舍　04.大樹　05.狗屋　06.宿舍　07.犬區　08.舞臺　09.旅舍　10.工廠
11.居住區　12.澡堂　13.高爾夫球場　14.進水道　15.排水道　16.蓄水池　17.泳池與相關設施
18.果園區　19.牧場區　20.馬廄　21.牛棚　22.山羊圈　23.羊圈　24.藥草田
25.新田區　26.賽跑場　27.迷宮入口　28.花田　29.遊樂設施　30.看守小屋
31.正規的遊樂設施　32.新蓄水池　33.新排水道　34.新進水道　35.新水道　36.動物用溫水浴池

1 第十四年的春天

春天。

我穿上座布團醒來後做的服裝，坐在設置於四公尺高臺的椅子上。

我沒有乖乖就範，做了許多抵抗。但是，沒辦法。

每當我想要喊停時，座布團的孩子們和小黑的子孫們就會以「要喊停嗎？」、「真的嗎？」的表情看我，讓我難以招架。

山精靈們嫌高臺不夠高，做出了四公尺與六公尺的版本，甚至開始製作起十公尺的版本，也造成很大的影響。

我覺得這個階段就接受，受到的傷害會比較小。

於是到了現在。

遊行開始了。

領頭的是小黑。

應該是座布團準備的吧？他身披有金色裝飾的白布，看起來相當威風。

牠後面是小雪。小雪領著排成四路縱隊的小黑子孫，隊伍一絲不亂。

可能是為了這次遊行從各地叫回來的吧，能夠看見小黑一、小黑二、小黑三、小黑四、小黑五、小黑六、小黑七與小黑八齊聚一堂。

再來換成座布團的孩子們。

半張榻榻米大小、雜誌大小的座布團孩子，按照種類列隊行進。

拳頭大小的座布團孩子則騎在兩張榻榻米大小的座布團孩子背上參加。大概是移動速度的問題吧。

這些拳頭大小的座布團孩子舉著大過頭的旗幟。

座布團孩子們後面，有莉亞率領的高等精靈。

所有人都帶著能夠用手拿著走的弦樂器和吹奏樂器，演奏輕快的音樂。

懷孕中的也想參加，但是沒有參加。唯有這點我非常堅持。

高等精靈的下一批輪到蜥蜴人。

由為了這場遊行匆匆趕回來的達尬率領。

蜥蜴人們手持長槍。所有人都拿著同一種長槍，隨著口號高舉。

在那之後，則是多諾邦率領的矮人們。

他們身穿鎧甲，手持斧頭。

這應該是至今最有矮人風格的裝扮。有點感動。

矮人們後方不遠處，就是我的高臺。

我的高臺雖然有裝車輪，不過動力是人力，因此上頭綁著許多繩索。

這些繩索由半人馬族拉著。

為了避免翻倒，半人牛族的位置安排在高臺周圍。

由於半人牛族在周圍，初期製作的三公尺高臺就放棄不用了。

讓我和半人牛族靠近一點也沒關係吧？

儘管我這麼表示，不過在決定半人牛族角色的瞬間，山精靈們就不小心弄壞了臺子，所以最矮的變成四公尺版本。

……那真的是不小心嗎？

高臺上頭除了我，還有芙蘿拉、拉絲蒂、芙勞、陽子、聖女瑟蕾絲，以及鬼人族女僕安。

這表示高臺寬敞到承載這麼多人也沒問題。

露和蒂雅也想同席，但是她們在懷孕中所以不能參加。這點不能退讓。

我的高臺之後，是賽娜率領的獸人族。
全員都拿著同樣的劍和盾。儘管應該相當重，卻沒有人嫌累。
匆匆趕回來的格魯夫也在其中。
儘管格魯夫兒子結婚的事似乎起了些爭執，不過詳情容我後述。

獸人族後面，有三座比我這座略小的臺子。
這些也是由半人馬族拉著，半人牛族支撐。
前方的臺子上是阿爾弗雷德和鬼人族女僕。
阿爾弗雷德的裝扮比我還要華麗。希望他不會覺得排斥……
中間的臺子是蒂潔爾和鬼人族女僕。
蒂潔爾的裝扮顯得相對穩重，我也覺得那樣剛好。
後面的臺子是烏爾莎、娜特、古拉兒、一重和獸人族男孩們。
哈克蓮也和他們在一起。
個個都穿戴得很誇張耶。獸人族男孩們，那種裝扮你們動得了嗎？雖然會令人不禁嘴角上揚。
哈克蓮擔任教師，或說負責監督孩子們。畢竟興奮的孩子們有可能會亂動而摔下去嘛。和我的臺子之間煩惱了一會兒後，哈克蓮選了孩子們的。希望原因不在於愛情，而是她比較擔心孩子。

三座高臺後面，是芽率領的山精靈。

她們手裡拿著旗幟。

前方座布團孩子們的旗幟統一，但是山精靈們的旗幟各自有些差別，其中有什麼意義嗎？

山精靈後面是樹精靈與哈比族。

他們姑且算得上排出隊形，然而和別人相比有些亂。不過，我知道你們已經很努力了。

還有，樹精靈先不論，我覺得哈比族可以飛起來。

然後是庫茲汀率領的惡魔族與夢魔族。

惡魔族穿上整齊的軍裝；夢魔族……則是對孩子教育不好的裝扮。只有這段像是嘉年華會，演奏誇張的音樂一邊行進一邊跳舞。

走在後面的貝爾、葛沃與阿薩似乎有些不好意思。

跟在惡魔族和夢魔族後面的，是三位死靈騎士。

他們穿上配合泥土身軀的鎧甲，一邊行進一邊揮劍。不知情的人看見了，大概會以為是三位俊男在舞劍吧。

至於獅子一家，很遺憾地只能留在溫泉地看家。

他們後頭是由族長裘妮雅率領的半人蛇族，再來是巨人族。

上空有以琪亞比特為中心的天使族編隊飛行，她們排成了漂亮的V字。用煙製造軌跡是誰的主意啊？喔，天使族的慶典會這麼做嗎？

隊伍尾端是座布團、座布團背上的不死鳥幼雛艾基斯、酒史萊姆，還有貓。

我原本擔心座布團排在尾端會不滿，但是這種行列的尾端似乎很重要。

座布團本人也表示排在尾端沒問題，所以就交給牠了。

隊伍順序雖然形式上由我決定，不過實際上是種族代表一同討論後決定順序，再由我認可。

儘管我提議用抽籤決定順序，但是在提議之後，就被大家委婉地趕出會場了。為什麼呢？呃，雖然這樣比較輕鬆就是了。

這次「一號村」的傑克等人由於要照顧新生兒等原因，因此沒有參加。

不需要懊悔到流下眼淚吧……

遊行從宅邸前開始往南移動，之後順時針繞「大樹村」一圈。

這場遊行。

參觀者不多算是值得慶幸之處吧。

這麼想的我，朝蜜蜂與妖精揮手。

啊，妖精女王衝上烏爾莎的臺子了。那裡明明還有哈克蓮耶。

在各地守衛的小黑子孫們，一直以來多謝你們了。

不過，反正只有今天。

遊行結束之後，就要在村子南邊的舞臺附近舉行宴會。大家好好吃喝享受吧。

這麼說來，還有冬季期間沒消耗掉的肉呢。希望能把它們消化掉。

為了沒辦法參加遊行的傑克他們，要到「一號村」再來一次。

什麼時候講的？我決定的…………我是不是喝太多啦？

呃……我知道了，說一不二。辦吧。

不過，規模要小一點。很高興大家老實地點頭。

不，我沒有覺得理所當然喔。規模縮小真是抱歉。

嗯？怎麼啦？

半人牛族的代表哥頓、半人馬族的代表古露瓦爾德，還有惡魔族的代表庫茲汀全都到齊了。

……不對。

是「二號村」代表哥頓、「三號村」代表古露瓦爾德與「四號村」代表庫茲汀。

嗯，我懂了。

「二號村」、「三號村」與「四號村」同樣有新生兒，也有人為了照料這些孩子而無法參加。

要照順序啊。

還有，「四號村」有地點問題，所以規模得更小一點……抱歉啦。

每村一天。

有不少日子要麻煩高臺。

「村長，『五號村』呢？」

擔任「五號村」代理村長的陽子以及在「五號村」工作的聖女瑟蕾絲一同看著我。

……

「五號村」的觀眾很多這點可想而知。

我重新打量自己的裝扮還有這個高臺。嗯，抱歉。

「五號村」不辦。

瑟蕾絲顯得很遺憾，不過陽子笑著表示諒解。

「這也就表示『五號村』的貢獻還不夠吧。」

陽子，不對喔。照妳這種說法，將來不就非辦不可了嗎？

2 婚禮

格魯夫的兒子要舉行婚禮了。

按照慣例，似乎要由婚禮相關人士之中地位最高的人統籌。

雖然也有面子之類的問題，不過主要是婚禮費用負擔很重，統籌的人好像要負責一半的婚禮開銷。

以格魯夫兒子的婚禮來說，地位最高的是我。畢竟我是村長，就欣然接受吧。

不過，我不需要直接統籌。應該說，一般情況下不是地位最高者本人，而是他的正妻負責。

正妻？那麼，露。

話雖如此，但是不歡迎由孕婦主導婚禮。

為什麼不歡迎有很多說法。避免孕婦為了婚禮事宜太過勞累、會讓其他人比較關心孕婦而非即將結婚的小倆口，諸如此類。

嗯，既然文化如此，也只能遵從。
露辭退了，但蒂雅也不行呢。
那麼該由誰統籌呢？商量的結果，由芙勞負責。
芙勞先去和要結婚的兩人打招呼，商量婚禮事宜。
然後芙勞提了三個方案。

◆豪華的婚禮
在「五號村」的教會舉行婚禮，之後在「大樹村」擺下為期一週的婚宴。

◆鋪張的婚禮
在「四號村」蓋新教會，到那裡舉行婚禮。
之後在「大樹村」擺下為期三天的婚宴。

◆樸素的婚禮
在村長宅邸舉行婚禮和半天的婚宴。

順帶一提，兩人會用獎勵牌支付婚禮與婚宴的費用。無論規模如何，兩人固定支付三十枚。

格魯夫兒子本人存下的份，加上格魯夫夫妻的支援，剩下則是向周圍借。為了舉行婚禮與婚宴的借款，似乎算是信用的證明，不會產生不良印象。

然後呢，用獎勵牌支付，也就等於婚禮費用全部由我出。所以芙勞事前找我商量，訂立了不怎麼考量金錢層面的計畫。

重要的是地點與規模，以及婚宴日數。

「哪一種比較好？」

兩人選擇樸素的婚禮。

因為不好意思嗎？不，還是覺得婚宴持續一週會很辛苦？

以我來說，我比較推薦鋪張的婚禮。

不過，這是婚禮主角的意見，周圍熱過頭也不好嘛。

婚禮和婚宴就照兩人的希望吧。

於是，結束能讓人感受到許多文化差異的準備之後，轉眼間就到了婚禮當天。

我家的中庭、神社前方，成了婚禮會場。

參加者……很多。

主角新郎一身白色西裝款式的禮服，新娘也是純白婚紗。

兩套都是由座布團與座布團的孩子們製作。謝謝你們，新婚夫妻也很高興喔。

聖女瑟蕾絲站在結婚的兩人面前主持儀式。

……咦？我也要站到瑟蕾絲旁邊？呃，就算你們說步驟就是這樣也……知道了。站著不動就行了吧？好。

……我的賀詞？不是說只要站著就行了嗎！

不、不行，不要慌。回顧自己目前為止的人生，從裡面找靈感就好。

……

……找不到耶。

要擠出來啊！

「接下來，將會有許多困難等著你們兩個吧！但是，只要你們攜手前進，困難將不再是困難！這就是結婚。今天，一對夫婦將在此誕生……嗯？怎麼啦，瑟蕾絲？我還沒講完喔？咦？這種話應該是教會人士的臺詞？那麼，我該說什麼才好……恭喜你們結婚。祝福你們！」

儘管多少有些狀況，婚禮依舊進行得很順利。

會場擺出桌椅成了婚宴。

不止中庭，宅邸大廳等地方也用上了。

然後，待命的鬼人族女僕和高等精靈端出料理。由於是從昨晚就開始準備的，費工的菜色很多。

不過，主菜是簡單的烤巨大野豬。直接火烤只能烤到外側，內部是半熟，但似乎就是這樣才好。

「因為這是象徵『結婚並非終點』的未完成品。」

聽到芙勞的說明，我恍然大悟。

但是，只有這樣會顯得單調，所以我做了結婚蛋糕。

我原本想做成三層，但是顧慮到烤蛋糕基座部分需要的烤爐尺寸以及底座的強度之後決定喊停，最後做了五個四十公分的圓形蛋糕。

儘管有點擔心會吃不完……但是孩子們都盯著蛋糕，應該沒問題吧。

婚禮結束的那一刻起，我和瑟蕾絲的任務也結束了。

接著只要輕鬆地以參加者的身分享受婚宴就好，但是新郎新娘站著不動。他們待在事先決定好的地點接受大家的祝賀。感覺好辛苦。不過，他們臉上掛著笑容。

特別是格魯夫的兒子，似乎開心得不得了。受到他的影響，參加者們也都滿面笑容……唯一鬧彆扭的是格魯夫。

兒子的婚事在自己缺席時決定好，似乎讓他很不滿。

不過，根據我接到的報告，這件事已經在格魯夫和他太太商量過後解決了。

……已經解決了對吧？

姑且還是去安撫一下格魯夫……在我過去之前，矮人們已經圍住了格魯夫。

「這傢伙一臉和婚禮不搭的表情是為什麼！」

多諾邦喊道。

回答的是其他矮人。

「因為酒不夠！」

「原來如此，那就喝！」

「喝酒！」

…………

格魯夫就交給矮人們處理吧。

要是明天以後還是沒辦法釋懷，就跟我說一聲。

話說回來，這場婚禮。

新娘方的親人不參加沒問題嗎？沒關係？由新郎去迎接新娘的情況下，基本上不參加？新娘也沒有特別希望他們參加，所以沒有找人？原來如此。

不是因為新娘和家人關係不好吧？不參加是常態對吧？我懂了。

等到太陽開始下山，新郎與新娘便要離席，不過這時候還有一個活動。

新郎新娘要從事先決定好的路線離開。

雖然是一直線，但是左右兩邊都是男性，他們會伸手去碰新娘。新郎要撥開這些手，和新娘一同前進……嗯，這是儀式。

如果真的去碰新娘就違反禮儀了。

招人怨恨也不好，所以列隊的都沒喝醉。哎，我也想去排一下湊湊熱鬧。嗯，湊熱鬧。規矩我也明白。但是，高等精靈們為什麼要擋住我？

「為了避免麻煩。」

……沒辦法。那就別去排隊，好好享用餐點吧。

婚宴在新郎新娘離席之後還會繼續，預定舉辦到隔天早上。

嗯？追加蛋糕？喔，妖精女王來啦。我知道了。

事前已經做好準備，只要爐子空出來……遠處突然爆出盛大的歡呼。

爆出歡呼的地方，就是新郎新娘走的那條路。

不知發生什麼事的我湊過去，看見格魯夫站在路中間。

而且，他擋住了新郎和新娘的去向。

「兒子啊。如果要結婚，就展現你的覺悟給我看！」

聽到格魯夫這句話，格魯夫的兒子毫不客氣地回以拳頭。

「我會得到幸福！」

格魯夫兒子的拳頭打在了格魯夫臉上。

然而，格魯夫沒有倒下。他嘴角上揚。

格魯夫那傢伙，該不會想來場親子互毆吧？

正當包含我在內的圍觀群眾這麼想時，格魯夫兒子的未婚妻……不，新婚妻子追擊了。

「我也會得到幸福！」

格魯夫兒子的新婚妻子一口氣逼近，扭身揮出勾拳，擊中格魯夫的側腹。

怪了，格魯夫的身子歪向一邊耶？然後，他跪倒在地。

……啊，啊啊，原來如此。是要給兒子媳婦做面子啊？不錯嘛，格魯夫。

周圍的人將倒下的格魯夫抬離那條路。已經沒有男人伸手了。

在如雷掌聲中，格魯夫的兒了和新婚妻子離席。祝你們幸福。

唉呀，要追加蛋糕是吧。我知道、我知道。馬上去做。

3 變化之春

春天。

儘管又是遊行又是婚禮的很多事要忙，不過該做的還是會做。

在「大樹村」耕田、發獎勵牌，以及打理果樹區有蜂巢的小屋。

「二號村」與「三號村」為了讓地休耕，需要新農地。

儘管各村可以自行擴張，但我沒用「萬能農具」耕過的地方不適合種植作物。我和「萬能農具」相當努力。

「一號村」好像希望竹林再大一點，於是我和「萬能農具」又加了把勁。

就在我忙東忙西時，獨角獸產子了。牠平安生產，讓我鬆了口氣。

生下來的小馬……是普通的小馬呢。

大概是因為還小吧，看不出獨角獸的特徵。是母的。

寶石貓珠兒也生產了。四隻小小貓。很可愛。

不過，一靠近珠兒就會生氣，所以還不能接近，只能在遠處看。

原本還在想因為母親懷孕而感到寂寞的米兒牠們會怎麼樣，不過牠們大概有了當姊姊的自覺吧，會將亂晃的小貓叼回珠兒身邊。看來感情很好。雖然我本來就沒有特別擔心這點。

我擔心的是……剛出生小貓所在的房間前面，魔王端坐於不會惹珠兒生氣的最佳位置上頭。

雖然是來看小貓的，不過他好像還兼任保護小貓的守衛。

「在這條走廊上走動的時候，要更安靜一點。薩麥爾在睡覺。」

薩麥爾是最後出生的小貓名字。

順帶一提，其他小貓的名字是艾利爾、哈尼爾與賽路爾。

當時是有空的人集合起來想名字。魔王不知為何也有參加，但我沒特別注意。

雖然不是刻意的，不過討論到途中就開始讓名字結尾統一了。

暱稱是艾兒、哈兒、賽兒、薩兒。

…………不怎麼順口。我想，和姊姊們不同，這些暱稱應該不會跟著牠們吧。

「優莉殿下離家工作，他可能覺得寂寞吧。不好意思，希望你們可以幫忙，暫時順著魔王大人。」

應該是由他帶著魔王過來的比傑爾這麼說，懷裡還抱著外孫女芙拉西亞。

芙拉西亞也兩歲了，長大不少。一旦抱法有什麼不對，就會被荷莉糾正。我也小心一點吧。

「大樹村」裡蓋起了格魯夫兒子媳婦的新居。畢竟不能讓他們一直住在旅舍嘛。

由於是高等精靈、蜥蜴人、山精靈與矮人合力蓋的，轉眼間就完工了。當然，我也出了力。我負責砍伐高等精靈指定的樹木並加工。

格魯夫的兒子和媳婦來找我談新居費用的事，不過這是我送他們的結婚賀禮，我告訴他們不用在意。更何況，之前蓋房子也沒收錢嘛。

有收錢的……頂多就是幫拉絲蒂和古拉兒蓋房子的時候吧？不過那時候不是收貨幣，而是以物品支付，所以嚴格說來沒有訂出價格。即使問我價格，我也不曉得該怎麼回答。

事情就是這樣，所以格魯夫和格魯夫的太太也不用在意喔。我知道你們很擔心兒子和媳婦啦。

格魯夫跟兒子和好了嗎？那邊沒問題？既然如此，就別說什麼要和媳婦一決勝負這種聳動的話……想想看，當時格魯夫喝了酒，所以狀況不佳嘛。矮人們灌了你不少酒對吧？

……我知道、我知道。可是啊，別說什麼你這就去修行之類的話比較好喔。你不怕旁邊的太太嗎？我怕。

為了慶祝新居落成，辦了一場小宴會。由於是感謝幫忙蓋房子的人，還有問候住在附近的鄰居，所以慣例是由一家之主格魯夫兒子和他太太下廚招待賓客。

然而人手不夠。因為「大樹村」幾乎全員都參加了嘛。於是我派出鬼人族女僕們當援軍。喔，需要的食材就從倉庫拿。

由於孩子們點了蛋糕，所以我也加入廚房作業。從蓋戶外廚房開始。

嗯？嗯，我知道。

各位矮人，今天這場的酒隨你們喝。儘量喝吧，這是你們努力的份。

咦，不是？商量新作物？釀酒用？用藥草釀的酒？又出些奇怪的主意了。

就用已經有的藥草田……啊，對那裡出手會惹露生氣嗎？知道了，我把藥草田擴大吧。不過，危險的草可不行喔。
「哈哈哈。不會說要種食人草啦。」
不，我不是那個意思……也罷。
然後酒還是要毫不客氣地喝對吧。

說起格魯夫的兒子和他太太……格魯夫兒子的太太，一開始叫我村長。
不過，春天那場遊行過後，變成喊我「村長大人」了。我想起以前的莉亞。
但是，我好不容易才把「村長大人」的「大人」去掉，要是放著不管恢復原狀就麻煩了。
不，已經有一部分高等精靈喊我「村長大人」了。這下子事情不妙。能不能想個辦法啊？
「村長大人，就算您這麼說……因為村長大人就是村長大人。」

…………

有種似曾相識的感覺。
莉亞她們好像也這麼說過。當時我是怎麼說才讓她們接受的……是用距離感當理由吧。
「我們都什麼關係了，『大人』就免了啦。」
嗯，對人家的老婆不能用啊。該怎麼辦呢？
就在我煩惱之際，莉亞說交給她處理，所以我交給她辦了。
於是，不知她是怎麼說服的，「大人」消失了。

「『村長』已經是最高級的稱呼，後面再加上『大人』等於謙遜過度，反而會顯得失禮。真是非常抱歉。」

好。

……這樣好嗎？

三名獸人族男孩將進入魔王國的學園就讀。

這並非突如其來的決定。其實去年冬天，優莉剛來「五號村」時就提議了。她說讓孩子們見識一下廣闊的世界比較好。

三人好像也到了去上學也不奇怪的年紀。此外，優莉說三人在能力上也沒問題。

這種事不能擅自決定，所以我姑且還是先找了當事者商量。他們雖然煩惱了一陣子，不過似乎在格魯夫兒子將未婚妻帶來「大樹村」時下定決心。

他們表示，留在這個村子很難找結婚對象。

……烏爾莎怎麼樣？三人猛力搖頭。

不然娜特呢？她也有恐怖之處？是這樣嗎？

古拉兒……她的目標是火一郎嘛。

蒂潔爾？蒂潔爾不給。

知道了，你們就去找老婆吧。

……拿這個當上學的理由好嗎？

這麼說來，優莉。獸人族男孩們要去哪裡的學園啊？優莉和芙勞以前就讀的那間？那裡不是貴族學校嗎？

妳說休假比普通學園自由，而且比較能通融……這樣真的沒問題嗎？像是禮儀之類的部分會不會很麻煩？

這部分在入學之前由芙勞和文官少女組灌輸……

學習禮儀也沒什麼壞處嘛。知道了，就這麼辦吧。

不過……這樣啊。

當年那些幼小的獸人族男孩要上學了嗎？令人感慨萬千呢。

你們要好好學習喔。

三名獸人族男孩以傳送門移動到「五號村」。

魔王國那間學園的人不知道「大樹村」的事，因此他們名義上是「五號村」出身。

「哈克蓮老師，很感謝妳的心意，不過我覺得應該不能搭龍去學校。」

由於三位當事者的要求，哈克蓮的載運只到途中。

4 新的水道

三名獸人族男孩去魔王國的學園之後，剩下的孩子們有了些變化。
首先是烏爾莎。年長的三人離開，讓她變得比較會照顧孩子們了。
阿爾弗雷德看到烏爾莎這樣，大概也有些感觸吧。他變得更用功了。
然後是娜特。她找賽娜討論了許多事。
……討論內容還是別過問吧。希望跟我和阿爾弗雷德無關。

無論如何，孩子們是往好的方向變化，因此值得慶幸。
前往魔王國學園的獸人族男孩們想必也會好好努力吧。
所以哈克蓮，擔心過度可不好喔。
不管怎麼說，哈克蓮都是萊美蓮的女兒啊。
都會為子女操心。雖然希望她多放一點心力在火一郎身上……只是這麼一來，感覺會和萊美蓮搶孩子呢。
希望一切順利。

我原本打算春天埋掉位於牧場區的露天浴池。但是在動物們名為「強烈要求」的抵抗之下，它留下來了。

這麼一來，就必須考量到取水和排水。

雖說靠著史萊姆們的淨化可以保證乾淨，不過還是該考慮換水。然後，再加個屋頂吧。於是要動工了。

取水的部分考慮到露天浴池的位置，我決定從河川那邊開闢一條新的水道過來。

雖然不需要弄得多大，但如果不善用高低差，水就不會流。此外，冷水會直接灌進浴池這點也需要深思熟慮。

因此，開闢完從河川過來的水道之後，我在牧場區北側挖了個蓄水池。範圍稍微小一點，二十公尺見方。

儘管孩子們不會跑來這一帶，不過保險起見，我還是設置了圓木避免落水。

再開闢一條從這個北側蓄水池到牧場區露天浴池的水道，進水道就完工了。

接著是排水道……但是，要連到村裡的排水道有些麻煩，會撞上犬區和農業用水道。

左思右想之後，決定先淨化浴池的水，再將水引回北側挖的新蓄水池。然後，排水道會從這個新蓄水池往東側延伸出去。

「村子東側也有條河，雖然比較細就是了。」

高等精靈之一這麼告訴我，把水排到那裡就沒問題了吧。反正水量應該不至於影響到環境。

問題在於和那條河的距離，好像差不多有十五公里吧？相當遠。

在小黑的子孫們與格蘭瑪莉亞護衛下，我開始挖排水道，一路挖向東邊的河川。

由於要利用高低差，所以必須愈來愈低，相當麻煩。

幸運的是，途中發現了池塘。

儘管不得不讓水道轉彎，但是高低差不成問題，而且將水排進池塘就不需要挖到河川，實在幫了大忙。

池裡有巨大青蛙，但是小黑的子孫們一瞪就讓青蛙喪失戰意逃往池底。抱歉嚇到你了。

排掉的水也會盡可能先弄乾淨再流過來，請原諒我。

為了說到做到，我在排水道起點附近挖出史萊姆用的池子淨化水質。

這麼一來，進水道和排水道都完工了。

我打開水門，試著讓水流動。

沒問……嗯？有魚游進水道。真稀奇。

先前的水道都沒發生過這種事，大概是因為從瀑布取水吧。

這次的進水道，是在河川旁邊挖出小池子，從河川引水。

雖然水道有柵欄，但小到能鑽過柵欄縫隙的魚似乎就有可能流進來。

通往露天浴池的水道上，就設置縫隙比較小的柵欄吧。畢竟夏天雖然還是冷水，但到了冬天就會加熱嘛。

還有，要是沿著排水道游向池塘……可能會變成那隻青蛙的食物吧？

…………

儘管是偽善，但還是解救一下看到的魚吧。

我將魚裝進水桶，再放到從西側大蓄水池流回河川的水道。

然後，新進水道的柵欄也改成縫隙比較小的吧。這麼一來水道的部分就沒問題了。

至於露天浴池的屋頂，在開闢水道之前我已經準備好木材，所以由高等精靈們幫忙搞定。

屋頂遮住半個浴池，剩下一半敞開。

真是相當棒的露天浴池。謝謝妳們。要是有換衣服的地方，連我都會想進去泡呢。

…………抱歉，開玩笑的。

各位高等精靈，拜託別開始蓋更衣間。如果想露天泡澡，我會去溫泉地。

咦，啊，不，我並不是排斥在這裡泡喔。

牛啊，拜託不要用那種眼神看我。馬，你也是嗎？山羊，你們還是老樣子讓我放心了。那、那好～一起泡吧。

小黑的子孫們，抱歉麻煩用個火魔法。畢竟泡冷水實在還有點早。

這天我享受了牧場區的露天浴池。

「與其說是泡澡，不如說是在澡堂努力刷洗牛隻馬匹……」

既然動物們開心就算了。

獸人族男孩們啟程過了兩個月左右。

前往魔王國學園的獸人族男孩們寫了信回來。

寄信的時間差不多是學園生活的第一個月。因為是一般信件，所以送達似乎需要一點時間。我一邊後悔當初沒為他們安排小型飛龍貨運，一邊拆信閱讀……然後感到疑惑。

「哈克蓮，妳有教孩子們文字對吧？」

「當然嘍。」我想也是。那麼，信上應該沒寫錯嘍？

致火樂村長。春風宜人的季節已到，不知您是否安好？此刻我們正在魔王國的學園裡，過著愉快的**教師**生活。

閒話　獸人族男孩的學園生活1　第一天

我的名字叫戈爾，獸人族男性。雖然在「好林村」出生，不過在「大樹村」長大。

我和同為獸人族男性，而且遭遇相同的席爾與布隆經常被當成三人組。由於年齡相近，也有人以為我們是三兄弟，但我們不是親兄弟。然而，我們認為彼此之間的情誼不下兄弟。

這樣的我們，來到魔王國的王都。

為了進入加爾加魯德貴族學園就讀。

不止加爾加魯德貴族學園，魔王國的學園都沒有入學年齡限制。因為在魔王國生活的大半是魔族，魔族成長的速度各自有所不同。

因此，有人出生一年就入學，也有人超過兩百歲才入學。正因為是這種學園，所以不會以年齡分上下，只會以成績分高低。

由「學術」、「戰鬥」、「魔法」與「生活」這四個項目，以及它們的綜合成績決定高下。

這就是魔王國的學園。

其中，唯有加爾加魯德貴族學園稍微特殊一點。

雖說基本上和普通學園一樣，但就讀這所學園的都是魔王國貴族與相關人士。所以，除了成績形成的高下之外，也適用貴族社會的階級。

「唉呀？這種地方居然有陌生的平民啊？是不是弄錯了要去的學園呀？」

進入學園後，我們不知該往哪裡走而感到困擾時，一個將金色長髮弄成捲捲頭的傲慢女生高聲說道。年齡……應該和我們差不多吧？

我知道席爾會對這兩句話有所反應，所以在席爾行動前先抓住他的衣服攔阻。

「為什麼要攔我？那個女人顯然把我們當成笨蛋耶。」

「芙勞老師和優莉老師教過我們什麼，你忘了嗎？」

「唉呀？…………啊，對喔，這樣啊。」

入學前，從這所學園畢業的芙勞老師、優莉老師，還有文官姊姊們教了我們很多東西。

特別是貴族社會的部分。

對照一下優莉老師教我們的東西之後，剛剛她的發言是這樣：

「哦？這種地方居然有陌生的平民啊？是不是弄錯了要去的學園呀？」

譯）唉呀，怎麼了嗎？要是迷路的話，我可以告訴你們怎麼走喔。

「……真危險。剛剛差點就要動手了。」

所以我才阻止你啊。而且人家叮嚀過，要儘量避免起衝突。

「喂，女人。帶我們去有教師在的地方。」

席爾對傲慢的女生這麼說，於是我從後面給了他一拳。

「你白痴啊。忘記老師們為我們做的特訓了嗎？」

「對、對喔。抱歉，女人。重來一次。」

席爾整理一下自己的服裝，確認髮型有沒有亂掉。然後微微一笑開口說：

「不得了、不得了，這位美麗的小姐。和妳相遇，是我人生中最棒的偶然。儘管很想就這樣永遠和妳暢談下去，但命運似乎不允許如此。」

譯）啊～得救了。不好意思，能不能麻煩妳帶我們去找大人物呀？

「哎呀，區區平民倒是很會說話嘛。雖然感覺還不壞，但是太礙眼了。回去打理一下再來。」

譯）不好意思，我現在沒時間帶你們過去。正門附近應該有人能帶路，去那邊問一下如何？

「還真是冷淡啊。不過呢，我也不想繼續惹人厭。那麼就如妳所願，我們重新來過。期待再次和妳相遇。」

譯）正門？我知道了。謝謝妳。

「快滾吧。」

譯）動作快一點比較好喔。老師他們似乎有事要忙。

說完，傲慢的女生就離開了。

「剛剛那樣行嗎？」

「儘管音調多少有點不自然，但是應該沒問題吧。你克服害羞的毛病了呢。」

「就說我正式上陣比較厲害了吧？」

「的確。」

「不過，貴族用語好難啊。」

「是啊。畢竟除了立場和相識與否之外，還會隨著時間和地點變化嘛。」

難度真高。有點擔心以後應付不了。

守衛學園的衛士小屋就在正門旁邊，看來剛剛漏掉了。

去那裡問路後，一名衛士主動表示要替我們帶路，真是幫了個大忙。

加爾加魯德貴族學園校地廣大，附近的山和森林似乎也在學園的範圍之內。

校舍有十七棟。雖然大小各有不同，不過大多都只有村長家一半的一半左右吧。就算是最大的那一棟，也不過是村長家一半的一半左右。

宿舍有三棟。這幾棟就大了，差不多有村長家的一半。帶路的衛士告訴我們，這三棟分別是教師宿舍、男生宿舍與女生宿舍。

在宿舍旁邊，還有零散的獨棟房屋……差不多就莉亞姊姊他們家那麼大吧？

「那是？」

「出租住宅，提供給無法住宿舍的學生。」

「一個人住在那種屋子裡？」

「是啊。不過，他們會僱傭人喔。這些事有專屬的櫃檯負責，如果需要住家或傭人，麻煩去那邊申請。不過，房子是預約制，現在可能已經來不及了……」

「沒關係，我們預定住宿舍。」

「這樣啊。失禮了。就是這一棟。」

在衛士的帶領下，我們進入學園長所在的建築，抵達學園長室的門前。

「那麼，我先告退了。」

衛士向我們敬禮。

就在衛士準備離開時，布隆攔住了他。

「辛苦了。以後如果還有什麼事，就要麻煩你了。」

「是。」

看見布隆拿銀幣給衛士，我才暗暗反省自己的疏忽。

對啊，我都忘了。

衛士的工作是守衛學園，如果要讓衛士做警備以外的工作，需要給小費。

芙勞老師明明強調過了，我居然還會忘記這件事。

大概是因為緊張吧。我原本以為沒問題的，真不甘心。

還有布隆，你幫了個大忙喔。

我對布隆這麼說完，他突然一副想起什麼事的模樣，懊惱地抱頭。

怎麼啦？

「失敗了。剛剛那種情況，小費給大銅幣就好。」

「咦？啊——」

布隆給的是銀幣，價值一百枚大銅幣。
「啊……你失手了呢。」
席爾拍拍布隆的肩膀。
「哇～不行了。頹喪。」
他沒辦法開口把給出去的小費討回來，實際上也不能這麼做。
芙勞老師告訴我們，這種時候就得咬牙忍耐。
「算了啦，布隆。這也沒辦法。畢竟我們沒什麼機會碰錢嘛。」
更何況，村長給我們當生活費的錢幾乎都是銀幣，所以才會順手拿出來吧。
不過一枚的損失……不行啊。這是村長交給我們的寶貴資金，不能浪費。
「布隆，失敗沒關係，但是不能就這麼算了。來學園之前村長說過什麼，你應該沒忘記吧？」
「嗯，我記得。」
「接受這個失敗。然後，不要重蹈覆轍。」
「我知道了。」
「席爾，和剛剛那個女生對話的事也一樣喔。」
「你是說『差點動手』這件事對吧？我知道。還有，在學園裡不知道該去哪裡也算吧？」
我們身負重大使命。
那就是偵察。

這是為了避免在我們之後入學的其他孩子失敗。特別是阿爾弗雷德、蒂潔爾與火一郎。露大人、蒂雅大人與萊美蓮大人都強調過。雖然村長要我們別太在意，不過這可不行。人家交代的使命，我們會漂亮地完成。

…………

「總而言之，晚點再記錄這些失敗，先和學園長打招呼吧。」

我們的學園生活才剛剛開始。

5 哥洛克族與貓的名字

我一邊讀獸人族男孩們的信一邊回想。

出發之前辦了一場小小的歡送會，原來已經過了三個月啊？

…………怪了，明明相當忙碌，卻只有三件事讓我留下印象。

收成、慶典執行委員會，以及新出生小貓們的教育方針討論。

春季收成。

今年也是豐收。收成很辛苦，讓我略微反省是不是把田地擴張過頭了。

不過，一想到即將出生的孩子們，就覺得非得努力不可。當然，同時也是為了已經出生的孩子們。

慶典執行委員會已經開始準備今年的活動。

文官少女組相當努力，我覺得可能努力過度了。

正在「五號村」研習的新文官或許成了良好的刺激。

魔王每五天就會來訪一次，疼愛今年出生的小貓們。也可以說是在守護牠們。

或許是有了成效吧，今年出生的小貓之一——薩麥爾相當黏他。真羨慕。

不過，坐在客房椅子上對腿上的薩麥爾發些日常的牢騷，好像不太對勁吧？而且感覺講的東西相當機密耶……我決定當作沒聽到。

有關優莉的牢騷，直接對本人講不就好了嗎？她偶爾會……應該說經常跑來我家喔。目的是吃飯。

順帶一提，薩麥爾以外的新生小貓最黏的對象是不死鳥幼雛艾基斯。

出現了比自己還要小的存在，無疑讓艾基斯很開心。牠明明還是幼雛，卻很努力照料小貓們。

不過，雖說是照料，其實也只是去呼喚附近的鬼人族女僕或魔王而已，然而光是這樣就已經幫了不少忙。

總比關係惡劣來得好。希望大家今後也能相親相愛。

和東方迷宮居民哥洛克族的會談正在準備當中。

最初的遭遇……或者該說是和東方迷宮調查隊之間的不幸誤會，導致哥洛克族負傷，因此一直沒辦法去問候他們。

我原本打算主動拜訪，卻被周圍攔了下來。

「等到哥洛克族恢復之後再迎接他們，這樣問題會比較少。」

大多數的人都這麼說，於是我聽從了。

感覺過了不算短……應該說很長的一段時間。不過，也就只剩幾天了。哥洛克族已經組成使節團，正在前來的路上。

負責會談事宜的高等精靈辛苦也有了成果。

然而，這時出了問題。

往「大樹村」移動的哥洛克族使節團，在途中遇上了巨大野豬。

雖然沒有死者，但好像大多數都受傷了。

哥洛克族，別名「石頭人」。

這個種族全身都由岩石構成，在迷宮裡會擬態成岩石藏身，以苔蘚為食。這種擬態在森林裡大概不管用吧。

無論如何，讓他們離開迷宮實在令人過意不去。

「等到哥洛克族恢復之後，由我主動拜訪吧。」

「可是，那麼一來……」

「總不能由我們這邊派護衛或嚮導吧？」

雖然不知道理由，但人家是這麼告訴我的。那不就沒別的辦法了嗎？

儘管爭論多時，我的意見最後還是通過了。不過，應該要等上一段時間吧。

總而言之，寫封信慰問哥洛克族，並且慰勞籌備會談事宜的高等精靈吧。

我想會談付諸流水，最沮喪的大概就是她。

小黑躺在我房間睡覺，艾基斯和今年出生的小貓們則睡在牠的肚子上。真是溫馨的畫面。

既然薩麥爾也在，代表魔王沒來。

這麼說來，今年出生的小貓也全都是母的，感覺貓爸爸越來越沒地位了。

貓爸爸這個稱呼呢，因為實在不太方便，所以替牠取了名字。

萊基耶爾。

我用抽籤從候選名字中決定的，好像是某位古代魔法神的名字。取了個氣派的名字呢。

「喂～萊基耶爾～」

「喵～」

原本以為牠會無視，反應卻相當好。該不會牠很中意？沒問題就好。

不過，牠看起來好像有點尷尬呢。要不然換個名字怎麼樣？不需要？這樣啊，好乖、好乖。

話說回來，貓姊姊們怎麼樣啦？

由於小貓們出生，以前的小貓變得不太方便用「小貓」稱呼，所以改叫她們貓姊姊。畢竟身體也長大了嘛。

貓姊姊們在那邊？四隻貓姊姊待在天花板的屋梁上。

躲在那種地方做什麼啊？看顧小貓？不是傻父母，而是傻姊姊？

雖然比漠不關心好……但是生態和我所知的貓不一樣呢。

嗯？薩麥爾醒了。

好像是比傑爾帶魔王過來了。雖然方便，但是讓人有點嫉妒。

薩麥爾，選我如何？我現在腿上空著喔。

我坐下來拍拍大腿，但是薩麥爾毫不在意，逕自走出房間。

…………

小雪宛如和薩麥爾換班似的進了房間，把頭放在我空著的腿上。

謝謝妳。

閒話　獸人族男孩的學園生活2　第三天

我們進加爾加魯德貴族學園就讀第三天。

只要回想一下老師們的教導，上課就不成問題。

原以為身分差距可能會造成障礙，但是有芙勞老師和優莉老師幫忙安排，所以這點也不成問題。

問題在於宿舍生活。

我和席爾、布隆住進三人房。房間雖小，卻很乾淨。

但是床很硬。大概是因為床單底下就是木板吧。這東西可以稱為床嗎？第一次看到時，要不是擺了枕頭，我大概不會把它當成床吧。

還有吃飯。

住在宿舍的學生，早上和晚上都必須在宿舍餐廳吃飯。因為要藉由領取餐點來確認學生出缺席。領餐之後，非得全部吃完不可。這不是規矩，而是禮節。

我也覺得這種禮節很重要。然而，這裡的東西很難吃。不僅難吃得誇張，連品項都很少，只有分量充足。

雖然人家告訴我們吃完可以再盛，但是我從來沒這麼做。

恕我直言，看見其他學生跑去盛第二次，甚至會讓我發抖。

再加上，這間學園的宿舍沒有浴室。

大家是怎麼清潔身體的啊？

對於我的疑問，人家回以水盆和毛巾。熱水好像可以在固定的時段去宿舍餐廳要。就用這些東西擦身體……

最後是廁所。

不但天天清掃，甚至每幾個小時就會掃一次。不愧是貴族相關人士住的宿舍。非常乾淨。

然而還是不行。廁所用的葉子太硬了，不怎麼合用。由於不能不用，所以我還是用了……希望能想點辦法。

到極限了。

這樣或許很難為情，但我得了思鄉病。好想回村子。

離開村子時的志氣，已經蕩然無存。

席爾和布隆大概也有同感。坐立難安的他們，毫無意義地在房間裡走來走去。

「我撐不下去了。」

席爾似乎下定了決心這麼對我說。布隆也點點頭。

……不得已。

「搬出宿舍吧。」

當然，我們沒有要離開學校，只是搬出宿舍而已。

光是這樣，就能擺脫那些難吃的食物。

然而，這所學園的學生必須在校內有生活據點，即使家住王都也一樣。也就是說不能在校外租屋通學上課。

大概是因為有許多貴族就讀，要避免出狀況吧。

所以，離開宿舍的我們，目標放在提供給無法過宿舍生活者的出租住宅，也就是入學時嚮導衛士告訴我們的那些屋子。

確認還有沒有空屋。

「很遺憾，已經預約滿了。」

…………完蛋了。

但是，還有希望。

「如果在空曠的地方自己蓋房子，倒是沒關係喔。」

事務員大姊姊這句話有如救星。

「自己蓋就沒問題？」

「嗯，雖然地點是由校方指定……要我帶你們去嗎？」

「麻煩妳了。」

過了住宅林立的區域後，是一塊以木樁和繩索劃分得整整齊齊的空曠區域。

「這裡就是可以蓋房子的地方。雖然不收土地租金，但是每年要繳交一枚銀幣當成共同管理費。」

「共同管理費？」

「水井的使用費、清潔費，以及夜間巡邏人員的津貼。」

「原來如此。」

「除了這些之外，還有許多比較細的規定……要看嗎？」

掃過事務員大姊姊遞來的文件之後，我把它轉給布隆。他擅長處理這種與契約有關的事。文件交給布隆處理，我繼續詢問事務員大姊姊。

「這裡用繩索劃分，意思是不能超出範圍？」

繩子拉出了一邊約十公尺的正方形，事務員大姊姊稱這些正方形為區塊。

「是的，麻煩不要超過。」

「一人一塊？」

「不，倒是沒這麼規定。要使用很多個區塊無妨，不過方才提到的共同管理費是以區塊數量來計算，所以……」

「如果用到十個區塊，共同管理費就是一年要付十枚銀幣對吧？」

「是的。」

我問了許多問題後，布隆把我叫過去。

「如何？」

「大致上沒問題，比較令人在意的地方，大概是畢業時建築的權利會移交給學園吧。」

「是這樣嗎？」

我向事務員大姊姊確認。

「是的。畢業時建築的相關權利會移交給學園。所以，畢業之前找到下一位要住的學生轉讓，已經成為了慣例。」

「可以這樣嗎？」

「這是傳統。只不過，不能讓給與學園無關的人。」

「也是。我明白了。」

我們表示要辦理退宿手續。

「咦？那個，屋子還沒蓋呀？」

「自己蓋就沒問題了對吧？」

「話、話是這麼說沒錯，難道……」

「我們會自己蓋。」

總而言之，我們租了四×四的十六個區塊。

面積差不多是最大那間住宅的一半。

共同管理費雖然貴，但是老師告訴我們體面很重要。這點程度應該無妨吧。

喔，對了。我們給了帶我們來的事務員大姊姊一枚銀幣當小費。

沒有搞錯。我認為有這個價值。

好啦，開始蓋房子吧。

村長無論蓋什麼，都會以廁所為優先。我們也遵照他的原則，先蓋廁所。

挖個洞，領幾隻學園管理的史萊姆放進洞裡。

將便器擺上去遮住那個洞，再用帳棚圍住就大功告成……對了，還得弄個能夠讓史萊姆進出的洞口才行。

「這裡的土是軟的呢。很好挖。」

「太軟了，會讓人擔心撐不撐得住房子。」

「把它敲實就沒問題了吧？」

「也對。好，廁所完工。」

接著是水井，不過已經有共用的井了。

擅自挖井似乎不太好。

所以需要儲水的水槽。我希望能準備兩個，分別裝飲用水和生活用水。

這部分我們有買大型的木桶，可以直接拿來用。

「有買廁所洗手用的小木桶嗎？」

「當然，已經買啦。」

洗澡。

這個也用大型木桶，連成年人都裝得下的尺寸。應該沒問題吧。

唉呀，得用簾子遮住周圍才行。

換衣服的地方在這裡，為了避免弄髒，底下放塊木板。

排水？之後再想。

最後是睡覺的地方。

總而言之，今天睡帳棚就夠了。來學校之前，格魯夫大叔要我們帶著。

這種款式很優秀，布裡面有木支架，只要組裝起來就能成為帳棚。抱歉，我不該把它當成累贅。這東西非常有用。

然後拿毯子——先前從硬床鋪手裡保護我們——過來弄成床。要好好珍惜它。

作業完畢時，太陽已經快下山了。

差不多該吃晚飯了呢。席爾、布隆，麻煩去裝水。由我來做飯。

食材已經在買木桶時一併買好了，包在我身上。

……

沒有廚具。

我們去宿舍餐廳借了廚具。

明天記得去買吧。

我對料理的味道有信心。

因為格魯夫大叔給我們的帳棚裡藏著調味料。

真的很感謝你，格魯夫大叔。

儘管離開村子沒過多久，村裡的味道已經能讓我流淚。席爾和布隆一樣哭了。而且，感覺思鄉病有稍微舒緩一點。

當我在洗廚具和餐具時，席爾過來幫忙。

「戈爾，吃到醬油的味道雖然很開心，但是肉不太行耶。」
「是啊。雖然價格相當貴……」
「會不會是宰殺後沒有處理好啊？」
「價格那麼高卻偷工呢。真混。」
「學園北邊的森林可以進去對吧？明天去那裡獵點什麼回來吧。」
「別一個人享樂喔，我也想去。」
「要不然，我們兩個一起去？」
「布隆會生氣。」
我請布隆幫忙確認在這裡蓋房子的正式契約。
雖然已經開工，不過還只是暫訂簽約的狀態而已，明天才要正式和學園簽訂契約。
如果我們兩個跑去打獵，把這件事丟給布隆，他八成會生氣吧。布隆很少生氣，相對地一生氣就很麻煩。
就連那個烏爾莎，也會儘量避免惹火布隆。
「還有，去買廚具時，還得順便把信送到麥可大叔的店才行。」
「信？」
「麥可大叔有拿封信給我們吧？他希望我們需要利用王都分店時，可以把這封信送過去。」
雖然之前都覺得用不到，不過今後大概需要買很多東西，所以我想把這封信送過去。

其實去買木桶和食材的時候我已經找過一次，但是沒找到那家店。即使問當地的人，他們也都回答不知道。

麥可大叔的店說不定遠比我們想像的來得小。

「總而言之，明天我和布隆都很忙。」

「看來，森林還是我一個人去吧。」

「不能留在這邊整理居住環境，或是去上課之類的嗎？」

「你想吃到好吃的肉吧？」

「唔，拜託了。」

於是，做完要做的事之後我也會去森林。絕對要去。

閒話　獸人族男孩的學園生活3　第四天～

加爾加魯德貴族學園雖在王都，但因為需要廣闊的校地，所以位於王都郊區。

因此，若要到校外買東西，會先抵達王都的外圍區域。這片外圍區域叫做商人街，許多商店聚集在此，所以買東西很輕鬆。

我買了槌子、鋸子、鑿子等工具，以及木材和石材等，請他們送到學園。

儘管外人不能進入學園，只能送到正門。

接著買廚具和餐具，最後是食材。

雖然席爾去打獵，但是打到的獵物要當天食用恐怕有困難。考慮到放血、擺在河裡降溫等處理步驟，要明天以後才能吃。

必須買今天份的食材回去才行。買肉時別去昨天那家，換一家店吧。

學園內比較靠近王都的地方被劃為租屋區，我們的屋子也在同一個地方。

所以搬運人家幫忙簽收之後擺在正門的工具、木材和石材還算輕鬆，這點實在幫了大忙。不過，要往返正門好幾趟依然很麻煩就是了。

搬運完畢時，訂好正式契約的布隆回來了。契約沒問題。

「那就去森林吧。席爾在等我們。」

「慢著。聽說今天下午有防禦魔法綜合課程。」

「防禦魔法綜合？不是還早嗎？」

「雖然不清楚理由，但是人家是這麼說的。可能改了吧。」

「唔，沒辦法，學業優先。得趕快把席爾叫回來才行。」

「席爾沒問題。我在他出發之前就叫住他了。」

「……還真是可憐。」

「他大概會鬧彆扭，麻煩你午餐弄點好吃的嘍。」

「知道了。這麼說來，這所學園不吃午餐的人很多耶。」

「所以早餐和晚餐的分量才那麼多吧？」

「原來如此。可是，那個味道啊……」

「別提了。不要讓我想起來。」

「哈哈哈。今天午餐就弄席爾喜歡的炒青菜吧。」

包含加爾加魯德學園在內，魔王國的學園只要拿到三項「畢業證明」，隨時都能畢業。只要完成開課教師出的課題，就能取得「畢業證明」。說是作業，卻也沒那麼簡單。要好好上課並交出成果，才能領到「畢業證明」。不過，既然是由個人進行審查，會分成容易領到「畢業證明」的老師和不容易領到的老師也是在所難免。

「這麼一來就湊齊三個，隨時都能畢業了呢。」

我點頭肯定布隆這幾句話，並且看向手裡的木牌。

木牌一面寫著「攻擊魔法綜合」、「防禦魔法綜合」與「生活魔法綜合」等字樣，另一面寫著「畢業證明」。

席爾和布隆手裡有同樣的東西。

「這麼簡單就弄到手好嗎？」
「這不是很好嗎？反正人家都說給我們了。」
儘管席爾這麼說，但是我不太滿意。
不管是哪一種，我們都沒有好好上過課。
大家在開始上課的地點集合、問候老師。一開始說要看看每個人的實力而進行個別審查，但是一審查完，人家就把木牌塞給我們，並且把我們趕出去。今天的防禦魔法綜合課也是這樣。
該不會，人家是在為我們著想吧？
「你說為誰著想？我們？沒這種事啦。」
「是嗎？」
真羨慕席爾能輕鬆看待這種事。
「就跟你說『是』了啦。這是祕密，別說出去喔……其實我偷偷看了其他學生接受審查的樣子。」
「喂、喂──」
「不用擔心啦。沒有穿幫。」
「真的嗎？」
「真的啦。然後呢，他們的狀況啊……需要完整詠唱咒文。」
「咦？」
「嚇到了吧？所以你明白了嗎？」

嗯，明白了。

除了哈克蓮老師以外，露大人、蒂雅大人與莉亞姊姊都曾教我們魔法。要完整詠唱咒文，是初步的初步，也就是剛開始學的階段。換句話說，這些魔法綜合課程，都是初級課程。

懂了。真的懂了。

我們別說縮短咒文，就連下一階段的省略咒文都做到了，也就是初級已經可以畢業的意思。

仔細一想，防禦魔法綜合的老師要我們試著防禦的魔法也很弱。

這樣啊，因為那是初級嗎？唉呀~這下子就搞清楚了。太好了。

可是，烏爾莎和阿爾弗雷德已經做到了省略咒文的下一個階段——直接操縱魔力，所以我們不能得意忘形。

不過，我們一使用魔法，村長就會大大誇獎我們呢。呵呵呵。

無論如何，「畢業證明」有三張，已經達成了最低標準。

或許因為是貴族關係人士就讀的學園，所以安排的課程比較簡單。

芙勞老師和優莉老師之所以說我們到學園也沒問題，會不會就是因為這樣啊？

就算湊到三張「畢業證明」也不需要立刻畢業。只要有心向學，要在學校待多久都可以。當然，需要學費就是了。

優莉老師一次幫我們付了三年份的學費，所以可以在學園待三年。

原本打算先上魔法綜合類的課程，但是現在沒得上了……該不該換成戰鬥相關課程呢？

「既然這樣，乾脆把每一門課的『畢業證明』都收齊吧。」

「席爾又出怪主意了。雖然用不著全部，不過我想學魔法的上級課程。可是，課表上沒有類似的名稱耶。」

布隆瞄向寫著課表的看板。

我和他一起找過哪裡有上級魔法課程，卻沒見到比較像的。

聽說差不多在去年的時候，有好幾位魔法教師辭職，會是受到這點影響嗎？

課上完了，但是要去森林又嫌太晚。

雖然有點早，不過我決定開始準備晚餐。

席爾和布隆則負責測量土地，以及加工買來的木材。

「雖然村長弄得輕輕鬆鬆，可是相當困難耶。」

「話是這麼說沒錯，可是席爾，人家特地寫了號碼，你不要無視啦。」

「抱歉、抱歉。十七號和二十九號交換嘍。這樣就沒問題了吧？」

「問題是沒有，但是把柱子和地板交換讓人不太舒服。」

「反正還沒加工，都一樣啦。」

「從編號那一刻起，在我心中十七號就已經是柱子，而二十九號就已經是地板了啦。」

真是熱鬧。

晚餐我們圍著火堆，把串起的肉塗上醬料拿來烤。

「戈爾，木材不夠是故意的嗎？以現在的量來說，蓋完廁所和浴室就沒嘍。」

布隆拿寫在木板上的數字給我看。

我當然知道不夠。

「公會要平衡，不能一口氣買。」

「公會？」

「應該是王都木材公會吧。人家說，如果沒有加入那個組織，就不能大量採購木材。我想這大概是『如果要蓋房子，就找有加盟公會的工匠』的意思吧。」

「那什麼玩意兒啊？」

席爾說著，把吃完的木籤丟進火裡。他一臉「肉不怎麼樣」的表情，買肉回來的我也這麼想。

「就說了是『公會』啦。同一個行業的互助組織。這個學過了吧？」

「嗯……確實，芙勞老師好像講過。但是，我只記得『找商人讓他們閉嘴』的部分。」

算了，記得這點就沒問題了。

「說到商人……還是得找到『麥可大叔的店』才行嗎？那麼，明天我們三個一起去找……不，明天去森林打獵。」

「我知道了啦。總之明天我們三個一起去打獵吧。至於木材的部分，反正只是不能一口氣買齊而已，就花時間慢慢湊嘍。」

「房子快蓋好時，搞不好人家會抬高木材的價格。」

布隆說出了不吉利的話。

「會有商人這麼做嗎？」

「文官姊姊們說過吧？王都曾經發生許多很過分的事件。」

「啊…………像是那個嗎？呃，豪宅沒牆壁事件。」

商人在最後關頭抬高牆壁建材的價格，生氣的貴族說「那就不要牆壁」而完工的豪宅。

夏天還好，但是冬天太冷，結果好像還是貴族屈服了。

「不過那是因為貴族打破了把女兒嫁到商人家的約定吧？我沒跟店家約定過這種事，沒問題啦。」

「或許沒問題，不過還是小心點吧。畢竟我們不熟悉人情世故嘛。」

也對。

村長也曾說過，我們是弱者，隨時都有人虎視眈眈。不能掉以輕心，要小心謹慎地行動。他還說，就算我們沒犯錯，壞人也會主動靠近。

謝謝你，村長。

不過，把每個向我們搭話的陌生年長女性都當成騙子，我覺得太誇張了。

雖然比主張「可疑的傢伙先揍再說」的哈克蓮老師來得穩當就是了。

隔天。

我去買木材時，對方大幅抬高價格。

但是我沒慌張，今天的我有人同行。

「老闆，這個價格是怎麼回事？木材的價格應該有公會管理才對吧？我可沒接到木材突然缺乏導致漲價的報告喔。」

有比傑爾大叔在，應該沒問題吧。

幸好我為了保險起見，在買木材之前先跑了一趟王城。

閒話　獸人族男孩的學園生活4　第七天

學園裡當然也有我們以外的學生。

但是，每個學生上的課不一樣，所以沒什麼機會深入交流。像我們這樣上同一門課的學生似乎比較罕見。

那麼，學生之間難道沒有交流嗎？倒也不是。學生們會組成數人到數十人的團體進行某種活動，而這叫做社團。

要不要加入社團是個人的自由。有加入幾十個社團的學生，也有完全不參與這類活動的學生。可是，就算對活動沒興趣，學生依舊是貴族關係人士，彼此總會有來往。似乎也有人因為父母的立場而無法拒絕參加。

所以，儘管要不要加入社團是個人的自由，實際上好像大多數的學生都會加入社團。

雖然我們沒加入任何社團就是了。

我們倒也不是沒興趣。

只是因為短期內要忙著蓋房子，所以暫不考慮。老實說，我住在帳棚裡，你卻來找我參加什麼茶會的，也會讓人覺得很尷尬。

首先是住處。這個最重要。唉，雖然是我們自己搬出宿舍的。

嗯，當時太衝動了。

邀我們入社的學長姊們聽到我們說忙著蓋房子之後願意接受並收手，實在幫了大忙。據說參加的學生人數與家族實力，會影響社團在學園內的階級，所以招攬人才方面的競爭相當激烈。我希望別被牽扯進去。

「浴室完工嘍。」

席爾一臉滿足地跑來報告。

換衣服的地方、洗身體的地方與浴池分得清清楚楚。牆壁也不是用簾幕，而是木板，還有窗戶。

雖然比村裡的小，不過是一間能同時容納兩個成年人的優秀浴室。

浴室的地板有特別加工，讓水可以往外流而不會積水。排水部分，則是將水導向規定的下水道。

「要是能弄一條水道出來，就可以更輕鬆了。」

原本有考慮從共用的水井拉一條水道，但是被學園的事務員制止了。

因為水道的一部分會切過共用通道。另外，由於容易混入異物，校方希望我們放棄水道。真遺憾。

算了，雖然取水很麻煩，但是有魔法可用，所以不至於很辛苦。只需要用魔法將水固定後舉起，再讓水移動而已。

反正我們有三個人，只要每天有一個人取水就夠了吧。得決定好順序才行。

總而言之，這麼一來廁所和浴室就完工了。

廁所已經在兩天前完工。不是用帳棚搭的簡易廁所，而是有模有樣的小屋。

我認為足以向村長炫耀，我們很努力。

然而，住家的部分完全沒進展。弄錯順序了嗎？不，是因為帳棚生活已經綽綽有餘所以不急，而且天氣很好。

可是，遲早會下雨吧。必須趕快搞定才行。

總而言之，為了預防突如其來的雨，先搭塊布當遮雨棚吧。

對於我的提案，席爾身邊的四個學生點頭同意。這幾個人顯然都比我們年長，兩位學長和兩位學姊。他們在北邊森林遭到魔物襲擊時，我們出手救了他們，因此結識。

儘管北邊的森林算是校地，但是那裡的魔物會襲擊人。學生踏入北邊的森林之前，一定要向學園報告，並且宣告有事自己負責。

原先不知道這件事的我們在森林前被衛士趕回來，感到非常不甘心。既然有這種規矩，希望可以先講一聲。

言歸正傳，新結識的這四人表示要答謝救命之恩，於是沒課的時候會跑來幫我們蓋房子。

浴室之所以能早早完工，也是多虧了他們。

不過，他們畢竟是這所學園的學生，所以是貴族關係人士，不會什麼細膩的工匠活，主要負責搬東西和力氣活就是了。

即使如此，有人手幫忙依舊令我們感謝萬分。

我們把布的四個角落綁在四根柱子上，將柱子立起再用繩索固定。

一走出我們現在的住處——帳棚，就會站在這塊布的下方。這麼一來就算下雨也不要緊。

學長，之所以稍微偏向一側，是為了避免雨水積在中央，所以放著就好。

「那麼，雖然時間還有點早，不過我們就來吃晚飯吧。」

一聽到我這麼宣告，四位學長姊歡呼得比席爾還快。

大家肚子這麼餓嗎？可是感覺很有力耶。

「對了，席爾。能不能麻煩你叫布隆過來？」

「嗯？這麼說來沒看到他耶。在偷懶嗎？」

「在學園的事務所啦。他去找事務員大姊姊，做僱用外部人員的最終確認。」

住在學園的獨棟房屋，一般來說會僱人照料生活起居。

考慮到學生上課時的防盜問題，學園方似乎希望學生盡可能僱人。

不過，雖說要僱用什麼人看自己高興，但是對方能不能在學園內工作又另當別論，所以我請布隆去確認學園方的注意事項。實際上，擔心這部分會出狀況的事務員大姊姊，就要我們跑一趟確認。

嗯？說到布隆就發現他回來了……但是人數有點多耶。布隆後面還有兩位……女性。她們應該是學生吧。

一問布隆才知道他從事務所回來時，解救了碰上社團熱情招攬而不知所措的兩人。做了件好事呢。

可是，為什麼要帶她們來啊？

雖然不知道她們住宿舍還是獨棟，但是送人家回去就行啦？聽到我的疑問，布隆望向兩名女學生。

「聽說你們沒有學生的樣子，弄得滿身是土。雖說受到幫助，但我認為還是該來提醒你們一下。」

譯）聽說你們在做些很有趣的事，讓我加入啦。

「身為學園的學生，提醒你們乃理所當然。」

譯）你們也是今年入學的對吧？我們也是。大家好好相處吧。

原來如此。那麼……呃……

「哼，真麻煩。這會讓妳們丟臉喔？」

譯）可以是可以，不過很辛苦喔。沒問題嗎？

聽到我的回答，兩名女學生露出無所畏懼的笑容這麼回答：

「別瞧不起人。」

譯）就讓你見識一下我的力量。

晚餐多了兩人份。

留下來吃飯是無妨，但既然是住宿舍，不克制一點之後會有麻煩喔。

幫忙蓋房子的四人，似乎打算靠毅力兩邊都吃。啊，其中兩個不是住宿舍而是住獨棟啊。

鄰居？…………就住在那裡呢。

他們表示前幾天就很在意我們了。

既然這樣，出聲搭話就好啦。

還有，不用吃得那麼急沒關係。量很夠。

順帶一提，剛蓋好的浴室，我們先讓給幫忙蓋房子的四位學長姊兩兩一組輪流使用。當然，女性一組，男性一組。

原本以為接下來就輪到我們……但是布隆帶來的兩個女學生在看。一直在看。

這可沒辦法拒絕對吧？

我向席爾、布隆確認過後，讓她們兩個先使用。

…………

她們沒注意到學長姊們使用時的情形嗎？聲音很容易傳到外面，所以拜託別聊些露骨的話題。像是胸部大小之類的……呃，讓人很困擾。

6 村長的暑假

魔王被貓姊姊們追著跑。他幹了什麼好事嗎？

我邊想著這些邊吃早餐。嗯，好吃。

比傑爾也來點如何？咖啡和紅茶，兩種都……紅茶是吧。所以呢？魔王做了什麼？什麼也沒做？只是和魔王用傳送魔法回去時薩麥爾闖入，跟著一起回魔王城了？

雖然馬上就送牠回來，但是看在眼裡的貓姊姊們大為恐慌。

沒生薩麥爾的氣，而是生魔王的氣啊？原來如此。

啊，不，反正馬上就回來了，我不會生氣啦。下次注意點就好。

昨天比傑爾之所以來訪，是為了向他打聽關於獸人族男孩們的事……或者該說是為了把接到哈克蓮指示的格魯夫送去王都。

雖然我認為，擔心的話自己跑一趟就好，但是講這種話會惹哈克蓮生氣，而且比傑爾也暗示他比較希望是格魯夫而非哈克蓮，所以我什麼都沒說。

於是他為了送格魯夫到王都而來，魔王也跟著來了。

接著魔王就這麼和小貓們玩了起來。他在我家住了一晚，預定早上回去。魔王之所以留宿，則是因為薩麥爾會窩到他床上。真羨慕。

……………這麼說來，魔王沒有太太嗎？有？感情也很好？這樣啊。

不過這麼一來，魔王在我家過夜不會惹她生氣嗎？因為工作關係分居中？哦～

獸人族男孩就讀那所學園的學園長？這樣啊。那麼，希望能找個機會和她打聲招呼呢。

今年的慶典，是用上整個村子的大型捉迷藏。

雖然希望所有人都能參加，不過只有自願者。

要躲在屋頂上無妨，但是禁止躲在屋裡。魔法和飛行也禁止。

當鬼的死神只有一個，剩下的人負責逃。

不過，這麼一來逃跑的那一方太有利，所以追加特殊規則。

那就是鐘。規則是一旦鐘響，躲藏的人必須移動。反過來說，鐘沒響的時候禁止移動。

鐘擺在宅邸的正面，由當鬼的死神負責敲鐘。要敲幾次可以自由決定，但是鐘響之後，要數到一百死神才能移動。

我原本以為這麼一來就能維持平衡……但是開始後過了兩小時，我連一個人都抓不到。不，真要說是有抓到。只有一隻基於道義而現身的座布團孩子。

…………

大家未免躲得太認真了吧？真想哭。

明明一敲鐘就能感覺到氣息……唔。

至少該讓小黑當同伴的。不參加者區傳來的歡笑聲，不斷刺痛我的心。但是不能輸。怎麼能輸！

緊急追加規則！

被當鬼的死神抓到，就會變成死神！

當然，只有這樣還不行。我知道。

需要這麼一句話！

「來，和我一起追捕敵人吧！」

呵，各地都有尾巴在搖喔。

真是一場愉快的慶典。

老婆們說我都在陪貓，所以我要反省。

以後我會記得陪小黑的子孫及座布團的孩子們玩。

……惹人家生氣了。明明只是開玩笑。

還有，聚集過來的小黑子孫與座布團孩子露出大受打擊的眼神。

呃，我會陪你們玩啦。不過今天先讓我陪阿爾弗雷德他們，明天再和你們玩。我保證。

好，孩子們集合。

烏爾莎，拜託妳走在前面帶領孩子們。目的地是村子南邊，平常舉辦慶典和武鬥會的地方。

蒂潔爾、利留斯、利格爾、拉提、特萊因、娜特和古拉兒要跟好喔。

阿爾弗雷德走在孩子們的最後面，有人跟不上的話要拜託你幫忙。如果離團體太遠就通知烏爾莎。

我和數名鬼人族女僕，以及騎在座布團孩子們背上的小黑子孫們，則是在更後方跟著。

嗯？小黑子孫們的背上還能看到酒史萊姆與不死鳥幼雛艾基斯呢。嗯，可以跟來喔。

我和鬼人族女僕的懷裡抱著裝有飛盤、球、球棒與跳繩用繩索等物的箱子。

「東西很多，但是今天要玩什麼？」

對於鬼人族女僕的問題，我回答：

「沒特別想過。悠哉地和大家玩吧。」

目的是和孩子們交流。

已經決定的……只有午餐會由留在屋裡的鬼人族女僕拿來而已。

偶爾來個想到什麼就玩什麼的日子也不錯吧。

咦？妳說平常不就是這樣？嗯～或許是吧。

啊，烏爾莎，速度稍為放慢一點比較……在我開口之前，娜特已經提醒她了。

白操心了呢。

真是悠閒的一天。

隔天，我按照約定陪小黑的子孫及座布團的孩子們玩。

是測試自己體力極限的一天。

7 夏天的事件

出事了。

事情的源頭……要追溯到去年夏天吧。

玩心大起的我用木頭做了艘船，讓它浮在蓄水池上。在一艘簡單的木筏上張帆而已，很單純。火一郎看見這艘船之後非常開心。

想要看到火一郎開心的萊美蓮，告訴火一郎雖然得花點時間，但是會讓他看見更大的船。火一郎更開心了。

之後，火一郎只要想到就會提起大船的事。

雖然萊美蓮好像已經有很多艘船，卻還是特地為了火一郎下訂一艘大型帆船。

訂購對象是「夏沙多市鎮」，那裡好像有一間很大的造船廠。

麥可先生儘管沒經手造船業，仍舊以「夏沙多市鎮」窗口的身分接下萊美蓮的訂單。

就這樣，船開始造了。

本來建造帆船需要花費好幾年，大型船就更不用說了。

然而，一年就完工了。

沒有偷工減料，是靠金錢的力量。至於手法，就只是買下正在建造的船而已。

造船廠好像不能接了單才開工，所以會先造。

有錢的商人似乎會為了做投機生意，買賣還沒完工的船。

萊美蓮透過麥可先生購買的，是花時間的船體部分幾乎都已經完成，只要加以裝飾就算完工的大型帆船。

從花了一年裝飾這點看來，能預期會是一艘豪華帆船。可是話又說回來，單純裝飾算得上是開始造船嗎？

好像可以。要不然就不能說是新造的船了。原來如此。

於是裝飾差不多在春末時完畢，到了公開的時候。

儀式理所當然會在造船地點「夏沙多市鎮」舉行，可是萊美蓮不肯帶火一郎去。

我原本以為是她不想帶火一郎去人多的地方，然而理由不止這樣。

「在有其他船隻的地方，火一郎的船就不夠顯眼了吧？」

我懂她的心情，所以放棄在「夏沙多市鎮」的下水典禮，改為讓火一郎看新船初次航海的模樣。

地點在「夏沙多市鎮」東側，位於「五號村」南邊的海岸。

這一帶不是沙灘而是岩岸，水相當深，所以帆船可以靠近。

不過，要是觸礁就慘了，所以有要求別太靠近海岸。

「大樹村」與「五號村」的觀眾以我、火一郎、哈克蓮、萊美蓮和麥可先生五人為中心聚集到了海岸。我們一邊烤肉一邊等待。

很快就看見帆船了。

麥可先生拿著肉串告訴我們就是那個。

雖然還很遠，但是從這裡也看得出來，是一艘有兩張大帆的氣派帆船。

觀眾爆出歡呼。

嗯，大約有一半的人顧著烤肉呢。

我告訴火一郎「是大船喔」，但是他睡著了。火一郎從前一天起就很興奮，大概是累了吧。

「讓他睡吧，等船近一點再叫醒他。」

沒有人反對萊美蓮這句話。

不過，還真是氣派的帆船。

正當我這麼想的時候，卻發現有小船在氣派的帆船後面追趕。

怎麼回事？

小船沒有帆，也沒有槳，卻以和帆船差不多的速度前進。該不會是由前面的帆船拖行吧？

就在我這麼想時，帆船冒出了煙。

火災？帆在燃燒？咦？然後爆炸。

帆船爽快地沉了。

…………咦？

儘管搞不清楚狀況而有些混亂，我依然要哈克蓮飛過去確認怎麼回事。帆船上應該有不少船員才對，必須救他們。

來觀賞的蜥蜴人和高等精靈們也坐在哈克蓮背上移動。

我則是留在原地待命以免礙事。

後面的小船……逃了。怕被牽扯進去嗎？還是說那艘小船幹了什麼好事？不，更重要的是……

「婆婆～大船在哪裡？」

因為爆炸聲醒來的火一郎揉著眼睛問萊美蓮。

事情就是這樣。

根據救上來的船員所言，犯人是那艘小船。

似乎是精靈帝國的船。

「我們已經查出這艘船屬於名為『五號村』的愚昧勢力。任何威脅我們精靈帝國安寧的大船都不得存在。」

儘管似乎是基於這樣的理由，不過精靈帝國已經全面投降，被魔王國吸收了。

一開始是投降「五號村」，不過實在太麻煩，所以交給魔王國處理。

之所以同意精靈帝國投降，則是因為那艘沉沒帆船的船員全都順利得救，以及精靈帝國獻出了他們最大的船。

唉呀，真是一場殘酷的戰爭。

精靈帝國是一座島。

無數的龍圍著島飛翔。想要開走的船不是被擊沉，就是被趕回去。而且，龍只要心血來潮就會往島上噴龍焰。

「會持續到你們全部死光為止。」

聽到萊美蓮的宣言，精靈帝國的領導階層陷入恐慌。

同時，也委婉地告知精靈帝國的民眾，這是為了報復他們擊沉帆船。

內亂爆發。

龍冷眼旁觀。

儘管勉強壓下內亂，但是精靈帝國的戰意在知道對手是龍的那一刻就已經大受打擊，問題在於該怎麼傳達投降之意。

最後，他們主動燒掉沿岸一座大城，表明願意投降。

萊美蓮也在周圍的說服之下，心不甘情不願地接受投降。戰爭結束。能夠結束真是太好了。

於是，她讓火一郎看了搶來的精靈帝國第一大船。

「婆婆～這艘船沒有布呀。」

精靈帝國的船是用魔法動力，不需要帆。

日後，搶來的精靈帝國第一大船，裝上了沒用的帆。

閒話　獸人族男孩的學園生活5　第十天

我想起芙勞老師出的問題。

「學生戈爾，『貴族』這個詞是指誰？」

魔王國的正確答案是這樣：

「擁有爵位者與其正妻、子女，以及擁有相當於爵位的官職者。」

君王是王族，不包含在貴族內。這點容易弄錯，因此要注意。

所謂的爵位，就是公爵、侯爵、伯爵、子爵、男爵、騎士爵，以及相當於上述爵位的稱號。相當於爵位的官職裡，四天王和將軍特別有名，不過似乎還有很多別的。

那麼，加爾加魯德貴族學園從名字就看得出來，是貴族關係人士就讀的學園。學生大多數是貴族子弟，或是貴族底下的文官、武官子女。所以父母的爵位與地位，嚴重影響學生的人際關係。而這所學園沒有打算排除這種影響。

反倒是積極教導學生這方面的人際關係與行為舉止，讓他們對責任有所自覺。

儘管入學後好像每個學生都平起平坐，但是從學園畢業之後還有明確的階級社會等著，所以採用較為現實的方式。

不要半途而廢，希望大家利用失敗也沒關係的在學期間好好努力——禮儀老師這麼說。

只不過，好像每年都會有人來到學園後被周圍的人吹捧而得意忘形。剛剛揍席爾揍的男生也是其中之一。

「你們這些傢伙，誰准你們待在這裡的。」

譯）喂，你們沒向本大爺打招呼喔。搞什麼東西。

畢竟他突然跑來說這種話嘛，我覺得會捱揍也是難免。倒不如說，這種場合要是不揍他，我們反而會被罵。

「我可不曉得需要向你這傢伙打招呼。就用剛剛的拳頭代替吧。」

譯）咦？我們的地位比較高耶，你認真的嗎？現在還來得及用這一拳抵消，當成我們沒聽到你說什麼喔。

「不、不不、不錯的拳頭嘛……哼，我很中意你喔。」

譯）真是非常抱歉。今後還請多多指教。

看他雙腿發抖，不知道是因為失敗而惶恐，還是席爾的拳頭比想像中更有效。雖然哪一邊都沒差，不過像這樣纏上來的人變多了。真頭痛。

我們在入學時，獲得了相當於男爵家當家的身分。

雖然不是男爵，可是待遇和男爵相同的樣子。

把芙勞老師和優莉老師的信交給學園長之後，事情就變成這樣了。

學園長讀完信後抱頭叫苦，希望芙勞老師和優莉老師沒有勉強人家。

不過，得來的身分就要好好活用。

順帶一提，剛剛被席爾揍的男生，是伯爵的兒子。

男爵家當家的地位，比伯爵的兒子來得高，就算換成公爵的兒子也一樣。當家是擁有爵位的本人，不管父母再怎麼偉大，沒有爵位的兒子依舊比不上男爵。

然而，由於伯爵的兒子將來有可能當上伯爵，因此一般來說就算是男爵家當家也不會表現得太傲慢。這似乎就是所謂的人情世故。

只不過，如果像剛剛那樣，身分地位低的人擺明找碴，那就不能不出手。放著不管最糟糕，會挨罵。事後才反擊也不行。

先不管爭執的勝負，最好能讓事情當場結束。若問為什麼，則是因為不立刻處理有損權威。

明確抵觸貴族社會制度的行為要立刻處理。贏了最理想，但是輸了也沒關係。展現出抵抗的態度最重要。

「這件斗蓬沒什麼用呢。」
席爾拉起自己背後的短披風給我看。
不用給我看也沒關係啦，我背後也有件一樣的。
這件短披風是學園生的證明。
內側有線條，能夠明確地顯示穿戴者的身分。
「為什麼要裝飾在內側？不放在外面看不見吧？」
「防犯對策吧。張揚身分走在大街上很恐怖喔。」
魔王都的治安雖好，卻不代表沒有犯罪行為。
關於這一點，芙勞老師有仔細叮嚀我們。
「我覺得不讓人看見比較容易碰上麻煩耶……」
「那是對方注意力不夠。」
線條雖然在內側，但是只要稍微觀察一下披風邊緣就看得出來。
「注意力不夠……可是『相當於男爵家當家』的線條，和『男爵家關係人士』的線條太像了吧？不清楚的人會以為一樣喔。」
啊…………確實。
改天找事務員大姊姊商量吧。

這所學園的學生基本行程是上午上課，下午參加社團活動。

我們沒加入社團，而是努力在蓋屋之路上邁進——我原本這麼打算，不過還是加入了社團。

我們加入的社團叫做「增進領民生活品質社」。

打獵、野營、農業、建設、料理與裁縫。

雖然打獵以外的知識對於貴族來說都用不著，但是知道比不知道來得方便。此外，沒領地的人有了這些知識，應該能生活得更舒適——以上是社團目的。

四位學長姊和兩位鄰居為了與我們共同行動而成立的。

話雖如此，代表不知為何變成由我擔任。不過嘛，反正他們會幫忙蓋房子，打獵也是人手多一點比較輕鬆，所以我沒拒絕。

關於農業的部分，不久前布隆直接找校方談判了。

雖然能在王都採購糧食，需要的東西卻買不到需要的量，而且味道不佳。我們會自己種，希望校方能出借耕種用的土地。

儘管校方當場用「學生不需要耕田」駁回，但是找事務員大姊姊商量之後就解決了。

「雖然近來糧食問題已經逐漸改善，但是為了將來著想，必然需要進行糧食方面的研究。能不能請校方出借研究用的土地呢？」

措辭還真是重要啊。

校方借我們一塊一百公尺見方的土地，就在我們蓋房子那個區塊的旁邊。
雖然想立刻開始，不過得先養土。
就在我們邊蓋房子邊養土時，來了一位對農活有興趣的學長。
這位學長出身於有領地的貴族家庭。
話是這麼說，不過他過的並非我們想像中的貴族生活，而是住在小屋裡，要拿鋤頭下田的樣子。
他說很想念土，所以希望能入社。
由於他看起來比我們還了解，所以我請他務必加入。
根據這位學長的說法，可能光養土就要用掉今年一整年，讓我們大為震驚。
「不過嘛，如果這樣就太冷清了，所以來弄個小菜園吧。苗和種子就由我去弄。」
沒人反對。
啊，對了、對了。
在「增進領民生活品質社」活動時，禁止使用貴族語言。
打獵姑且不論，和野營、農業、建設、料理與裁縫有關的詞彙太少了。
「如你所願。」
只有這樣沒辦法對話。
目前在四位學長姊、兩位鄰居、一位農業學長出馬招攬社員後，社團成了超過四十人的大型團體。

蓋房子的進度變快令人開心。
雖然不是所有人都能每天幫忙，但是吃飯時一定會在。為什麼啊？
還有，四十人份的餐點由我一個人做是怎樣？格魯夫大叔偷偷塞給我們的調味料差不多要用完了。
如果不認真點找出麥可大叔的店，恐怕要頭痛了。

閒話　獸人族男孩的學園生活6　第十二天～

席爾和布隆拿來三天前獵的野豬。
體長……不到一公尺。起先我們還以為是野豬的小孩，不過在這一帶這樣好像已經是成獸了。和村裡不一樣，讓我們有點困惑。
之所以只是有點，則是因為來這裡之前，芙勞老師和優莉老師強調過。她們真的是再三強調。
「喔，今晚的宴席看來會相當熱鬧。」
譯）這是今天的晚飯？真的？超期待耶。
不久前被席爾揍過的那個伯爵兒子拿著木匠的工具跑來。
不知為何他也入社了。看他打算蓋一個大澡堂，或許是喜歡上我們的浴室了。這人明明到昨天為止都還不曉得鋸子怎麼用。

「這確實是今天的晚飯，不過禁止用貴族語喔。」

「啊，對喔。」

此外，他背後還有三位學園的老師。好像是為了視察新成立的社團，還有決定由誰負責監督。

這三人昨天就在了。

昨天晚上吃完飯之後，他們為了該由誰負責監督而大打出手。不需要排斥成這樣吧……

今天他們也是三個一起來，但沒聽他們說要由誰監督。應該可以當成視察的結果沒問題吧？

我一邊思考這些一邊做飯。

由於一個人實在負荷不了，所以我找了幾個人幫忙。

他們的廚藝……嗯，充滿野性。

首先，下廚之前要先洗手喔。不要把掉到地上的東西直接拿來用。蔬菜要用水洗過。菜刀不是那樣拿。把魔法火焰想成一開始的火種，只靠魔法的火焰做飯很累，而且你們沒辦法一邊生火一邊做其他事吧？不需要把傭人從家裡叫來，自己好好努力。

教導別人比想像中還要辛苦。

哈克蓮老師、芙勞老師與優莉老師大概也這麼辛苦吧。

…………

不，我相信當初的我們比這些人優秀。

等等，切菜不可以用魔法…………啊～蔬菜飛走了。

隔天，學園長把我們三個叫過去。

原本還在想出了什麼事，結果她拿出一塊木板給我們看。上頭寫的內容是……請願書？要求改善宿舍伙食。

…………

呃，為什麼要讓我們看這個啊？

我用疑惑的眼神看向學園長，於是她要我看署名的地方。

那裡寫著五位請願者的名字。不是我們。這是理所當然，因為我們根本不知道有這種請願書。

如果在宿舍時就知道或許會簽名，不過這和搬出宿舍的我們無關。

這麼告訴學園長之後，她重重地嘆了口氣。

在請願書上署名的五人，似乎是我們社團的成員。

聽她這麼一說……的確有印象。

「不是我們煽動的喔。」

「這點我明白。只不過，和你們扯上關係的學生，大多數都變得對宿舍的伙食不滿。」

「呃……」

要說心裡有沒有底……大概是每天的晚餐吧？

每天晚上都變得像小型宴會一樣。不過就算是這樣，頂多也就每晚四十……昨天好像有五十人吧。以學生的人數看來，根本微不足道吧？應該不能怪到我們頭上才對。

如果要談責任歸屬，不是該找沒辦法改善宿舍伙食的營運方嗎？

「我承認宿舍的伙食不好吃，畢竟那只是為了不讓學生餓肚子而已。」

「既然知道是怎麼回事，那麼把東西弄得好吃不就解決了嗎？」

「沒有那種技術。」

「……咦？」

「糧食不足的時代持續太久了，突然就要原本只負責餵飽大家的人做出美食，實在不太可能。」

的確。

「所以呢，我想拜託你們。」

該不會？

「能不能幫忙增進宿舍伙食的水準呢？」

我很清楚。這是名為「拜託」的強制命令。

不過，還是要做點抵抗。

「幫忙是無妨，可是很遺憾，我們的本業是學生，在學園裡有很多東西要學，所以只能等有空的時候才……」

譯）我們會幫忙，不過只限我們有意願的時候喔。

「我聽說你們的表現非常優秀。」

譯）別想逃。

「哈哈哈，謝謝誇獎。」

譯）就說做不到了啦。

「從今天起，我會派宿舍的伙食負責人去你們那裡。請你們好好鍛鍊他。」

譯）好，就這麼決定了。拜託嘍。

唔，不愧是學園長，真難纏。但是，我也不能就此退縮。

「容我提個膚淺的問題，假如宿舍的伙食改善，我們是否能領到相當於獎勵的東西呢？」

譯）好處，麻煩給我們一點好處啦。

「當然，我正在考慮。請好好期待吧。」

譯）說出你們的要求。

「真是期待呢。可是……也不好意思替學園添太多麻煩。實際上，有一件事令我們很困擾，不知能否請您幫忙解決？」

譯）那麼，可以麻煩您解決這個難題嗎？

「雖然想不到有什麼問題能難倒你們，不過就說來聽聽吧。」

譯）別小看學園長。

「其實，我們正因為找不到熟人開在王都的店而困擾。它的名字叫『麥可大叔的店』……」

譯）我們真的很困擾，麻煩您了。

「知道了。宿舍伙食的事就拜託嘍。」

譯）哼，輕而易舉。讓你們見識一下學園長的力量吧。

這是極限了。

在我旁邊默不作聲的席爾、布隆，沒問題吧？

如果有問題就自己對學園長說。

中午來了十個廚師。

男生宿舍四個、女生宿舍四個，以及教師宿舍兩個。

看來所有人都會用菜刀，讓我鬆了口氣。衛生意識也沒問題，不愧是職業的。

但是料理的技術不夠。只會烤和煮啊……

算了，反正我也不是一開始就會做飯。一起努力吧。

閒話　惡德商人

我的名字叫……唉，名字這種東西不重要吧？比較親近的傢伙叫我岡薩，就這麼稱呼我吧。

如你所見，我是個商人。

我在王都經營一間有點名氣的木材行，店面應該算得上相當大。

這家店並不是只靠我一個人的力量茁壯，應該說是代代相傳的成果吧。

根據前代的說法，我們這家店是從附近還屬於人類勢力範圍的年代一路傳承到現在。

不過，現在我這個木材商沒客戶。

理由很清楚。都是木材公會故意整我。

無論面對貨源還是客戶，我向來童叟無欺。

不僅如此，我還會在貨源有困難時以高價收購不需要的木材，也願意在客戶荷包空虛時暫緩收款。

這並非完全出於善意。而是因為我相信，這麼做對我的店有利。

只不過，現在的木材公會可能看我這種經營方式不順眼吧。

他們視我為眼中釘，會妨礙我做生意。

而且手法很陰險。如果正面攻擊我或店鋪倒還有辦法應付，但他們對我的貨源和常客下手。

雖然不甘心，卻很有效果。光靠我的店根本拿他們沒轍。

我所能做的，只有把店收掉去別的城鎮……然而木材是一門地區性的生意。要去新的地方從頭開始到能夠做生意，需要花上好幾年。

更何況，我也還沒下定決心拋棄這間繼承自前代的店。

存下來的錢就在我煩惱的期間逐漸減少。照這樣下去，就連換個新地方從頭開始都有困難。已經沒時間了。

就在這時，某個男人來到我面前。

木材公會的男幹部。說得更明確一點，他就是那個看不順眼我的店而妨礙我做生意的傢伙。

「你這傢伙來幹什麼！」

我的聲音激動起來。

同時，在我店裡工作的人按住我。

不是與我為敵，而是避免我動手。

我很清楚。這時候揍那個傢伙只能讓自己出口氣，這家店卻會完蛋。

「哼哼哼……那態度是怎樣？一間歷史悠久的老店，當店長的人實在不該有這種舉止啊。」

唔嗯嗯嗯……真想揍他。

「唉，我也沒什麼閒工夫陪你。趕快談正事吧。」

真想往他那張臉揍下去。

「差不多該決定一下，是認命地把店收掉還是按照我們的規矩做事了吧？」

…………

「不過嘛，你大概會把店收掉吧，到時候麻煩聯絡一下。公會願意接收這間店的木材喔——用便宜的價格就是了。」
我要揍他一頓。
儘管我已經有所覺悟，卻被對方逃了。
該死，殺氣太明顯了嗎？
「店、店長，該、該、該、該怎麼辦呀？」
按住我的店員之一垂頭喪氣地問我。
還留在店裡的店員都是說過願意跟我一起走的老夥計。
正因為有這些人在，我才有機會換個新地方從頭開始。
「我知道。我也認為差不多到了非做決定不可的時候了。」
嗯，其實我知道。我都知道。
雖然火大，但是和那傢伙講得一樣，我沒辦法按照木材公會現在的規矩做事。
換句話說，結論從一開始就只有一種。
但是……
「抱歉，能不能再給我一天？」
明明多一天也不能怎麼樣，我到底在說什麼啊？
不過，這就是最後一次了。
明天開門營業一天之後就此結束，把店收掉。

然後，去新環境試著另起爐灶吧。
我決定這麼做。

隔天。
王城來了大人物。
說是需要木材。不，我是還有庫存，所以要多少都賣……呃，這樣好嗎？
「『這樣好嗎』是什麼意思？這裡是木材行吧？」
「不、不是，那個，我的意思是……不找木材公會沒關係嗎？」
「這裡也是有加入木材公會的店吧？」
「話是這麼說沒錯……其實我這家店被木材公會盯上了，要是被人家知道您在我這邊買，或許會惹上麻煩。」
「所以我才來找你買。既然被那個木材公會盯上，代表這裡是間正派的店吧？我這邊沒問題。需要的量都寫在這塊板子上，什麼時候能準備好？」
我接過板子確認數量。
上頭的內容……由於量足以蓋上好幾棟相當大的房子，平常要備齊大概得等到換季。
不過值得慶幸的是，現在我的店……
「明天就可以交貨。」

「很好，那就拜託了。不好意思，能不能麻煩送到這裡？」
「學園是吧，了解。謝謝惠顧。」
真的是感激不盡。
居然到了最後的最後，還能在這家店做生意。這麼一來，被公會那些傢伙壓價收購的庫存也就少了。謝天謝地。
「啊，對了。接下來這幾句話或許有點多餘……克洛姆伯爵已經開始稽查木材公會。短時間內別靠近公會喔。」
「咦？克洛姆伯爵？四天王的？」
「沒錯。真是的，也不知道他們是在哪裡惹到克洛姆伯爵……所以啦，實在是太好了呢。」
大人物這麼說完就離開了。
這是怎麼回事？還有，太好了是指？
總而言之……既然人家說了別靠近木材公會，就得弄清楚發生什麼事。
我過去會引人注意，所以我叫店員跑一趟。
木材公會遭到士兵包圍，好像在追究什麼責任。把持木材公會那些傢伙的店也一樣。
到底出了什麼事啊……
「店長，剛剛才想到，今天來訂貨的人我有印象。」

「真的？」

「記得嗎？他就是好幾年前店長延後收錢那一戶人家的兒子啊。好像說什麼因為他突然要結婚了，所以需要用錢。」

「……是那個時候的人家啊！」

「對啊。不愧是店長。店長的做法果然沒錯。」

……這樣啊。

真的是太好了。

於是我得以繼續在王都經營木材行。

「大叔，我想要這些木頭。」

獸人族男孩指著一塊高價木頭。

「那個很貴喔。」

「幾枚銀幣？」

「七枚。」

「我出七十枚，幫我準備十根。」

「只要下訂我就會準備……但是錢沒問題嗎？」

「要先付清也行喔。」

「哼。貨款等交貨的時候再給無妨。先把東西看清楚了再付啊。」

今天也也忙得恰到好處。

間話 惡魔族助產師

我是侍奉德斯大人的惡魔族之一。名字……非常抱歉，我不是什麼需要報上名號的人物。

是的，像我這種大角女，根本不需要在意。

就是這樣，我並不喜歡自己的角。彎彎曲曲的羊角雖然可愛，但實在太大了。

儘管也有人羨慕地表示，這對角就像古代惡魔族一樣帥氣，但這種東西只會讓頭很重而已。

睡覺時角會妨礙翻身，左右的視野也會受到微妙的影響，因此一旦在意起這件事，就會讓我不爽好一陣子。

角長得大沒有什麼相應的好處。

是的，雖然有人認為角的大小可能會影響到擁有的魔力量、能使用的魔力量，但是完全沒關係。

我想大概只是因為古代惡魔族的角很大，才會有這種說法吧。

實際上我擁有的魔力偏少，能運用的量也不多。

……別說了。我知道。我在惡魔族裡是個吊車尾。

即使是這樣的我，德斯大人依舊要我侍奉他。我對他只有感謝。

所以，既然有幸讓德斯大人指名，就算是外派我也接受。是的，即使要去地獄我也願意跟隨。

要去的不是地獄，而是「大樹村」？

不好意思，我不知道那是什麼樣的地方。不過，既然人家都說不是地獄了，想必不會是什麼很糟的環境吧。

「我去那裡該做什麼才好呢？」

……協助生產？有很多種族的孕婦在那邊嗎？了解，請交給我吧。

這是我唯一能誇耀的技能。如果這種場合無法活躍，等於質疑我的存在意義助產。

於是我召集屬下整理行囊。

這麼說來，移動方式該怎麼辦？某些情況下，安排飛龍可能比較好。

「大樹村」的地點在…………咦？「死亡森林」正中央？怪了？寫錯了嗎？

就是在「死亡森林」的正中央。

德斯大人，對於像我這種軟弱無力的人來說，這裡是比地獄還要糟的地方喔。呃，雖然我沒有直接說出口就是了。

……怪了？布兒佳和史蒂芬諾在這裡。

這麼說來，我記得她們之前是待在德萊姆大人那邊。是因為這裡和德萊姆大人的巢穴很近，所以來玩嗎？

不對。她們住在這裡。

咦…………這是什麼處罰嗎？

不是？哈克蓮小姐與拉絲蒂絲姆小姐住在這裡？

德斯大人，我沒聽說過啊？

拉絲蒂絲姆小姐姑且不論，哈克蓮小姐……是那位哈克蓮小姐對吧？有段時間到處肆虐的……

那位哈克蓮小姐結婚了？在這裡過平靜的生活？…………………對不起，我的腦袋跟不上。

咦？是那位哈克蓮大人對吧？絲依蓮小姐與賽琪蓮小姐的姊姊。結婚了？她是用了什麼手段威脅人家的？不是？哈克蓮小姐輸了？然後普通地戀愛？又在騙人了～

布兒佳和史蒂芬諾沒有說謊。

我從來沒想過世上除了萊美蓮大人以外，還有能讓哈克蓮小姐認輸的存在。

而且擊敗那位哈克蓮小姐的人就在我面前。

……………………

怎麼看都是普通的人類。魔力比我還少，或者說完全沒有。有股親切感。感覺能和他合得來。

不過，這個人就是哈克蓮小姐的丈夫對吧？而且也是拉絲蒂絲姆小姐的丈夫。

儘管很想確認他的實力，但是布兒佳和史蒂芬諾警告我，這種話就算是開玩笑也不能說，所以我沒這麼做。嗯，絕對不會。

我可沒有笨到去挑戰一個能若無其事獵殺格鬥熊的對手。

我只負責完成我的任務。

來到這個村子時，我還以為是個很恐怖的地方，但住下來之後感覺倒也不壞。

不，是個好地方。

首先食物好吃。總之就是好吃。酒也好喝。特別是連空氣都很清新。

畢竟是在「死亡森林」正中央，我原本已經做好空氣會很糟的心理準備，不過是白擔心了。

適度的魔力……應該說魔素。混了魔素的空氣，可以說很適合惡魔族。

不清楚什麼是魔素？呃～講得簡單一點，就是魔力變成魔力之前的狀態。

惡魔族可以吸納這些魔素化為力量，所以待在這裡會覺得非常舒服。

然後呢，沒錯，這很重要……有適度的助產工作可以做！

明白嗎？不明白對吧。

德斯大人的領地雖然有各式各樣的種族，但是幾乎都用不著協助生產。

頂多只有龍族和惡魔族懷孕會叫我去幫忙……但兩邊都只是以防萬一，而且兩邊都難得才會懷孕。

是的，因為在德斯大人那裡的惡魔族包含我在內，和普通的惡魔族比起來有點特別……

但是，技術不用就會荒廢，會忘記怎麼用。

生產攸關性命，讓這種技術失傳可不好。

我始終相信我……不，相信我們總有一天會需要它，所以反覆模擬助產過程幾萬次……

這項技術在這裡能夠全力發揮。

嗯，適度的忙碌與緊張。我追求的就是這個。

不過嘛，抱出來的孩子，父親幾乎都是哈克蓮小姐的丈夫——村長先生，這就有點尷尬了。

該說娶很多位妻子是有力人士的宿命嗎……呃，各位女性，請對村長先生溫柔一點。村長先生只有一個人喔。

我這麼提醒大家後，村長先生顯得非常感激，這是為什麼呢？

……咦？怎麼好像有點吵？出了什麼事嗎？

「大角助產師在哪裡！」

有人叫我。

在這個村子裡，大家叫我「大角助產師」。因為我沒告訴大家自己的名字嘛，這也是難免……「一號村」有人要生了是吧。知道了，我這就趕過去。

我是住在「大樹村」的惡魔族之一，工作是助產師。
名字叫……叫我「大角助產師小姐」就好。
是的，因為多虧了這對角，要找我比較容易。畢竟這是對大角嘛。

Farming life in another world.

Final chapter

Presented by
Kinosuke Naito
Illustration by
Yasumo

〔終章〕

學園的變化

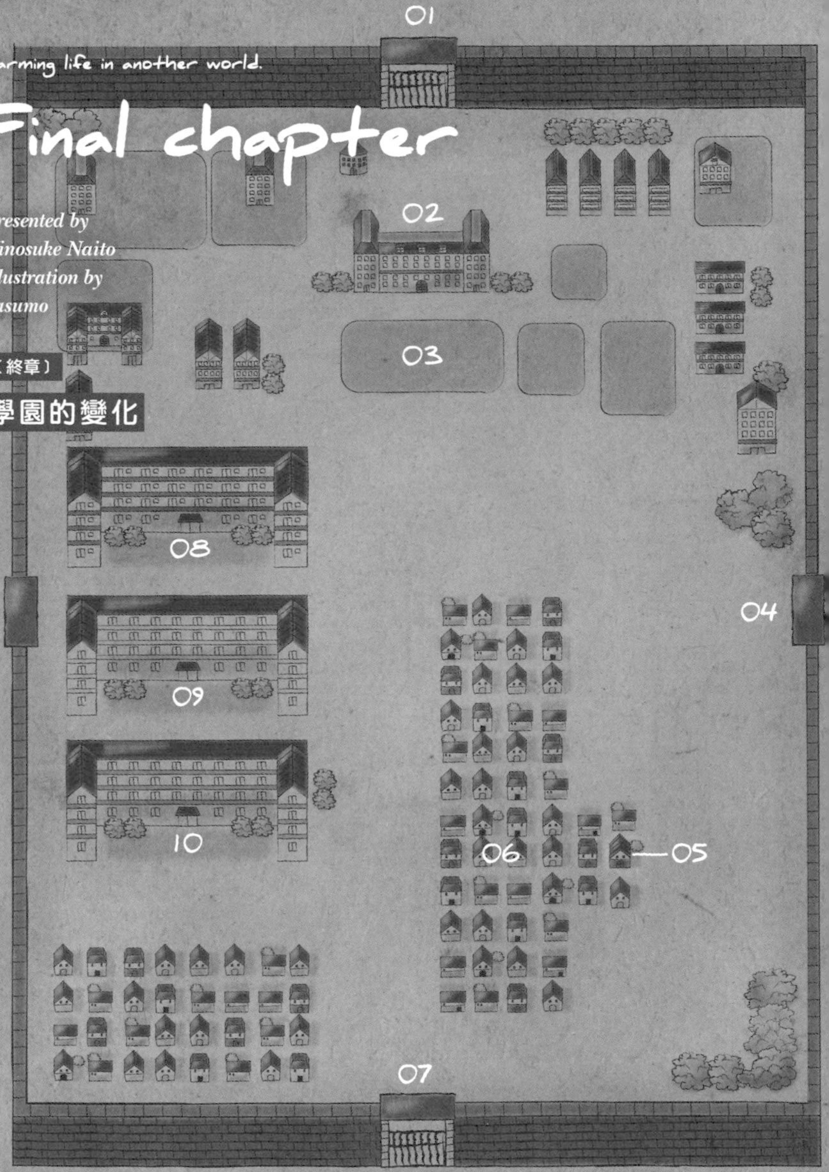

01.北門　02.校舍　03.操場　04.東門　05.戈爾等人租借的地　06.租屋區　07.正門
08.教師宿舍　09.女生宿舍　10.男生宿舍　11.西門

1 精靈帝國在那之後

魔王以有些奇怪的姿勢停下動作。

於是，小貓薩麥爾跑來爬上魔王的身體，擺出帥氣的姿勢。

等薩麥爾下來之後，魔王開始動作，接著再次用有點奇怪的姿勢停住。

這回包含薩麥爾在內的四隻小貓全都爬上魔王身體擺姿勢。

…………

為了對抗，我也試著用有點奇怪的姿勢停止動作。

薩麥爾沒來，其他小貓也沒來；座布團的孩子來了很多，小黑的孩子也來了。好重。

問我在幹什麼？逃避現實。

想逃避的現實，就是來投降的精靈帝國。

雖然和我們不是沒關係，但是根本的原因在萊美蓮。所以，我覺得有事該去找萊美蓮。可是，比傑爾拿著文件來找我。

「對方送來約二十名精靈帝國前統治階層的女兒，我讓她們去『五號村』了。等她們抵達之後，請在這裡簽取。」

「不不不，精靈帝國是由魔王國吸收的吧？為什麼要送去『五號村』？」

「精靈帝國方希望如此。」

「就算來『五號村，待遇也不會比較好喔。」

送到魔王國的某個城鎮不是比較好嗎？

儘管我這麼認為，但精靈帝國方似乎不是這樣。

唉，也只能接受了。畢竟對於魔王國來說，精靈帝國投降是個突發事件，而且他們並不希望這種事發生。其理由在於麻煩會增加。

然而，精靈帝國原本是對萊美蓮投降卻被拒絕，才會不得已指名投降魔王國。

魔王國對於這個指名非常驚訝，而且表示他們不便受降，不過中間人是德斯，所以也只能接受了。

以德斯的角度來說，精靈帝國的興亡根本不重要，他是努力避免火一郎長大後為這件事心痛。

另外，似乎也是為了避免破壞萊美蓮的名聲。

總而言之，在德斯仲介下接受精靈帝國投降的魔王國有很多事要忙，似乎不能只有我樂得輕鬆。

對了、對了，針對精靈帝國投降一事，有幾個人類國家表示不滿。

對此，比傑爾這麼回應：

「那麼，你們願意接下這個擔子嗎？雖然地理位置在魔王國附近，不過是個取得良港和精靈帝國技術的機會喔。」

比傑爾相當認真地給對方建議，人類國家卻就此閉嘴什麼都不說了。
人類國家似乎也不想和遭到龍群攻擊的精靈帝國扯上關係。
「既然這樣，一開始就閉嘴啊！害我期待了一下！」
比傑爾發自靈魂的吶喊響遍了酒席。嗯，讓他喝酒發洩就好。

精靈帝國所在的島，原本有大約五千名精靈生活，不過現在只剩數百人，大多數都離開了。
這些人似乎是由魔王國的各個城鎮分批接收。精靈帝國的精靈好像都有一定程度的技術和資產，所以不用擔心生活，讓我鬆了口氣。
留在島上的數百人，則是以管理港口和漁業維生。
儘管精靈捕魚總覺得哪裡不對勁，但是住在島上多少會捕魚這倒是能理解。
本來事情應該到此結束……但是精靈帝國的精靈們無法安心，打算將大約二十名前統治階層的女兒獻給龍。
對於他們的打算，萊美蓮華麗地無視。
由於萊美蓮會不高興，所以德斯也不方便接受。
就算接納，精靈也有能力不足的問題，再考慮到和其餘眷屬的關係，沒辦法好好對待她們，所以還是別收這些人比較好。
如果對方就此放棄倒是沒什麼問題，但精靈真正的目的是要擺脫對龍的恐懼。都做到這種地步了，龍一定會原諒我們——他們擅自這麼認為，所以始終不肯放棄。

經過多次交涉後，精靈帝國將目標放在他們堅信與龍有關的「五號村」上面。

幫忙將精靈帝國一事轉告德斯和萊美蓮的明明是我，卻遭到嚴重的背叛。

不過嘛，「五號村」不僅收得下二十個人，也已經收服過精靈，算是不差的目標吧。雖然這是在給我惹麻煩就是了。

沒辦法，那就接受吧。後續都是陽子處理就是了。

「感激不盡。」

我收下比傑爾那份文件，事情到此為止……

「村長，不好意思。還有一件與精靈帝國相關的事……」

還有啊？

「關於精靈帝國的船……」

「船？喔，投降時交出來的船嗎？」

「那艘船集結了精靈帝國技術的精華，好像是精靈帝國的象徵。」

「似乎是。這點我知道喔。」

「他們問，替那艘船裝上無用的帆，究竟是怎樣的懲罰？」

「那又不是我做的。」

「但是你知道理由吧？」

因為知道，所以我老實地說了。

比傑爾眉頭深鎖。

「就這樣直接告訴他們實在太悲哀……我會用『這是對於傲慢的懲戒』一類的說法回覆他們。」

我覺得這樣比較好。

數天後，「五號村」來了二十二名精靈女孩。

我原本也想出面迎接，卻遭到陽子拒絕。

「受降也就罷了，但這次不是。」

嗯，對方也有懷恨在心的可能啊。這就麻煩了。

「不用擔心，她們很快就不會有那個意思了。」

這二十二名精靈好像全都是一百歲到兩百歲的年輕女孩，而且文武雙全。

她們在抵達當天就被送到畢莉卡那裡，為的是接受畢莉卡的訓練。

隔天，她們試著逃跑，但是全都被抓住，改為接受更加嚴格的訓練。

「身體給我繼續動作。放心，那個極限是理性的極限，距離身體的極限還很遠。」

「放心，覺得快要死掉的時候才正要開始。」

「做得到、做得到。妳們很年輕所以沒問題。試著再努力一圈吧。」

附近和畢莉卡進行同樣訓練的精靈們熱情聲援。

「預定先訓練大約半年，之後再讓她們幫忙文官的工作。」

我一邊聽著畢莉卡弟子的說明，一邊遠遠觀望。

這會不會讓她們更恨我啊？

「請放心。只要過一個月，她們就不會再有『恨』這種消極的念頭了。」

這、這樣啊。注意別做得太過頭喔。嗯，拜託真的別做得太過頭。

閒話 女王蜂的女兒

我是女王蜂的女兒，從出生就注定成為女王的存在。

因此一直以來都輕鬆度日。畢竟遲早要以新巢女王的身分幹活，這點待遇也是理所當然。

儘管兵蜂們都以冰冷的眼神看著我，但是這點程度動搖不了我的心志。

唉呀，母親大人。離巢的時期還早喔。應該還要再過三十天才對。本能告訴我的喔。時候到來之前，我會在這裡悠哉地過日子。

不是悠哉而是懶散？

哈哈哈，母親大人真會說笑話。不過呢，我這是理想體型。

咦？問我能不能飛？拜託別瞧不起我。不能飛的蜜蜂就和毛蟲一樣了吧？

如果飛得起來，就讓我自由到離巢的時間，如果不能飛就馬上離巢？

應該是由我決定什麼時候離巢才對，不過，好吧。就給母親大人一點面子。

我同意這個賭局！只要飛得起來，就要讓我過自甘墮落的生活一個月喔！

被強制離巢了。

也沒有原本該同行的護衛兵蜂。

飛不起來的我，居然遭到這種懲罰。這樣不就等於被拋棄了嗎？不會吧。母親大人，我相信妳喔。

一定有兵蜂暗中護衛我對吧。

…………

這種毫無反應的感覺。

糟糕，這下子真的糟了。該、該、該怎麼辦？

去其他的巢打擾……不行呢。

一旦離巢，就會被當成女王蜂看待。

沒有女王蜂會笨到讓其他女王蜂進自己的巢。

更何況，我根本不知道其他的巢在哪裡。

那麼，該怎麼辦？……建立自己的新巢？

儘管本能告訴我該怎麼做，但這種事太麻煩了！我想過自甘墮落的生活！

不過，先前之所以能說這種話，是因為待在母親大人的巢不愁吃睡。以目前的狀況，講這種話只是找死。沒辦法，那我就築巢吧。

…………

沒辦法移動到適合築巢的地方。這、這下子完蛋了？咦？真的完蛋了？我要死了嗎？不要不要不要，我還不想死。

有人對驚慌失措的我伸出援手。

喔喔，神沒有拋棄我。謝謝你，神明。

對我伸出援手的是蜘蛛。

…………

午、午安，我不好吃喔。

……咦？啊，什、什麼嘛，這不是常來母親大人這裡拜訪的蜘蛛先生嗎？

你是來幫我的嗎？是這樣吧？拜託你說是。為什麼要把我綁起來？咦？咦？咦咦咦咦？

我被帶到叫做村長的超級大人物面前。

「胖成這樣還真稀奇。是變種嗎？相對於無法飛行的優點是什麼呢？」

這話聽了實在傷心。

非常抱歉，這是自甘墮落的結果。

知道了，我會乖乖認命，隨你們處置吧。要煮要烤都行。啊，拜託別直接咬。最好別弄痛我。

村長大人為我做了專用的巢箱。雖然以箱來說太大了，村長大人叫它巢小屋。超舒適。

如果是在這裡，就連我也能築巢。

儘管我這麼有志氣，卻沒有食物。包含我在內的蜜蜂，都是吃花蜜、花粉之類的東西。我自己沒辦法蒐集。要我一邊築巢一邊拐雄蜂，然後生下工蜂的卵等到牠們孵化？頭都要昏了。

更何況，我實在不覺得現在的我能拐到雄蜂。

咦，蜘蛛先生拿小瓶子給我……難、難道這是蜂蜜！哦哦哦哦哦！有這麼多，我可以玩上一個月。

還有……咦，雄、雄蜂？我被電到了！超帥！

奇怪？帥哥，你為什麼一看見我眼裡就失去光彩？這裡是個充滿希望的地方喔～

啊，蜘蛛先生，麻煩先不要解開帥哥身上的絲。我有種不祥的預感。嗯，我在戀愛方面很謹慎。

就這樣我成了個出色的女王蜂。

儘管每天生產很辛苦，卻可以過吃飽就能睡的理想生活。呵嘿嘿嘿嘿。

然而，倒也不是沒有不滿。

其實我的巢距離母親大人的巢只有十公尺左右。

所以聽得到母親大人的嘮叨。

我知道妳很擔心，但我已經是個獨立的女王喔。拜託別再那麼看待我了。瞧，她今天又派人來嘮叨了。如果沒有這點就完美了。

好好好，自甘墮落會讓兵蜂和工蜂叛變是吧？這樣啊。我辛苦懷孕產下的孩子怎麼可能背叛我嘛。對不對？

……怪了？為什麼大家都別開目光？難道說？這下子……糟了？

……我、我知道了。我明天就開始減肥，拜託不要謀反……抱歉，我從今天開始努力。

閒話　獸人族男孩的學園生活7　第十五天～

我們……應該說我的料理教室已經開課數天。

我的教學內容，集中在傳授「把宿舍所用食材弄得好吃的調理法」上頭。畢竟是宿舍提供的伙食，預算和貨源已經事先決定，沒辦法臨時準備新的食材和調味料。

所以相當麻煩。

「你教得很大方，這樣沒關係嗎？」

席爾擔心地問我。

「什麼意思？」

「料理技術啊。芙勞老師說過吧？知識和技術是財產。要藏一點招，不要全部亮出來。」

「我記得呀。不過，在那之後村長說了喲──關於料理的部分不用客氣，儘量傳授沒關係。」

「村長嗎？」

「對啊，他笑著說：『與其吃些難吃的東西，還不如吃些好吃的東西吧。』」

「原來如此。既然有村長的指示就沒問題了。」

「既然了解就來幫忙。現在等於都推給我喔。」

「『料理就該由擅長的人來做』，格魯夫大叔說過這句話對吧？」

「說是說過，但是人手不夠。拜託啦。」

「知道了、知道了。布隆呢？」

「去解決那場衝突了。」

「喔喔，還有這回事啊。」

那場衝突。

意思就是，這裡果然還是貴族就讀的學園。

來到這所學園之前沒特別參加哪個派閥的新人，聚集了一堆人弄得熱熱鬧鬧，讓某些人不是滋味。

儘管之前就隱約感覺得到，不過相當於男爵家當家的身分高牆，加上除了參加最低限度的課程之外都忙著蓋房子，讓我們避開了這個問題。
老實說，派閥什麼的實在很麻煩，而且我們打算畢業之後就回村裡，所以一直沒有多想。
不過，看樣子我們先前處境很危險，是靠著學園長的關照才得以避開。學園長的關照，就是我正在忙的「改善宿舍伙食」這項工作。
大概是要我們透過「改善宿舍伙食」這件事拉攏住宿生吧。
我很想抱怨，如果把工作塞過來的時候有先講一聲，我就會更老實地接受……她大概還把我們當小孩看待吧。實際上的確還是小孩，所以也沒辦法。
無論如何，原本以為應該暫時不成問題，卻有人笨到超乎學園長的預料。
某個侯爵的兒子。
大約二十個人結夥攻來我們家。只不過，他挑的是晚餐時間，所以我們家周圍差不多有八十人。
那種一面倒的戰鬥實在很誇張。吃飯被打擾的恨意真是恐怖。
如果事情就這樣結束倒還好，但是隔天侯爵家就送來了彈劾狀。內容說我們用不正當的手法陷害他兒子。
雖然理解對方在說什麼花了點時間，不過單純只是家長出面介入小孩子的吵架而已。
然而，學園畢竟沒讓對方插手。
事情的經過，已經由來吃晚飯的教師們告知校方。不管怎麼看錯都不在我們身上，貴族身分的原理發揮了作用。

侯爵家當家表示：

「這樣下去會演變成決鬥，你們覺得好嗎？」

譯）我可是侯爵。我會用人才與錢財贏得勝利。趁現在賠罪還能饒了你們。

我們回答：

「沒辦法，那就按照規矩分個高下吧。」

譯）宰了你。

於是，布隆去和侯爵方商量決鬥的細節部分。

用什麼形式決鬥、怎麼分出勝敗，以及找誰當見證人。

校方姑且還是派了幾位老師同席當顧問，所以應該不會有什麼大問題吧。

只差贏得決鬥了。

老實說，我當時氣昏頭，需要反省。畢竟侯爵兒子攻來的時候打翻了一個鍋子嘛。

答應決鬥之後，我才覺得事情不妙。

和大人決鬥，我們贏得了嗎？令人不安。

但是社團的大家鼓勵我們，說沒問題。

他們說現役侯爵找成年人勝過學生並不值得驕傲，應該會挑選在某種程度上還算公平的決鬥方法。

更何況，不管周遭保護得多麼周全，身為當事者的侯爵兒子必定要出面。只要針對這一點，就總會有辦法。

我相信大家的意見，當天的料理教室正常舉行。

晚餐時，布隆回來了。

「事情不妙。」

以顧問身分同席的老師也面露憂色。

根據布隆的說明，決鬥採取各自安排五名戰士的淘汰賽。

這並不是什麼罕見的決鬥方式，也沒什麼糟糕的。

糟糕的部分在後面。

當事者不參加。

簡單來說，我們和那位侯爵的兒子都不能參加。也就是說，要扣除我們之後再找五名戰士。

「明明是決鬥，我們卻不參加？」

「對方說，這是一場安排戰士的對決。」

布隆回答席爾的疑問。

學校的老師也告訴我們，官方認可這種維護貴族面子的代理決鬥。

同時也告訴我們事情有多糟糕。

「當事者不參加，代表侯爵大人能夠派出屬下中的戰士。非常抱歉，儘管我已經竭盡全力推翻這個決定……」

老師向我們道歉。

在我回答之前，布隆接著說：

「而且，最糟糕的還在後面。」

「還有啊？」

「嗯。對方指名克洛姆伯爵擔任決鬥的見證人。也就是比傑爾大叔。」

確實不妙。

說到要請誰幫忙安排戰士，我第一個就想到他。

決鬥的見證人在決鬥之前不能協助任何一方。即使我們拜託他，想必也會被拒絕吧。

這是因為……對方知道我們認識比傑爾大叔，所以事先採取了對策。

「接著是最後一擊。」

「還有啊？」

「決鬥是明天。」

…………………

我仰望天空。

兩個月亮真漂亮。

決鬥當天。

大批看熱鬧的人潮聚集到指定決鬥的地點——操場。

之所以這麼多人，好像是因為大多數的課程暫停，跑來參觀這場決鬥。

這麼多觀眾的興奮情緒，讓我想起村裡的慶典。

「怎麼啦？看你在發呆。沒事吧？」

席爾擔心我，但是他自己也搖搖晃晃。

昨天晚上，我們為了湊齊戰士而四處奔波。

老實說，我原本以為根本不可能湊到五名戰士，不過勉強搞定了。

在最後的最後有社團成員舉手，真是幫了大忙。即使只是湊數也無妨。我拜託對方，如果需要戰鬥，可以立刻投降沒關係。

「讓觀眾空等也不好。差不多該開始了吧？」

譯）差不多該賠罪了吧？

侯爵自信滿滿地對我們說。

但是，我們也不會認輸。

「正合我意。讓我們堂堂正正地一戰吧。」

譯）宰了你。

「哼，好吧。雖然是個不幸的意外，不過這麼一來就能劃下句點了。」

譯）……抱歉，都是我兒子不好。但是以侯爵家的立場來說，我必須出面維護家族的面子才行。請原諒我。

「嗯，劃下句點。」

譯）事到如今別扯這麼多。

比傑爾大叔以見證人的身分宣告。

決鬥開始。

「雙方，第一人上前。」

周圍爆出歡呼。

侯爵方的第一人，是穿戴重裝備的半人牛族。

那人似乎是有名的戰士，手中的大斧很有魄力。

「不要臉。」

「派那傢伙出來是犯規吧？」

「喂喂喂，到底多認真啊？」

觀眾的聲音聽起來似乎已經相信侯爵方會贏得勝利。

哼，怎麼能輸。

我們的第一人稍微慢了一點才出場。我們齊聲為他打氣。

「加油，魔王大叔！」

間話　獸人族男孩的學園生活8　第十六天～

「太詐了，哪可能贏啊。」

對於敗北的半人牛族戰士這句話，魔王大叔用力點頭。

「我明白。非常明白。但是不能逃，對吧？」

「魔、魔王大人……」

侯爵有意見。

「那是犯規吧？對吧？」

他抓著決鬥的見證人比傑爾大叔。

「不，規矩只有當事者不能擔任戰士，其他部分自由，所以沒問題。」

「可是啊——」

「侯爵，由魔王大人出面，已經算比較和平的結果了。」

「咦？」

「你是這樣打算吧？贏得這場決鬥的勝利後道歉，保住地位和面子，並把兒子幹的事蒙混過去。」

「沒、沒錯……」

「這點魔王大人也很清楚。而且他也知道，以你的立場來說，這是最和平的解決方法。當事者不出場的規矩雖然是為了保護兒子，但也有替對方著想。」

「既然這樣……」

「在這種情況下，依然有讓魔王大人出面的理由。請你明白這點。」

「難道說…………我贏了會很不妙嗎？」

「你能理解這點就夠了，不需要知道更多。就讓決鬥持續到最後吧，我不會害你。」

「……我、我相信你喔。」

「包在我身上。」

魔王大叔勢不可擋地拿下四連勝，甚至有餘力給輸家建議。

嚇我一跳，原來魔王大叔這麼強。

不，我並不覺得我們贏得了他……不過老實說好帥。我旁邊的席爾和布隆也看呆了。

他在村裡明明沒讓大家見過這副模樣。

然後是和對方的第五人交手。

他接下了所有攻勢，然後一擊擺平。

雖然是我們的勝利，不過周圍的人似乎都無視這點，紛紛讚美起魔王大叔。

沒有讚美的，只有我們身邊的三人。

一位是藍登大叔派來的王都治安隊隊長。

「我們沒機會出場呢。」

一位是葛拉茲大叔派來的將軍。

「畢竟不管是誰上，碰上那些對手應該都不會輸……所以打從抽籤沒中的那一刻起，我就相信沒機會出場啦。」

一位是荷大姊。

「我還以為能抒發壓力。」

特地請大家來一趟，實在很抱歉。不過謝謝你們。

然後還有另一位。

我們來學園時遇上的金色長髮捲捲頭女孩。

不知何時她已經參加了「增進領民生活社」，更擔任這次決鬥的最後一位成員。

如果少了她，我們有可能不戰而敗。真的是感激不盡。

如此這般，決鬥由我們贏得勝利。
話雖如此，不過在見證人比傑爾大叔宣告之前，魔王大叔已經控制了場面。
「在此我要對安排機會讓我展現力量的雙方表示感謝之意。可是，你們的演技是不是差了點呀？」
對於這幾句話，侯爵開口回應：
「居然被看穿了嗎？唉呀～這次的決鬥全都出於我想見識魔王大人力量的私心。實在非常抱歉。」
「哼，別太欺負學生啊。雙方都有獎勵。」
「是，實在光榮之至。」
侯爵低下頭。
魔王大叔看著我們。
…………啊。
「非常感謝您。」
這是我們說的。
我們低下頭後，大家就此解散。
然後，我們什麼都還來不及做，就被帶到學園長室。
接著領到了日期標著兩天前的畢業證書。
「你們已經在兩天前從學園畢業了。事情就是這樣。」

…………咦？

聽學園長說明之後，才曉得我們的學生身分似乎是個麻煩。

儘管決鬥本身蒙混過去了，但是「決鬥過」的事實以及侯爵方敗北的事實沒辦法推翻。

決鬥雖然公平，然而學生贏過侯爵是個大問題——會打亂魔王國的秩序。

本來決鬥根本不該成立。

就算演變成決鬥，也會在分出勝負之前提出和解方案。以侯爵方來說，好像單純只是想替自家兒子幹的蠢事擦屁股。

侯爵方表現得強硬，我們則退一步。

之後，由我們收下侯爵方名為施捨的賠償金讓事情結束，流程大致如此。

雖然形式上是我們輸掉，卻能博得「和侯爵較量過」的名聲。

「侯爵宮廷鬥爭玩過頭了。要剛入學的學生理解這種流程才是強人所難哪。」

學園長嘆氣，我們也表示同意。怎麼可能懂啊？

「你們也背負著『五號村』這個名字所以不能輸，這點我明白；然而對方是侯爵，希望你們應對時慎重一點。」

「呃……」

「這樣講比較好懂嗎？如果要對付麻煩的獵物，就該事前做好準備。」

「啊，很好懂。」

「總而言之，這次雙方都有過失。侯爵錯在向你們挑起決鬥，你們則錯在接受了侯爵提出的決鬥。為了魔王國的秩序，你們得畢業。這事已經決定了。」

「……我知道了。」

「基於這個前提，我要和你們商量一件事。『學園從昨天起僱用你們當教師』，你們願不願意接受這個提案？」

「哦？」

譯）這是什麼意思？

「學園人手不足，我覺得放過優秀人才很可惜。」

譯）我也不想讓你們畢業，畢竟學園就該保護學生。

「有趣。」

譯）怪了？這不是學園長的決定嗎？

「如果你們只覺得有趣，我可是會很頭痛。」

譯）這是魔王國的指示，我無法拒絕。不過，我已經設想了能夠讓你們留在學園的手段。那就是僱用你們當教師。

「真是抱歉。那麼，假如接受這個提案……我們該教什麼才好？」

譯）和之前一樣？

「交給你們決定。期待你們能為學園帶來新的氣象。」

譯）直接把原本進行的社團活動當成教學，這樣就夠了。還有，就算擔任教師，一樣可以聽其他教師講課。

「我們會努力回應您的期待，學園長。」

譯）不到一個月就被趕出學園，這種事又不能報告……也只能接受了吧。請多指教。

就這樣，我們成了學園的教師。

「戈爾老師。」

聽起來讓人渾身不對勁。

席爾和布隆也一樣不好意思。在習慣之前得頭痛一陣子了。

不過，有一點令人困擾。

我們來學園的目的之一，是要找老婆。

由於擔任教師，校內學生不能當對象了。怎麼會這樣？

「不用在意也沒關係吧？」

席爾樂觀地表示，但話可不是這麼說。

「村長叮嚀過，師生之間發生關係會釀成許多問題，最好別這麼做。」

「是、是這樣嗎？那麼，求婚得等到畢業了？」

「咦？什麼？難不成你已經找到了？」

「啊、啊哈哈……沒有啦，還停留在『這個對象不錯耶』的程度就是了。喔，不止我喔。布隆那傢伙和事務員大姊姊……」

……只有我落後。真、真令人著急。

「不不不，還不曉得我和布隆會不會順利。慢慢來吧。」

「也、也對。這麼說來，學園長有聯絡嗎？找到麥可大叔的店了嗎？」

「說還需要一點時間。她還偷偷問我是不是真的有這家店。」

「還沒找到嗎？真遺憾。我差不多想寄信回村子了耶。」

「只能拜託商隊了呢。」

「如果用這種方法，不但不夠確實，還很花時間，至少也要三封。要確實一點的話，至少得寄五封才行……」

「那就寄啊？擔心錢不夠？」

「我沒擔心那種事啦。村長給的錢剩下很多，而且還有當教師的鐘點費。」

「畢竟從付錢的變成領錢的嘛。這麼說來，優莉老師幫我們付的學費呢？」

「全額退還了。不過，這筆錢不能用喔。必須還給優莉老師才行。」

「我知道啦。所以呢？既然不是擔心錢，那是擔心什麼？」

「你忘了嗎？麥可大叔說過『送信就交給他的店』吧？」

「啊~這麼說來的確沒錯。」
「雖然只要講清楚應該就沒問題，但我不想讓麥可大叔失望。」
「畢竟我們承蒙麥可大叔不少關照嘛。不過，在找到店之前都不能寄信也是個問題吧？」
「是啊。」
該怎麼辦呢……
「這麼說來，戈爾。你剛剛說我們有鐘點費，是什麼時候會給？」
「嗯？呃…………差不多十天後吧？」
「那麼，等領到鐘點費之後就找商隊送信吧。如果能在那之前找到麥可大叔的店，就拜託他們。」
「……原來如此，也對。知道了，信就這麼辦。好，那就努力蓋房子吧。」
「喔。」
儘管我們的活動從社團轉為教學，社團依舊存在。
目前除了我們的房子之外，大型澡堂與戶外廚房也在趕工中。
「關於大型澡堂的部分，將它當成學園設施這件事談得怎麼樣了？」
「考慮到要容納全體學生，必須弄成超巨大澡堂才行。把水量和燃料費列入考量之後，布隆說可能沒辦法。」
「那傢伙和事務員大姊姊相處的機會是不是太多啦？」
「……這麼說來，你看上的對象是誰啊？」

「好啦，努力蓋房子吧。」
「別敷衍我啦。我想參考一下，拜託。」
「哈哈哈，下次吧。」
好急。我也得努力才行。

閒話　金色長髮捲捲頭安德麗

我的名字叫安德麗。安德麗．艾莉卡提瑟．普加爾，普加爾伯爵家的七女。
進入加爾加魯德貴族學園就讀已是第三年。

又到了入學的季節。
新生會從廣大的魔王國各地到來，不可能舉辦讓全員參加的入學典禮。因此，這個時期幾乎每天都會舉行簡單的入學儀式。
我為了讓老師們留下好印象，自發性地幫忙。儘管個子小，很難說派得上什麼用場，不過表現出願意幫忙的態度很重要。

咦？三個獸人族的男生？從他們東張西望看來，應該是新生吧。

既然沒有隨從，可以推測他們是平民，就算弄錯大概也不會有什麼問題。總而言之，既然有人迷路，就得幫助他們才行。

和我猜得一樣，他們迷路了。行善之後的感覺很好。

不過還真奇怪。學園正門有魔犬看門，而且這頭魔犬惡名昭彰，會嚇哭路人。

如果避開這頭魔犬，一定會看見衛士小屋……該不會他們興奮到沒發現衛士小屋吧，呵呵。

讓我想起以前的事……沒問題。我那個時候隨從有發現衛士小屋。

真令人吃驚。那些獸人族男孩不是平民，身分相當於男爵家當家。

這種身分照理說是在魔王國沒爵位的他國王族或者外交官子女就讀學園時特別授予的才對。

之所以不敢肯定，則是因為我雖然學過「相當於男爵家當家」這種身分，不過親眼目睹還是第一次。我想大多數的學生和老師應該也一樣。

我記得上一次有相當於男爵家當家的學生是在七十年前，而且據說只待了三個月左右。

雖然顯示學生身分的短披風內側有這種印記……但是不夠用功的學生，會不會把他們當成男爵家的相關人士呢？真令人不安。

那幾個獸人族男孩好像成立了某個社團，活動得很愉快。
他們有好好上課嗎？真令人擔心。是不是提醒他們一下比較好呢？
…………跟著我的瑪莉以帶有笑意的眼神看我。
瑪莉，我只是擔心而已，並不是想和他們一起玩。真的喔。
妳問如果只是擔心為什麼要準備伴手禮？
拜訪人家時準備伴手禮是常識吧？好啦，走嘍。如果有意見我就丟下妳。

我在他們那裡用餐了。
老實說我原本以為在戶外做的餐點不怎麼樣，結果大吃一驚，遠比普加爾家裡端出的還要美味。
這些料裡用了那個吧？近年克洛姆伯爵當成外交武器的調味料和料理技巧。
這幾個獸人族男孩難道和克洛姆伯爵有關？這麼一來，他們談話時偶爾提到的芙勞老師，該不會就是指克洛姆伯爵的長女芙勞蕾姆小姐？那麼，他們口中的優莉老師就是……公主殿下？不、不會吧。
…………
各位是叫戈爾公子、席爾公子與布隆公子對吧。
從今天開始彼此就是朋友了。我可不是你們的敵人喔。
儘管浴室的熱水對我來說燙了點，不過對瑪莉來說似乎恰到好處。

如果換衣服的地方再寬敞一點就好了呢。

還有，要是能擺些鏡子之類的東西，就會顯得像樣許多……雖然都在挑毛病，但我只是沒辦法老實而已。

這個設施不壞。我也希望家裡有一間。

叫工匠來……大概會弄得很無趣吧。

等戈爾公子他們有空再試著委託好了。在那之前，就來這裡借用吧。

戈爾公子他們和基利吉侯爵起了衝突。

起因雖然是基利吉侯爵的笨兒子，但戈爾公子他們即使面對侯爵也毫不退讓。

我在敬佩戈爾公子他們的同時，也擔心他們是否不知道對方是基利吉侯爵。

基利吉侯爵是南方大陸知名的三侯爵之一。據說在別的年代，他們家甚至能夠稱王，是魔王國名列前茅的顯赫家族。

老實說，我覺得那位侯爵沒有成年人的風範，不過他大概是想掩飾笨兒子的失態吧。啊啊，演變成決鬥了。沒問題嗎？

決鬥是明天？這麼急？而且當事者居然不能出戰……

原來如此，基利吉侯爵想讓戈爾公子他們湊不齊人數，因此不戰而敗啊？

確實，這種收場方式應該算得上理想，也可以在別人插手之前結束。

如我所料，社團成員們似乎都收到了家裡「不要扯上關係」的指示。

即使沒得到指示，和侯爵唱反調也非上策。這也是不得已嘛，畢竟不能給自家添麻煩。

更何況，不戰而敗雖然有傷戈爾公子他們的名譽，卻不至於對他們造成損失。雖然不至於……

但是決鬥不戰而敗實在不美。還是戰鬥後落敗吧。

戈爾公子，還缺一人嗎？那麼由我出場吧。請放心。我雖然個子小，但是對攻擊魔法有自信。

我在心裡對留在領地的爸爸道歉，並且挺起胸膛。

為什麼魔王大人會在我旁邊？

咦？參加？不是當觀眾？而是戈爾公子方的戰士……啊，這、這樣啊。

呃……是本人對吧？啊、啊哈哈，失禮了。

除了魔王大人，還有希塔治安隊隊長、基斯卡爾將軍、四天王荷大人？我是不是來錯地方了？咦？順序用抽籤？魔王大人，您為什麼自信滿滿地……和預告的一樣，魔王大人是第一個出場。

到了魔王大人這種水準，是不是連籤都能操縱呀？這麼一來，我最後是魔王大人的意思嘍？希望是這樣。

我只是默默坐著，決鬥就結束了。

戈爾公子，不需要感謝我。因為我什麼都沒做。

是的，我真的什麼都沒做，請不要對我道謝。

儘管我原先認為贏得決鬥會替家裡添麻煩，不過我方有比基利吉侯爵更了不起的魔王大人和荷大人參加，應該不至於演變成最糟糕的情況吧。

克洛姆伯爵也說不用擔心，實在是幫了大忙。

稍後把前因後果寫到信裡，向爸爸道歉吧。

當我回過神時，戈爾公子他們已經畢業，然後成了老師。我的腦袋完全跟不上。

呃……………啊，因為侯爵不能輸給學生，是這個意思對吧？

決鬥敗北並不丟臉。不過，一般認為學生還不能獨當一面，輸給這種還不能獨當一面的人，傳出去實在不太好聽。

原來如此。

但是，戈爾公子他們的畢業資格……難道說，那些「畢業證明」是真的？看到他們有那麼多，我以為是擺設或什麼的……還是放棄思考吧。

總而言之，今天要慶祝戈爾公子他們就職。

帶些賀禮過去吧，呵呵。
我的賀禮非常不得了喔。
因為啊，那可是向眾所矚目的「戈隆商會」買來的殺人兔肉。
即使是戈爾公子他們也很難嘗到這種高級肉吧。他們想必會大吃一驚，真令人期待。

閒話　學園長

我的名字叫安妮．羅修爾，擔任加魯德貴族學園的學園長。
有一個女兒。
儘管我自認夫妻感情、親子關係都不差，但因為工作的緣故，很少一起生活。
「要不要來城裡一起住？」
「意思是要我辭掉學園長嗎？親愛的，你忘記和我結婚時的承諾了嗎？」
「不，我沒忘。我並不反對妳繼續擔任學園長。可是啊，我和妳見面的時間少到這種地步……」
「那是因為你突然當上魔王吧？」
「是、是這樣沒錯，但這也是不得已嘛。」
「是啊，不得已對吧。學園的名字變成你的名字也是不得已。」

「關於這一點，我真的很抱歉。」

儘管會有口角，但我們夫妻的感情真的不壞。

我大概每十天會有一天在老公的王城留宿，老公也會抽空到學園露臉。

魔王這份工作，大概比想像中來得閒吧。

不過，最近幾年老公來學園的頻率降低了。

……外遇？怎麼可能。

他沒那種膽量。

唉呀，這可不是汙衊，而是信任。雖然信任，但還是要調查。嗯嗯。他和克洛姆伯爵在做些什麼。

原來如此。

魔王國和人類國家處於戰爭中。

既然是和負責外交的克洛姆伯爵待在一起，大概和那方面有關吧。

雖然目前戰線僵持不下，但是人類國家暗中策劃大型攻勢也不足為奇。

老公想必正為了國家努力。我感到很驕傲。

然後某一天，女兒送了信過來。

『請將拿這封信過來的三個獸人族男孩視同他國高官的兒子讓他們入學。』

……我不禁抱頭叫苦。

我和女兒交流太少嗎？還是說，她太小看自己母親的工作了？不要瞧不起貴族學園啊……

除了女兒的信之外，還有克洛姆伯爵之女芙勞蕾姆的信。

『他們雖然是獸人族的男孩，不過請用對待龍族子弟的心態對待他們。』

她在寫什麼啊？

芙勞蕾姆以前明明不是會寫這種蠢話的學生，到底發生了什麼事？

他們的出身地「五號村」，應該是我女兒前往工作的地點才對。統治那個地方，或許需要這次的特別處置。

就學園的立場來說，被利用在這種事情上頭實在令人不爽……不，相信女兒和芙勞蕾姆吧。

入學這部分沒問題。事前已經辦理過入學申請手續，入學金也付了。推薦人的欄位除了女兒和芙勞蕾姆之外，還有克洛姆伯爵與我老公的名字。

…………我老公？

推薦人欄位有我那個當魔王的老公署名，所以代表這是王命？是因為女兒拜託他嗎？畢竟老公很寵女兒嘛。

還有，備註欄那些最重要記號是在惡作劇嗎？記號有一個就夠嘍，居然蓋了好幾個……這是誰幹的啊？之後得查出來訓那人一頓才行。

不過，總之先處理眼前的三人。

交談後，感覺就是三個普通的鄉下男孩呢。他們似乎聽得懂貴族用語，讓我鬆了口氣。

我認可他們入學。

至於身分，則是與男爵家當家相當。雖然不太情願，但這也是不得已。何況，這種身分應該能避開大多數的麻煩吧。

儘管或許會很辛苦，不過希望你們好好享受學園生活。

說完這些並且讓他們離開之後過了數天。

他們搬出宿舍住進帳棚裡，開始蓋房子了。

…………

這種突發狀況，足以讓人忘記這裡是一所貴族學園。

派去委婉提醒他們的教師，也被他們的廚藝收服了。究竟是怎麼回事？

而且，還有人送來宿舍提出的改善伙食要求。

確實，最近幾十年宿舍的伙食比較重視分量而非味道。

近年魔王國的糧食問題逐漸緩和，因此改善宿舍伙食應該也不壞吧。

我了解了。

宿舍伙食就從明年開始改善……結果有人抱怨這樣太晚了。

以貴族學園來說，這種反應速度已經很快了耶？咦？讓那三人下廚？可是，給他們太重的負擔也不太好……

確實，他們太過顯眼，要避免其他學生攻擊，這麼做是最佳選擇……知道了，我試著拜託他們吧。

三人接下了改善宿舍伙食的任務。

相對地，我需要找出「麥可大叔的店」，但是這不成問題。

許多學園畢業生在王都工作，其中也有負責管理王都商人街的人。只要拜託她，應該很快就能查到了吧。

那三人和基利吉伯爵起了衝突，演變成一場決鬥騷動。

我知道的時候，已經是決鬥當天早上了。

王城前一天中午緊急把我叫過去，我在那邊一直開會到深夜，所以沒有即時掌握情況。

倒不如說，這應該是基利吉侯爵的策略吧？為了避免被妨礙，才把我留在王城裡對吧？實在令人覺得火大。

正當我這麼想的時候，一早就來到學園的老公安慰我，說不會有事。

不愧是親愛的，當我需要你的時候，你總會在我身邊。

可是，要怎麼辦？

老公參加決鬥，贏得了勝利。

……………

儘管有很多話想說，不過老公很帥，所以就算了吧。

還有，克洛姆伯爵。讓那三個人畢業是什麼意思？

「請您體諒。雖然名義上是基利吉侯爵之子與那三人的決鬥，但是沒有人會這麼想。」

「我想也是。所以呢？侯爵輸給學生實在不太好，是這個意思嗎？」

「是的。決鬥輸掉並不可恥，但是輸給學生會導致大眾觀感不佳。」

「告訴基利吉侯爵，如果輸了會有困擾就別找學生決鬥。」

「已經講了。他針對這次事件的賠罪信在我這裡。」

「……………我知道了。儘管身為學園長不太願意這麼做，不過就讓他們三個畢業吧。畢業之後，他們是自由身對吧？」

「是的。只要畢業就好。」

雖然不爽，但是這個方法能順利平息這次的決鬥騷動。

只是將三人的立場從學生改為教師而已，其他維持原狀。如果不是這樣，我會拒絕配合。

不過，這是因為三人的能力足以擔任教師，才能採取這種手段。克洛姆伯爵也明白這點才會提出要求……啊，當初克洛姆伯爵也有署名推薦他們三人呢。

或許他早就知道那三人更適合擔任教師。

總而言之。

既然從學生轉為教師，那麼就是我的部下。我要求他們要循規蹈矩，不要破壞學園的風紀。

接下來就是好好地使喚……等到他們改善了宿舍伙食再說吧。

這麼說來，還沒有人報告找到「麥可大叔的店」呢。沒找到嗎？都在三人面前誇下海口了，實在很難告訴他們找不到啊。該怎麼辦…………

老公似乎認識他們三個，改天碰面時問問看吧。

日後。

「『麥可大叔的店』名字是『戈隆商會』，怎麼可能找得到嘛！」

我忍不住大吼。

冷靜，冷靜。他們三個還是孩子，想必是不曉得「戈隆商會」這個名字。

「啊，對喔。是『戈隆商會』。」

「之前村裡辦的猜謎大會是不是曾講過啊？」

他們好像知道「戈隆商會」這個名字。

…………

改天你們要和我一起去幫忙找「麥可大叔的店」的畢業生那邊道歉喔。

題外話。

「親愛的，這些毛髮是怎麼回事？好像是精心打理過的短髮……」

「咦？啊，喔，這是貓毛。」

「貓？王城裡有貓嗎？還是說，這是什麼暗號？」

「不、不是啦。我沒有花心。真的，看著我的眼睛。」

「…………………………那麼，為什麼你身上會沾到貓毛？」

「那還用說，當然是因為陪貓咪玩呀。呵呵呵，妳知道嗎？貓雖然很隨性，可是說到牠們坐在我腿上時的感動……」

老公是那種一說謊就會穿幫的人。他沒說謊呢。看來真的是和貓玩。

……

但是這也讓人很不爽。可惡，把那隻偷腥貓帶來！我也要摸！

2 夏季的某一天

首先，把兔肉放在地上。

接著離開大約十公尺，讓不死鳥幼雛艾基斯待在我的手臂上。然後，由我發號施令。

艾基斯拍動翅膀離開我的手臂，華麗地在地面著陸後，就這麼直接衝向兔肉。然後和兔肉搏鬥，並且吃掉。

牠吃飽之後心滿意足，打算就這麼睡一覺，接著才想起什麼似的回到我身邊。

然後，露出帥氣的表情。

嗯，雖然這表情不錯，但我希望你至少能回到我的手臂上。

看樣子沒辦法拿艾基斯玩鷹匠遊戲。

而且，原本以為會想和艾基斯對抗的小黑……則在屋裡仰躺著睡大覺。是不是太鬆懈啦？

哈克蓮在陪火一郎。雖然以母子來說很普通，可是感覺很久沒看到這一幕了。

「萊美蓮呢？」

「攻擊精靈島一事惹火了爸爸，所以正在自我約束。」

「她會因為惹人家生氣而自我約束啊？」

「冷靜下來就會。那時候連我也沒辦法靠近。」

雖然的確很恐怖，不過我能理解她的心情。如果為孩子準備的東西就在我面前被人家弄壞，我也會生氣。

不過，應該不至於做到那種地步就是了。

在那之後，火一郎並未對帆船失去興趣，甚至想要一艘浮在蓄水池上的帆船。

至於帆船，我和山精靈們正在趕工。

雖說是帆船，卻也只是限一人乘坐的小孩用帆船。我們正在把它改造成能用兩根繩子操縱船帆。然後為了讓它翻船後也能翻回來，還要調整重心。船帆的部分，萊美蓮提供了一塊畫著龍、看起來很高級的布。

應該明天或後天就會完工吧？只不過，因為是單人乘坐，所以我希望別擺在蓄水池，而是拿到游泳池玩。

咦？只疼火一郎？沒這回事。

只要孩子們說想要什麼東西，或是希望我幫他們做什麼事，我都會努力回應他們的期待。

只不過，最近他們不太會開口要求。不，說還是會說，不過對象不是我，而是母親或鬼人族女僕。

就連現在做的帆船，火一郎也不是找我，而是拜託哈克蓮。

…………

以前都會直接對我說呢。不好意思嗎？或者代表他們長大了？該不會……孩子們會怕我？我瞥向火一郎。

火一郎注意到我的目光，馬上躲到哈克蓮背後。

這、這是害羞吧？應該是吧。希望是。

雖然和這件事沒關係，不過我現在打算去做些甜點。

這可不是為了討好孩子們喔，只是我想吃而已。

我一動手做甜點，烏爾莎和古拉兒就衝過來。妳們倒是一點也不客氣呢。

不，沒關係。拜託妳們保持這樣。這樣我就放心了。

然後妖精女王，偷偷摸摸可不好喔。

只要說一聲我就會給妳，所以記得先去洗手。

晚上，我在宅邸的工房裡量產球棒。

雖然只是用「萬能農具」削木材，不過有弄出球棒該有的樣子。

棒球的規則我還算熟，而且應該能和村裡的人同樂。

然而沒辦法。

首先，投手投的球很危險，相當危險；再來，打者打出來的球很危險。

結果變成只有全壘打、三振與觸身球的無趣玩法。

我深切感受到棒球規則是為普通人設計的。而且，棒球沒辦法在「大樹村」流行。我想這也是無可奈何。

好不容易把用具準備齊全卻變成白費力氣，令我十分沮喪，但是魔王和比傑爾接手了。他們說在魔王國或許會流行，拿了一整套用具回去。

之後，聽說他們花費數個月成立好幾支球隊，使得棒球逐漸在魔王國流行起來。真羨慕。

於是有了棒球用具的需求。

儘管不需要在「大樹村」也可以製造，但是「大樹村」生產的球棒好像飛得特別遠。雖然有人要我就能做，但我沒辦法專注在製造球棒上頭，所以生產不了多少。我這麼告訴他們，他們也接受了。

這麼說來，去王都學園的獸人族男孩們好像也成立了棒球隊。他們似乎玩得比在村裡時開心，真是太好了。

果然，與其讓種族一致，不如讓能力相當比較好。等到孩子們長大之後，再試著挑戰棒球吧。

閒話　精靈帝國的皇女

我的名字叫姬涅絲塔。姬涅絲塔・奇尼・金・拉格愛爾芙。精靈帝國皇帝的女兒，擁有皇族地位。

所以我原先過著悠然自適的生活，但是帝國突然滅亡了。這是怎麼回事？

首先，這是誰的錯？

「別拖拖拉拉，快點自首。」

「呃……那個，公主殿下。自首之後會怎麼樣？」

「那還用說，首先是處刑，然後我會聽辯解，聽完再處刑一次。」

「先處刑一次之後才聽辯解嗎？」

「當然。因為我很公正嘛。我會好好把辯解內容聽完。」

「先處刑一次才聽嗎？」

「沒錯。有什麼意見嗎？」

「沒有。但是，這麼一來恐怕沒人會自首喔。」

「這樣啊。那麼，所有人站成一列。」

「您要做什麼？」

「棒子倒下指出的人有錯，需要處刑。」

「原來如此。我明白了，讓我們試試看吧。」

哦？向來都會反對我的侍女意外地老實呢。這是個好現象。

那麼，大家排好喔。

那麼，我把棒子立起來……嘿。

那邊那個！

「請稍等，公主殿下。」

「怎麼？居然在這時候反對？時機是不是挑得太差啦？」

「不，我不是這個意思。請您看清楚棒子。」

「嗯？怎樣，這是根普通的棒子吧？」

「棒子所指的方向。」

「所以是那邊的她對吧？」

「請您看清楚。棒子所指的不是只有一個人喔。它同時也指著另一邊。」

「咦？」

「另外一邊指著公主殿下。換句話說，就是這麼回事。」

「…………」

「要處刑對吧？是絞刑？還是斬首？」

「呵呵，妳在說什麼啊？我們可是文明又聰明的精靈喔，不該做出處刑這種野蠻的行為。」

「不處刑了嗎？」

「因為很野蠻，所以不處刑了。」

「那還真遺憾。」

「能不能別一副真的很遺憾的表情看著我啊？很恐怖耶。」

妳明明知道我每次說要處刑都是未遂。

「畢竟事態嚴重嘛，還請您別讓周圍的人不安。」

「好好好。」

「所以，您的行李整理好了嗎？差不多到出發的時間嘍。」

「姑且算是整理好了。最低限度就行了吧？反正去那邊會收到很多禮物。」

「……公主殿下，您恐怕太天真了。」

「天真？」

「非常天真。」

「有這麼嚴重？」

「首先呢，精靈帝國是對魔王國投降。您清楚這點嗎？」

「清楚到不想更清楚。」

「那真是再好不過了。那麼，公主殿下。您是為了什麼去魔王國的？」

「當人質對吧？」

「非常好。您這麼清楚，讓屬下非常感動。」

「妳把我當笨蛋嗎？」

「不不不，我接下來才要把您當笨蛋。既然已經明白自己會成為人質，為什麼還會以為人家要送您禮物呢？」

「咦？我不是會嫁給魔王國的貴族嗎？」

「一個被龍盯上的精靈帝國，有哪位男性會想娶這個國家的公主為妻？」

「只、只要看見我的美貌，好歹會有十個左右……」
「如果是這樣就好了。」
這是在貶低我的美貌嗎？應該不是吧？
雖然由我自己說像自誇，但我長得算是相當漂亮，身材也不差。
對了，是那個意思吧？她是為我著想，要我正視即將到來的命運。
畢竟我是人質。如果當權者要我的人，我無從拒絕。
原來如此，這讓我稍微輕鬆了點。
「那麼，我該帶什麼才好？」
「替換衣物不用說，此外還有值錢的東西。活在世上，到頭來還是要靠錢。」
「真、真是辛苦呢。」
「沒錯，活著很辛苦。所以公主殿下，不管去哪裡都不能掉以輕心喔。」
「我知道。」
「男性總是在打女性的主意——請您有這樣的認知。」
「好的。」
「今後，雖然不知道有什麼樣的苦難在等著您……但是就算沒有我在身邊，公主殿下也一定不會有問題。」
「謝謝妳。再怎麼說我也是皇女嘛。無論碰上什麼，我都會靠口才擺平。」

「呵呵，還請您別做太危險的事。」

如今，我在「五號村」耕田。這好像是訓練的一環。

直到剛剛為止我都在跑步，所以相當累。

…………

呃，我是皇女耶？

無關？這樣啊。

……那個，關於我的美貌，你有什麼看法？

換成比較適合農活的衣服比較好……不好意思，下次我會注意。

呃……「五號村」沒有人好色嗎？嗯，像性慾集合體那樣的人。我在想，如果有人能夠幫忙贖身之類的……

在訓練完畢之前，這種事一概不接受？

那麼，這個訓練預定什麼時候結束……半年到兩年？

…………

我立刻尋找逃脫路線。

人質？我才不管。如果不趁還能動時逃跑，會出人命。

當初相信侍女說的，把錢和值錢的東西縫在衣服上是正確選擇。

行動就在今晚。

我找上和我一起來到「五號村」的精靈們。

咦？不能逃？喔喔，原來如此、原來如此。妳們不知道對吧？其實我剛剛聽到教官們的對話，他們是這麼說的喔。

「今天有記得手下留情嗎？明天起才要玩真的喔。」

「我知道，今天只有平常一半的一半。明天開始才要認真對吧。」

我們全都選擇逃跑。

誰受得了啊。我們逃跑，或許會讓父親大人的處境變糟。可是，對不起。我們撐不下去。

這和我原先想像的苦難不一樣！我以為會像故事一樣更精采動人。

在諸多淚水之間夾雜著些許愛情。我原本期待的是這樣！

再怎麼說我都是個以前過著舒適生活的嬌弱女孩。

要我奔跑、下田，根本做不到。請原諒軟弱的我。

我們很快就被逮到了，一個也沒漏。逃跑似乎早在他們的預料之中。

…………

來人啊，救救我！我雖然不會做飯，但我會為你奉獻一切！甚至做到讓你覺得太過頭！

3 空房間

平常打掃都由鬼人族女僕們負責，到了春天則要大掃除。

雖然屋子不髒，但是東西很多。好幾間空房間成了倉庫，我覺得這件事該想辦法解決。

沒錯，為了即將出生的孩子們！

首先第一間！

衣帽間。嗯，房間裡都是衣服。主要是我的。

座布團還真賣力啊。一想到大半都沒穿過，就覺得很抱歉。

可是，也有合不合我喜好的問題啊。太華麗的裝扮不適合下田對吧？比方說這件衣服，看起來就像國王一樣不是嗎？沾到泥土弄髒實在太可惜了。

……唉呀，不行。必須好好收拾。這種時候就該狠下心來處分掉不穿的衣服，把房間空出來。下定決心並拿起衣服的我，周圍聚集了許多座布團的孩子。

然後他們表示：「放著啦～」「不需要收拾啦～」

嗯……座布團的孩子們用大眼睛看著我。

…………知道了，那就放著吧。

我也不是惡鬼。畢竟是座布團特地為我做的衣服嘛，這裡就保持原狀吧。

但是，日後會安排新的服裝間。等服裝間完成，衣服就要搬到那裡喔。

我的決定讓座布團的孩子們非常高興。很好、很好。

…………

那麼，移動到下一個房間。

…………

和方才差不多，又是一個堆滿衣服的房間。

座布團的孩子們向我撒嬌，要我也放過這裡。

看來新的服裝間得大一點才行。是不是乾脆蓋一間專用的屋子比較好啊？

下一個房間。

…………好多箱子。這是什麼啊？

對於我的疑問，鬼人族女僕迅速現身說明。

「全都是露大人收集的魔道具。」

「收集？什麼時候？」

「從以前開始一點一點累積下來的。傳送門連通『五號村』後……就加速了。至於購買經費等，全都出自露大人的資產，請放心。」

「不，我並不擔心那個……這些全部都是？」

「是的。需要一一說明嗎？」

「不，免了。呃，這些可以搬動嗎？」

「這個嘛，雖然看起來很雜亂，不過這樣好像比較方便露大人取用。」

「隨便碰會惹她生氣嗎？」

「可能會。」

…………

還是別惹即將生產的老婆生氣吧。這個房間就保持原狀。

下一個房間。

開門的瞬間，便啟動了某種機關。

東西啪答啪答地翻倒、球滾落、捲線器收起繩子……最後，一道布幕在我面前垂下。

歡迎。

…………

鬼人族女僕想要說明，但是我婉拒了。

把這個房間收拾乾淨。躲起來的幾個山精靈也要幫忙。嗯，機關做得很漂亮。

下一個房間。

這裡也堆滿了東西呢。這些……是我以前的行李吧？

因為又是搬家又是擴建的，所以我的東西經常移動。原來在這裡啊。

還有以前做的杯子、盤子與鍋蓋。這是遇上露之前做的呢。真懷念。

破破爛爛的飛盤和球——以前常和小黑牠們玩呢。我還以為弄丟了。

嗯？這個箱子是什麼？哇，肉乾。已經乾到發脆了。這可不行。處分。

然後，這個袋子裡……是小麥啊？看樣子沒壞。因為沒磨成粉嗎？

……不不不，不要冒險。這些也處分掉。

再來是三個木桶。

這個我記得。多諾邦他們剛來這裡釀酒時，想要熟成而留下的酒。

這倒是個令人開心的發現。呵呵，該怎麼辦才好呢？

……桶子比預期得要輕？怪了？是空的？

原來如此，原來如此。

犯人是酒史萊姆吧？很好，乖乖出來了是吧。了不起喔。

雖然由忘記這件事的我來說好像不太適合，但是三桶實在過頭了吧？什麼？只喝一桶？剩下的有好好留著？

……………真的。只有一桶是空的，另外兩桶都還有酒。哦哦！

雖然高興，不過留下來是理所當然，別一副得意的模樣。我知道、我知道。不用特別撒嬌，之後也會讓你喝。是啊，要等到晚上。晚餐後再來享受。

我目送高興的酒史萊姆離開後，繼續收拾房間。

嗯？這個箱子是什麼？裡頭鋪了布……肉乾？這些也是以前的肉乾嗎？不對，是新的。裡面還有魚，雖然已經乾掉了。這是什麼？正當我疑惑的時候，傳來生氣的喵喵叫。是米兒啊。

……………該不會，這個箱子是妳的祕密基地？然後，這些是妳藏起來的食物？這樣啊。

抱歉，要移走。因為房間必須空出來。還有，食物要處分掉。別生氣、別生氣，會給妳新的。嗯，沒騙妳喔。

然後呢，既然妳在這裡建立了祕密基地，代表其他貓姊姊也有祕密基地對吧？在哪裡？這個房間嗎？還是其他房間？哈哈哈，別開視線也不行喔。

下一個房間。

堆滿了大木桶。

…………
這是？不，聞氣味就知道了。
醃漬物對吧？
氣味沒擴散到房間外，是用了什麼魔法吧？
鬼人族女僕為我說明。
「經過多方嘗試的結果，在這裡做的醃漬物最好吃。」
「誰做的？」
「芙蘿拉大人和女僕長。」
…………
吃的很重要。
以後這個房間就是醃漬物間。不，這可不是因為怕芙蘿拉或安喔。
下一個房間。
…………
這是空房間對吧？怎麼完全變成有人住的房間了？
鬼人族女僕為我說明。
土人偶厄斯的房間？因為厄斯的私人物品不能放在烏爾莎房間？原來如此。

厄斯藉由魔黏土得到了成年人的身體，所以需要衣服。

這個房間用來保管那些東西，也就順勢成了他的房間啊？既然如此，離烏爾莎的房間近一點不是比較好？

「他表示想要個可以放鬆的地方。」

原來如此。我知道了，把這個房間列為使用中。

下一個房間。

…………

這裡本來也是空房間吧？

使用得很澈底耶？到處都擺著小型花盆，充滿了綠意。我馬上就知道是誰在用了。

應該說，妖精女王正懶洋洋地躺在自己帶來的床上。

不方便踏入女性正在睡覺的房間。撤退。

我要求鬼人族女僕說明。

「差不多從冬季開始，她就在這裡住下了。」

…………

把這個房間也列為使用中。

下一個房間。

再有什麼都嚇不倒我了。

…………

我正想打開房門，卻被鬼人族女僕制止了。

「這個房間不行。」

「為什麼？」

「呃，因為那個……」

「那個？」

「該說有很多萊美蓮大人為火一郎少爺準備的東西嗎……」

「啊，嗯，我知道了。這個房間略過。」

去下一個房間吧。

這天舉行了盛大的餐會。

為了消耗掉整理變成倉庫的空房間時清出來的糧食。

儘管我擔心吃了會出事所以反對，不過好像有分辨能不能吃的魔法。魔法真是萬能呢。幫了個大忙就是了。

「不過，我原本以為收成的東西都有好好管理……」

儘管我很驚訝，但是鬼人族女僕們倒是一點也不驚訝。

「考慮到萬一，我們認為可能需要儲備糧食。」

如果要儲備，就放在適合的地方啦。

原本預定是在餐後，但是酒史萊姆已經在等了，所以開了酒。別全部喝掉喔。要拿一桶給矮人們……啊，他們已經來了呢。

他們是不是注意到了酒史萊姆的樣子啊？也罷，希望大家好好享受酒熟成後的滋味。不過，記得留下我的份喔。

我沒參加餐會，而是待在廚房裡做菜。澈底待在幕後。

這是對我的懲罰。我自己決定的。

在收拾空房間時，露生了。明明說過還要再等一陣子的。

不，我光顧著整理而沒待在她身邊，應該反省。

露笑著說就算我待在旁邊也沒用，所以不要介意；但是為了今後著想，我想警惕自己。

此刻我正在做的料理，不是用從倉庫裡清出來的糧食，而是新的食材。

為了產後疲憊的露準備。

「幫我把這個端給露。」

我拜託鬼人族女僕，但是被拒絕了。
「村長，這個您自己端過去比較好喔。」
「呃，可是啊……」
「這裡就包在我們身上。露大人也在等您喔。」
…………
也對，去露的房間吧。然後，商量一下出生的女兒叫什麼名字。

4 露普米莉娜和奧蘿拉

露生了個女孩，名字叫露普米莉娜。
命名的是露，不過是商量後才決定的，所以沒問題。
我也很高興，但是露普米莉娜出生後最高興的是阿爾弗雷德。
在妹妹出生前，阿爾弗雷德的心情始終有點複雜。大概是因為他明明還處於想撒嬌的年紀，卻能感覺到露把心思放在肚裡的孩子上頭。
不過，他看見出生的妹妹後，情況為之一變。感覺他比我還重視露普米莉娜。要是只顧著露普米莉娜，蒂潔爾會生氣喔。

第二開心的是始祖大人。

我知道你很開心，但是拜託不要孩子才剛出生就談嫁人的話題。嗯，我可沒打算讓她離開村子。

因為露普米莉娜誕生而連著慶祝幾天後，輪到蒂雅要生了。

雖然比露稍微久了一點，不過生產很順利。

是因為妖精女王幫忙跳舞祈福嗎？雖然看起來像是在玩……不，謝謝妳。

這一胎也是女孩，名字叫奧蘿拉。命名的是蒂雅。

露普米莉娜出生時顧慮到阿爾弗雷德而顯得相當老實的蒂潔爾非常高興。格蘭瑪莉亞她們也輪流來看望。

要抱嬰兒等妳們冷靜一點再說。

琪亞比特一邊拿我和阿爾弗雷德比較，一邊對我們投以奇怪的目光是為什麼？不，我認得這種眼神。這是雌性盯上雄性的眼神。

因為看見嬰兒受到刺激嗎？我該為了阿爾弗雷德擔任防波堤嗎？

…………

阿爾弗雷德的防波堤有烏爾莎在。

在阿爾弗雷德和琪亞比特之間有烏爾莎卡位。真羨慕。

在我和琪亞比特之間卡位的……座布團的孩子嗎？謝謝你。只不過，身高不太夠呢。我很高興你有

這份心意喔。
嗯，不用把琪亞比特綁起來沒關係。哈哈哈，很好、很好。
在琪亞比特掙脫絲線之前我先移動吧。

目前，有兩名高等精靈、三名山精靈以及兩名獸人族女孩懷了我的孩子……不過好像還要等一段時間才會生。
希望能平安生產。
…………
不過，真的快要都是我的孩子了呢。小孩增加雖然是好事，不過大多數都是自己的孩子時，就需要稍微想一下。
我希望自己能更有節操一點。
事到如今太晚了嗎？的確有點晚。
要有不隨波逐流的堅強意志。嗯，就是這樣。好，堅強的意志。
我再次下定決心，然後環顧周圍。
女性雖然都和我有段距離，她們的視線卻從四面八方飄來。嗯，和琪亞比特一樣呢。
看見嬰兒之後受到刺激了。我懂、我懂。
但是，男人看見嬰兒之後，反而會變得不去想那種事。（我的意見）

頭腦和下半身是分開的？（女性們的意見）

…………

我要求小孩護盾支援！阿爾弗雷德、蒂潔爾，誰都可以，快來幫幫我！就、就算用胸部貼上來，擁有堅強意志的我也不會屈服喔。

露普米莉娜和奧蘿拉的誕生，使得村裡瀰漫著慶賀氣息。訪客們紛紛送上祝福，令人感到高興。

但是這會讓我得意忘形，所以要繃緊神經，不能掉以輕心。

雖然村裡幸運地沒有嬰兒生過大病或受傷，不過世間事無法預料。若是無法應對的也就罷了，但是能做的還是要做。

換句話說，就是求神。

打掃神社。清潔創造神像、農業神像。雖然每年都有做，不過還是會髒。

但是，這雕像要發光到什麼時候啊？自從芙修祈禱之後它就一直發光，沒熄滅過耶。而且每次清潔神像都會讓光芒恢復原狀，讓人難以直視。不過，這麼一來比較容易看見哪裡髒就是了。

清理完畢之後，再用簾子遮住。

簾子是座布團新織的，非常薄，所以會透光，但是能稍微減弱亮度，真的幫了大忙。

不過，這種隔著簾子隱約可見的感覺……讓神像變得很高貴。我感到滿足。

好啦，既然打掃完了……生產和育兒該向誰祈禱才好？大地母神之類的？那是怎樣的神？無法想像。該交給「萬能農具」嗎？

我在大樹旁面對一塊較大的木材，舉起化為鑿子的「萬能農具」。

接下來什麼也別想。

…………

雕成妖精女王的模樣了，而且美人度和成熟度增加了五成。

我想大概是因為作業時，妖精女王和孩子們就在旁邊吃蘋果和梨子吧。

在旁邊看是沒關係，不過他們的聲音相當大。可能就是因為這樣，讓我有了雜念吧。失敗。

但是成果不壞。

如果對不認識妖精女王的人說這是女神，對方搞不好會相信。

雖然我不會這麼做就是了。

我問孩子們和妖精女王對雕像的感想。

「一模一樣。」

…………

孩子們啊，不用這麼體貼沒關係。

「胸部弄大一點。」

妖精女王啊，這是木雕，沒辦法增量。削減倒是可以。

大地母神改天再說吧。

妖精女王的像……和創造神、農業神擺在一起，會讓我有點抗拒。

但是，把它放在外面任憑風吹雨打，又會對本人過意不去。

雖然是自己雕的，但是做得很棒，會讓我想找個地方擺好。

好，先當擺飾一陣子，之後再放進倉庫吧。

至於地點……宅邸大廳應該行吧。

…………

妖精女王的雕像被當成了求子雕像。

有人膜拜、祈禱、上供。

我不會禁止，但如果想這麼做，找本人不就好了嗎？她就睡在某個房間裡吧？

算了，對本人這麼做也只是替她添麻煩吧。

我也討厭人家對我膜拜、祈禱、上供。

但是，這讓我沒辦法開口說之後要收進倉庫。如果找人領走，感覺會起爭執。

建造小屋時，一併弄個容納妖精女王雕像的神社吧。

嗯，就這麼辦。

5 秋收的援軍

我一邊逗弄露普米莉娜和奧蘿拉，一邊在中庭建造服裝小屋和容納妖精女王像的神社。

服裝小屋鄰近宅邸，有兩層樓。第一層擺了假人，當成展示服裝的地方；第二層則以收納為中心，有滿滿的櫃子。

弄成這樣之後，看起來就像個有點規模的店面。

雖然只有擺我的衣服就是了。如果可以，希望能做些其他服裝放在這裡展示，好比說孩子們的衣服之類的。

這間服裝小屋。

座布團看見之後，比想像中還要開心。有種亢奮的感覺吧？牠頓時非常起勁地做起衣服。

確認一下，這是我的衣服嗎？啊，嗯，謝謝。如果可以，麻煩少放一些閃閃發光的東西。肩膀的部分也不要弄那麼寬。那根棒子是什麼？要背著的？喔喔，用來呈現背後的光芒。以前我製作創造神像時弄的那個對吧？原來如此。

啊～雖然很高興有我的衣服，但是孩子們的衣服也拜託嘍。畢竟孩子還會繼續增加嘛。

咦？已經準備好了？男女各十套？因為每個季節的份都有……總共八十套？

…………

改天找個機會舉辦一場由座布團主導的時裝秀吧。我會努力的。

我暗自下定決心。

至於容納妖精女王像的神社，我採用了村民們的意見，弄得儘量簡單一點。與其說是神社，不如說只有避免沾上泥土的臺座和用來遮雨的屋頂。周圍只有支撐屋頂的柱子，採開放式。人家說這樣就好，所以我沒做些多餘的東西。

我隔天再去看那間神社，發現周圍變得滿是綠意，一部分藤蔓纏上雕像。長得真誇張……但我可沒用「萬能農具」做什麼喔？也就是說，這麼做的是妖精女王？我問了本人，但她說不知道。

雖然不太清楚怎麼回事……不過沒造成實際的危害，所以我沒去在意。畢竟有時候就是會發生些不可思議的事嘛。

對了、對了，妖精女王。

放在這個臺座上的東西，可以隨妳高興喔。

某人設置的臺座上頭，擺了大概是從森林採來的樹果和花朵等物。

妖精們也可以自由取用喔。我呢……則是放了幾根劈成三十公分左右的甘蔗。放下去的瞬間，妖精們便湧了上來。

妖精女王畢竟還是沒撲上去啊。哈哈哈，我知道。等一下會給妳布丁啦。

今年秋天的收成有些麻煩，我們人手不夠。

部分原因在於我擴張了田地，不過主要還是生產及育兒需要人力。

嗯，又生了。

兩名高等精靈和三名山精靈就像比賽一樣地生了。兩名高等精靈生下的都是女孩子，很可愛。

三名山精靈則是生下兩個男孩、一個女孩。女孩子的哭聲最宏亮，嚇了我一跳。

一口氣多了五個孩子。

就在大家手忙腳亂時，兩名獸人族女孩也生了。兩人生的都是男孩。

加上露普米莉娜和奧蘿拉，多了九個孩子。雖然高興，但是不管怎麼說，這邊都會占用人手。

這下子頭痛了。就在我頭痛時，有人伸出援手。

優莉到「五號村」上任時帶的十八人通過嚴格的訓練，來到了「大樹村」。

慘叫聲不絕於耳。

不、不需要那麼害怕也沒關係吧？這不是害得小黑的子孫們很沮喪嗎？座布團的孩子們也是。

呃，真的太誇張了吧？

文官少女組當初來的時候雖然也一樣昏了過去，但是沒嚴重到這種程度吧？

「因為我們事前先碰上了半人蛇族……」

這麼回答的文官少女組之一望向遠方。

啊，嗯，的確沒錯。

新加入文官陣容的十八人暫時無法派上用場。

當不成援軍，真遺憾。

不得已，只好向其他地方求助了。

最早回應的是萊美蓮。嗯，光是幫忙照顧火一郎就很夠了。不過，妳一直在等吧？一直在附近等對吧？因為我才準備要讓小型飛龍送信啊。

不，無妨。謝謝妳。得救了。

萊美蓮出現後過了數小時。

德萊姆帶了大約二十名惡魔族趕來。

這批惡魔族好像是萊美蓮為了幫忙育兒，早早就送到德萊姆巢裡。

只不過，母親們都不願把剛出生的孩子交給陌生人，所以我請他們幫忙收成。讓大家忙些不習慣的工作，真是抱歉。

如果可以，麻煩別穿那身漂亮的管家服，換成適合農活的服裝。

德萊姆也不用勉強喔。待在拉絲蒂和拉娜農那邊就好。

啊，拉絲蒂要你過來是吧。那就拜託嘍。我會把這一帶的土堆弄垮，你就幫忙回收蘿蔔。

我和德萊姆持續合作採收。

再過幾天新文官少女組大概就會復活，應該來得及採收完吧。希望來得及。

晚上，不願把孩子交給惡魔族的母親們過來為自己的任性道歉，不過畢竟是自己的第一個孩子，我懂大家的心情。

我也不會勉強妳們把孩子交給別人。

更重要的是，妳們生產完還沒過多久，好好休息吧。

有時候晚上會很冷，睡覺時記得要好好保暖。

十天後。

由於德斯又帶了大約二十名惡魔族過來，所以收成工作順利結束。真是感謝。

我為了來幫忙的惡魔族們舉行宴會。至少讓我替大家做點事。

「我可是全世界最會採收蘿蔔的龍喔。」

看到德萊姆在宴會上對周圍這麼炫耀，讓我有點不好意思。

是不是該拜託他一些更符合龍族形象的工作啊？不過，什麼工作才符合龍族的形象呢？

6 秋天結束與龍的外型

收成完畢舉行武鬥會。

比傑爾配合武鬥會的時間，把前往魔王國學園的獸人族男孩戈爾、席爾與布隆帶回來了。

這當然是暫時的。武鬥會一結束，他們馬上就會回去，讓人有點寂寞。

他們三個來到我面前打招呼。儘管只是短短時間沒見，卻變得成熟不少。

不過，席爾看著我的眼神是……尊敬？敬畏？怎麼回事？他在學園出了什麼問題嗎？

可能是都寫在臉上了吧，打完招呼後，戈爾為我說明。

按照他的說法，似乎有好幾名女性對席爾發動攻勢。物理性的。

…………物理性？

「一決勝負吧。如果我贏了你就當我老公，如果我輸了我就當你老婆。」

喔，原來如此。那種方向啊。然後呢，席爾怎麼處理？

「他全部答應，然後贏了。」

啊～這步棋走得太差了。如果不打算交往，就該找理由迴避決鬥。

「結果，只要是在學園內，席爾身邊總是會有三位女性陪著……」

「真虧他能控制在三人呢。」
「因為那三人擺平了其他的挑戰者。」
「……這三人還真可靠呢。」
「雖然贏不了席爾就是了。」
「哈哈哈。不過，只能樂觀地看待這件事吧？畢竟被人家看上總比被人家討厭來得好。」
「是的，我想就是因為這樣，席爾才會用那種眼神看村長。」
這是什麼意思？算了，不重要。
「席爾的事我知道了，你和布隆呢？」
「我正在和某位女性交往。布隆也一樣。」
…………
讓他們去學園的理由包括找老婆，這點我承認……但是這麼順利讓我很驚訝。
他們的社交能力還真優秀呢。
這種能力要是待在村裡時就發揮……以年齡來說太嚴苛了嗎？算了，你們還年輕。不要急，好好思考將來的事。
了解。
嗯？結婚之前會來徵求我的許可？雖然這讓我很高興，但是不需要我許可……啊，代替父親是吧。
到時候我會仔細評估。

武鬥會一如往常來了許多客人，造成適度的損害。

大家已經習慣了呢。

三名獸人族男孩參加戰士組。他們雖然一場也沒贏，卻笑得很燦爛。

「就該這樣對吧。」

「是啊，都是些使出全力也贏不了的對手。」

「話說回來，要怎麼做才贏得了啊？」

「只能修行吧。」

騎士組的優勝者是烏諾。

雖然也和露、蒂雅剛生產完所以婉拒參加有關，不過牠變得比之前更強了。

烏諾頭戴優勝者的冠冕，在如雷掌聲中得意地走向伴侶小黑三等著的地方。小黑三也搖著尾巴迎接烏諾。

獎盃就由我放在宅邸大廳當裝飾吧。

優勝者雖然是烏諾，不過戰鬥中最引人注目的是達尬。他使劍的方式明顯和往常不一樣。

一問之下，才曉得那是畢莉卡的劍術。

每次去「五號村」，達尬都會和他們一起修行還什麼的，看多了也就記住了。

「以我用起來的感覺，就和畢莉卡說得一樣，是專門用在對人戰鬥上的，恐怕不太適合對付烏諾大人和枕頭大人吧。」

險勝莉亞後敗給烏諾的達尬這麼表示。

格魯夫雖然也記住了畢莉卡的劍術，但是籤運不佳，第一場就碰上烏諾。

「因為是用基礎動作組合而成，所以相當可靠。光是記住這種劍術，在對人戰鬥上就能有某種程度的強化，但是改進的空間也很大。說得難聽一點，感覺就像初學者用的劍術。自稱劍聖者所用的劍術，會是給初學者用的劍術嗎？」

格魯夫一邊空揮一邊思考，敗戰似乎沒帶給他什麼打擊。

我想等會場空出來之後，他應該會找人挑戰吧。注意別受傷了。

順帶一提，場上目前是魔王對戰人類形態的基拉爾。

嗯嗯嗯，這個慘叫已經成了武鬥會的名產呢。

雖然對於新加入的文官少女組來說這是第一次的武鬥會，但是沒出什麼問題。

「無心。要無心喔。」

「什麼都別想。」

「工作。對，只要集中在工作上，什麼都忘得掉。」

她們非常認真，而且很優秀。
希望能帶給以前就在的文官少女組一些良好影響。不，我沒說文官少女組在偷懶。
嗯，只不過最近大家似乎有了空閒，或者該說……抱歉，我講清楚一點吧。不要誘惑我。
尤其是抱嬰兒的時候不行。我們不是已經締結了紳士協定嗎？
不要露出沒母乳的胸部。
還有，新加入的人有一半要去「夏沙多市鎮」的店，只有現在能輕鬆喔。

武鬥會結束的隔天。
來賓紛紛踏上歸途，三名獸人族男孩也是。
昨晚三人大概被阿爾弗雷德他們抓著猛問吧，看起來相當疲倦。
不止問問題還有交手啊？辛苦了。
土產我交給比傑爾了，到那邊再找他領吧。
嗯，我有多給點蔬菜。如果不夠，就和比傑爾說一聲。
魔王等人和獸人族男孩們早早回去了，但是德斯、萊美蓮與德萊姆會暫時留在這裡。
理由是火一郎。
根據萊美蓮的說法，似乎差不多了。

什麼差不多了？差不多要到火一郎變化為龍形態的時間了。

萊美蓮頻繁跑來照顧火一郎，雖然也和他很可愛有關，不過主要是因為火一郎以人類的模樣誕生。

雖然出生時是人類模樣，不過龍就是龍。隨著日漸成長，他會擁有人類模樣無法控制的力量。

簡單來說，火一郎是個沒辦法控制力量的小孩。

火一郎光是揮動手臂，就可能把周圍的人打倒在地，而且火一郎的身體也不見得能撐住。

為了避免這種非必要的意外，萊美蓮才會盡可能待在火一郎身邊。

萊美蓮自我約束的期間，哈克蓮隨時陪著火一郎，但是這麼一來別的事就全都不能做了，所以她當時就希望自我約束能早點結束。

總而言之，這種擔心似乎只要變成龍的模樣一次，就能有某種程度的舒緩。

而且照萊美蓮看來，似乎差不多到時候了。

為了讓火一郎容易想像龍的外型，德斯、萊美蓮、德萊姆與哈克蓮都以龍形態待命。

火一郎天真地想要沿著龍形態的萊美蓮尾巴往上爬……這樣真的就能化為龍形態嗎？

正當我腦中浮現這個疑問時，火一郎已經化為三公尺左右的小龍。

哦哦！好可愛。

唉呀，不對，是好威武。嗯，很帥喔。

火一郎沒有因為自己變了個模樣就驚慌失措，而是張開翅膀。看樣子沒問題。

根據萊美蓮的說明，這樣就能先鬆口氣。

之後好像只要透過訓練，讓他能在人類與龍之間自由變化就好。難度似乎比龍化為人來得簡單，所以不太需要擔心。

我是不擔心……怪了？火一郎是不是想飛？哇，等一下，飛起來了、飛起來了！哈克蓮、萊美蓮，快抓住他！

變回人類模樣的火一郎還留著小小的龍角與尾巴。

讓我想起剛見面時的拉絲蒂。

雖然我想回憶哈克蓮當初的模樣……卻只浮現她襲擊村子的畫面。仔細一想，她現在穩重多了呢。

不止照顧火一郎，也會照顧烏爾莎他們。真是好事一樁。

順帶一提，拉娜農也有同樣的擔憂，所以拉絲蒂不肯離開她身邊。

雖說是為了拉娜農，但是讓我有點寂寞。

閒話　貴族學園的教師

在加爾加魯德貴族學園工作的人分成兩種。

想要錢的人，以及想要知識的人。

想要錢的人是看上了薪水。

特別是教師，由於收入會隨著來上課的學生人數增加，所以只要開的課受歡迎，就能賺到不少錢。只不過課不受歡迎就收不到幾個學生，收入當然會跟著減少，所以沒辦法說這些錢賺得很輕鬆。

相反地，事務員的薪水就很穩定。這份穩定薪水雖然說不上高，卻也不算低。只要認真工作五年，就能存到一筆足以在王都定居的錢。

若要問教師和事務員哪邊比較受歡迎，那麼可以回答：在想要錢的人眼裡，事務員比較好，所以要當上事務員相當不容易。畢竟以前甚至發生過兩百個以上的應徵者爭奪三個職缺這種事。

然而，千萬不能小看事務員這份工作。就讀貴族學園的學生大多是貴族關係人士，事務員要應付的對象，就是這些貴族關係人士或他們的保護者。此外，同事裡也有很多與貴族脫不了關係的人，要是出了什麼差錯，被解僱還算輕微，嚴重的甚至會身首異處。

雖然薪水穩定，但如果沒辦法避免糾紛，恐怕做不來這份工作。

不過，這點教師應該也一樣。

想要知識的人，會以學園圖書室為目標。

學園圖書室網羅了魔王國的種種知識，而且只有在學園工作的人或得到學園長許可的人才能入內。

學園長的許可不是什麼人都弄得到，只會給表現優秀的學生。一年能不能出現一個都很難說。

換句話說，如果對自己的能力沒有信心，想要閱讀圖書室裡的大量書籍，只有在學園工作一條路。

我也是其中之一。

我沒有選擇當事務員，而是擔任教師。

教師的好處，在於自由時間多。

由於必須教學，所以會讓人以為自由時間很少，然而並非如此。

教師能自行決定教學內容。不止加爾加魯德貴族學園這樣，其他學園也是。

換句話說，在上課時間做自己的研究也沒關係，甚至找那些來上課的學生當助手也行。當然，前提是有那種敢找貴族關係人士當助手的精神力。我？我可不會做出「找學生當助手」這麼危險的事。

要是讓他們在實驗中受傷，會遭到保護者投訴。

所以，我會替學生上些普通又安全的課，穩穩地發給他們「畢業證明」。課題？檢查太麻煩了，所以我沒出。

不過世界上不可能有這麼好的事，學園會檢查教學內容，所以我還是會在某種程度上遵照學園的期望授課。

即使如此，自由時間比起事務員依舊壓倒性地多！

我真的認為能擔任加爾加魯德貴族學園的教師實在太好了——我原本這麼想。

剛入學的三名獸人族男孩成立了社團，接著又在不知不覺間當上教師。

這是怎麼回事？而且，他們還認識魔王大人和大貴族……

喔，靠關係啊？這樣啊、這樣啊。他們的靠山很強是吧。

要不是這樣，不可能聚集那麼多有貴族相關背景的學生在學園內耕田對吧。

不止學園內？連學園外也有田。而且不止田地，還有牧場。

…………

學園長，這樣行嗎！居然讓他們做這種事！雖然由我來說不太適合，但這裡不是教學的地方嗎！

還有，他們無視教師會議喔。他們絕對沒參加吧！

原本我根本不會在意其他教師的動向，但是我不能容許有人比我還要自由。絕對不行。

如果學園長不採取行動，我就動用我的人脈把它們趕出學園。

我明明是向學園長投訴，帶來回應的卻是王城的大人物們。

嗯，好幾個我絕對不敢主動搭話的高高高層。

這些人在我面前露出微笑，將軍大人卻站在我背後是為什麼？要被砍頭了嗎？我要被砍頭了嗎？沒這種事？真的？

咦？要我看那些獸人族教師拿的菜刀？

看起來是普通的……不怎麼普通呢。應該是品質很好的菜刀。

衣服？衣服也很好呢。是在服飾店買的嗎？不，從布料看來，那是訂做的。
再加上這裡的幾位大人物。
……換句話說，不能對那三位獸人族教師有意見對吧。我明白了。
可以有意見？是這樣嗎？
只不過，在背後動手腳不太好……………………雖然我沒想過要在背後動手腳，但是我明白了。
是的，我沒想過喔。哈哈哈哈哈。

我的方針決定好了。
不靠近三位獸人族教師，不和他們扯上關係。
只要當他們不存在，就不會有任何問題。
雖然沒問題……唔，這股刺激腸胃的香氣是什麼？
他們和學生一起吃飯，吃得津津有味。
那是什麼？他們在吃什麼？令人在意。可是，不能靠近……但是香氣不停攻擊我的鼻子。
真是的，就不會想到要和職場前輩分享嗎！我？我可不會這麼想。為什麼只因為是前輩就要把寶貴的食物拿出來分享啊？自己要吃的應該自己確保吧。
……

就是這麼回事對吧。
不過，變裝一下應該就行了吧？

閒話　善性

我稍微想了一下。
眼前的存在，真的是女王嗎？
…………
會不會弄錯啦？
「真失禮！」
妖精女王揮拳打過來，但是我躲開了。
可是啊，如果承認一個擅自占領房間還吃飽睡、睡飽吃的存在是女王，在各方面來說對孩子們的教育都不太好。
「對教育不好未免講得太過分了。我只是過世上大多數人的理想生活而已。」
嗯～雖然我不願認為世上大多數人把這種生活當成理想，不過嚮往這種生活的可能性倒是有。
然而就算是這樣，妖精女王有必要過這種生活嗎？不，沒有。

基於上述結論，就讓我來教教她勞動的美好吧。

「喂，住手，不要拉上面有少女躺著的床單。」

妖精女王跑到田……田很重要，所以我把她趕出去了。

我決定讓妖精女王在牧場區幹活。妳和山羊們關係很好吧？如果能在其他人工作時幫忙應付山羊，那可就幫了個大忙。

「那些傢伙先前背叛過我，必須讓牠們認清彼此的高下才行。手段粗魯一些沒關係吧？」

這倒是無妨，拜託嘍。

大約過了一小時，妖精女王被山羊們弄哭了。

抱歉，我不該讓妳去應付牠們。

我知道，我會準備甜食，拜託不要哭。讓小孩子們看到就麻煩了。

妖精女王非常受孩子們歡迎，如果孩子們以為是我弄哭她，不曉得會用什麼眼神看我。

呃，要說和我有間接關係我也沒辦法。

我端出放上鮮奶油的鬆餅給妖精女王讓她安靜下來。

是是是，我有多烤，所以不用擔心。

妖精女王真的吃得津津有味，所以很有成就感。雖然問題在於她不但要求質也要求量。普通的妖精明明只要有甘蔗或花蜜就很高興了。

「妖精們也喜歡鬆餅喔。」

這是沒錯，但是沒有妖精女王那麼執著吧？

「因為只要我吃了，感覺就會散播出去。」

是這樣嗎？

「妳不知道？我的所見所聞會和妖精們共享，反過來也一樣。」

哦～

「反應真平淡。」

不，只是不曉得該有什麼反應而已。我相當驚訝。

「這樣啊、這樣啊。」

妖精女王愉快地點頭，不過妖精應該很多吧？要和這麼多妖精共享情報，不是很辛苦嗎？

「因為不是全部共享，所以倒也不至於。」

「是這樣嗎？」

「嗯，如果什麼都要共享，就算是我也撐不住。必須將需要的情報和不需要的情報分開。」

「需不需要是由誰判斷？」

「妖精們會各自判斷。」

「那麼小的也會？」

「再小也是我的眷屬、我的分身。」

這樣啊。

然後，既然會各自判斷，也就代表個性有所不同嘍？

「嗯。當然，他們也會有好惡，所以就算都是妖精，做同樣的事也不見得會有同樣的結果。」

原來如此。

「只不過，無論是哪個妖精，基本上都是善性存在。喜歡善，討厭惡。」

「別在妖精面前做壞事的意思嗎？」

「就是這樣。這麼一來也能避免讓我不高興。當然，在我面前也是喔。」

這麼說來，剛剛被山羊弄哭是……

「那個另當別論。必須讓牠們曉得我的可怕才行。咯咯咯……」

善性存在露出邪惡的表情。

隔天，我看見山羊們追著妖精女王跑。

「妳不能消失逃跑嗎？」

「明明是我先動手的卻消失逃跑，這樣未免太卑鄙了吧？」

……確實。

這種高尚的節操，大概就是善性的證明，也是受孩子們歡迎的根源吧。

啊，山羊們追到她，把她夾在中間了。

希望拯救妖精女王的我也算是善性。

Farming life
in another world.
Presented by Kinosuke Naito
Illustration by Yasumo

08

登場人物辭典

Characters
Isekai Nonbiri Nouka

◉人類

【街尾火樂】
穿越者暨「大樹村」村長，在異世界努力從事過去夢想的農業。

【畢莉卡・溫埃普】
年紀輕輕就拜入劍聖門下。展現才華後，因為道場出了麻煩而成為道場主人。為了擁有與劍聖稱號相符的強大，正在修練劍術。

◉地獄狼族

【小黑】
村內地獄狼的代表，也是狼群的首領。喜歡番茄。

【小雪】
首領的伴侶。喜歡番茄、草莓與甘蔗。

【小黑一／小黑二／小黑三／小黑四　其他】
小黑跟小雪的孩子們，排行一直到小黑八。

【愛莉絲】
小黑一的伴侶。優雅恬靜。

【伊莉絲】
小黑二的伴侶。個性活潑。

【烏諾】
小黑三的伴侶。應該很強。

【耶莉絲】
小黑四的伴侶。喜歡洋蔥。性情凶暴？

【吹雪】
小黑四與耶莉絲的孩子。是變異種的冥界狼。全身雪白。

【正行】
小黑二與伊莉絲的孩子。有多位伴侶，是隻後宮狼。

◉惡魔蜘蛛族

【座布團】
村內惡魔蜘蛛的代表，負責製作衣物。喜歡馬鈴薯。

【座布團的孩子】
座布團所生的後代。一部分會於春天離家旅行，剩下的留在座布團身邊。

【枕頭】
座布團的孩子。第一屆「大樹村」武鬥會的優勝者。

◉諾斯底蜂種

【蜂】
村裡飼養的蜜蜂。與座布團的孩子維持共生（？）關係，為村子提供蜂蜜。

吸血鬼

【露露西・露】
村內吸血鬼的代表，別名「吸血公主」。擅長魔法，喜歡番茄。

【芙蘿拉・薩克多】
露的表妹。精通藥學，正在努力研究味噌與醬油。

【始祖大人】
露和芙蘿拉的祖父。科林教的首領，被信徒稱為「宗主」。

鬼人族

【安】
村內鬼人族的代表兼女僕長。負責管理村裡的家務。

【拉姆莉亞斯】
鬼人族女僕之一。主要負責照顧獸人族。

天使族

【蒂雅】
村內天使族的代表，別名「殲滅天使」。擅長魔法，喜歡黃瓜。

【格蘭瑪莉亞／庫德兒／可羅涅】
蒂雅的部下，以「撲殺天使」的稱號聞名。不時要負責抱著村長移動。

【琪亞比特】
天使族族長的女兒。

【蘇爾琉／蘇爾蔻】
雙胞胎天使。

蜥蜴人

【達尬】
村內蜥蜴人的代表。右臂纏有布巾，力氣很大。

【娜芙】
蜥蜴人之一。主要負責照顧二號村的半人牛族。

高等精靈

【莉亞】
村內高等精靈的代表，以旅行兩百年所培養出的知識，負責村子的建築工作（？）。

【莉絲／莉莉／莉芙／莉柯特／莉婕／莉塔】
莉亞的血親。

【菈法／菈莎／菈露／菈米】
跟莉亞她們會合的高等精靈。

【菈菈薩】
菈法她們的血親。擅長製作木桶。

加爾加魯德魔王國

【魔王加爾加魯德】
魔王。照理說應該很強才對。

【比傑爾・克萊姆・克洛姆】
魔王國四天王之一，負責外交工作，封伯爵。勞碌命。傳送魔法使用者。

【葛拉茲・布里多爾】
魔王國四天王之一，負責軍事工作，封侯爵。雖是軍略天才卻喜歡上前線。種族是半人牛。

【芙勞蕾姆・克洛姆】
村內魔族暨文官少女組的代表。暱稱「芙勞」，是比傑爾的女兒。

【優莉】
魔王之女。擁有未經世事的一面。曾在村子住過幾個月。

【文官少女組】
優莉與芙勞的同學兼朋友。在村裡擔任芙勞的部下非常活躍。

【菈夏希・德洛瓦】
文官少女組之一，伯爵家的千金。主要負責照顧半人馬族。

【荷・雷格】
魔王國四天王之一，負責財務工作。暱稱「荷」。

◉龍

【德萊姆】
在南方山脈築巢的龍，別名為「守門龍」。喜歡蘋果。

【葛菈法倫】
德萊姆的夫人，別名「白龍公主」。

【拉絲蒂絲姆】
村內龍族的代表，別名「狂龍」。是德萊姆和葛菈法倫的女兒。喜歡柿餅。

【德斯】
德萊姆等人的父親，別名「龍王」。

【萊美蓮】
德萊姆等人的母親，別名「颱風龍」。

【哈克蓮】
德萊姆姊姊（長女），別名「真龍」。

【絲依蓮】
德萊姆姊姊（次女），別名「魔龍」。

【馬克斯貝爾加克】
絲依蓮的丈夫，別名「惡龍」。

【海賽兒娜可】
絲依蓮和馬克斯貝爾加克的女兒，別名「暴龍」。

【賽琪蓮】
德萊姆的妹妹（三女），別名「火焰龍」。

【德麥姆】
德萊姆的弟弟。

【廓恩】
德麥姆的妻子。父親是萊美蓮的弟弟。

【廓倫】
賽琪蓮的丈夫。廓恩的弟弟。

【古拉兒】
暗黑龍基拉爾的女兒。

【火一郎】
火樂與哈克蓮的兒子。人類與龍族的混血。

【基拉爾】
暗黑龍。

◉古惡魔族

【古吉】
德萊姆的隨從，也是相當於智囊的存在。

【布兒佳／史蒂芬諾】
古吉的部下。現在擔任拉絲蒂絲姆的傭人。

●惡魔族

【庫茲汀】
四號村的代表。村內惡魔族的代表。

●獸人族

【格魯夫】
好林村的使者。照理說應該是一名很強的戰士。

【賽娜】
村內獸人族的代表，從好林村移居至人樹村。

【瑪姆】
獸人族移民之一。主要負責照顧樹精靈族。

NEW
【戈爾】
幼年時移居至大樹村的三個男孩之一。個性認真。

NEW
【席爾】
幼年時移居至大樹村的三個男孩之一。容易衝動。

NEW
【布隆】
幼年時移居至大樹村的三個男孩之一。做事可靠。

●長老矮人

【多諾邦】
村內矮人的代表。最早來到村裡的矮人，也是釀酒專家。

【威爾科克斯／庫洛斯】
繼多諾邦之後來到村子的矮人，也是釀酒專家。

●夏沙多市鎮

【麥可・戈隆】
人類。夏沙多市鎮的商人，戈隆商會的會長。極其正常的普通人。

【馬龍】
麥可先生的兒子。下任會長。

【提特】
馬龍的堂弟。戈隆商會的會計。

【蘭迪】
馬龍的堂弟。戈隆商會的採購。

【米爾弗德】
戈隆商會的戰鬥隊長。

●？？？

【阿爾弗雷德】
火樂與吸血鬼露的兒子。

【蒂潔爾】
火樂與天使族蒂雅的女兒。

NEW
【露普米莉娜】
火樂和吸血鬼露的女兒。

NEW
【奧蘿拉】
火樂和天使族蒂雅的女兒。

◉山精靈

【芽】
村內山精靈的代表，是高等精靈的亞種（？）。擅長建築土木工程。

◉半人蛇

【裘妮雅】
南方迷宮統治者。下半身為蛇的種族。

【絲涅雅】
南方迷宮的戰士長。

◉半人牛

【哥頓】
村內半人牛族的代表，是身軀龐大而且頭上長牛角的種族。

【蘿娜娜】
派駐員。魔王國四天王之一的葛拉茲為她著迷。

◉半人馬

【古露瓦爾德・拉比・柯爾】
村內半人馬族的代表。是一種下半身為馬的種族，腳程飛快。

【芙卡・波羅】
雖是男爵，卻是個小女孩。

◉樹精靈

【依葛】
村內樹精靈族的代表。是一種能變成樹椿和人類模樣的種族。

◉其他

【史萊姆】
在村子裡的數量與種類日益增加。

【牛】
分泌牛奶，不過牛奶產量不像原世界的牛那麼多。

【雞】
提供雞蛋，不過雞蛋產量不像原世界的雞那麼多。

【山羊】
分泌山羊奶。一開始性格狂野，但後來變乖了。

【馬】
為了讓村長移動用而購買的。對古露瓦爾德抱持競爭意識。

【酒史萊姆】
村內的療癒代表。

【死靈騎士】
身穿鎧甲的骷髏，帶著一把好劍。劍術高手。

【土人偶】
烏爾莎的隨從。總是努力打掃烏爾莎的房間。

【貓】
火樂撿回來的貓。充滿謎團的存在。

◉大英雄

【烏爾布拉莎】
暱稱烏爾莎。原為死靈王。

◉巨人族

【烏歐】
渾身長滿毛的巨人。性情溫厚。

◉墨丘利種（人工生命體）

【葛沃・佛格馬】
太陽城城主輔佐。初老。

【貝爾・佛格馬】
種族代表。太陽城城主首席輔佐。女僕。

【阿薩・佛格馬】
太陽城城主的專屬管家。

【芙塔・佛格馬】
太陽城的領航長。

【米優・佛格馬】
太陽城的會計長。

◉九尾狐

【陽子】
活了數百年的大妖狐。據說戰鬥力與龍族相當。

【一重】
陽子的女兒。已經誕生百年以上，不過還很幼小。

NEW ◉妖精

【妖精】
有翅膀的光球（乒乓球大小）。喜歡甜食。村裡約有五十隻。

NEW **【人型妖精】**
嬌小的人型妖精。村裡約有十人。

NEW **【妖精女王】**
人類樣貌的妖精女王。成年女性，高個子。人類小孩的守護者，在人界受到許多人尊崇。但是，龍不擅長應付妖精女王。

NEW ◉不死鳥

【艾基斯】
圓滾滾的雛鳥。跑步比飛行快。

Farming life
in another world.
Presented by Kinosuke Naito
Illustrated by Yasumo

異世界悠閒農家

後記

悠閒自在的同時，進展卻很快。

以此為主題呈現給各位的《異世界悠閒農家》來到第八集。接下來還會繼續下去。

雖然會繼續，不過要回顧過去還早呢。所以讓我們放眼未來……我會腳踏實地努力完成接下來的第九集。

是的，我不說大話。不會說。預定的前提就是被打亂。截稿日不會延後。這點我明白。人生沒辦法一發逆轉。腳踏實地最好。彩券不會中獎。

…………

這個世界上，一定有那種中了彩券讓人生一發逆轉的人對吧。

但是，我可不會用網路查喔！因為不甘心！

寫這些是因為碰上什麼不順心的事嗎？感覺有人會提出這種疑問，所以我在此回答。是的，有喔。我狠下心買了一萬圓的電風扇，隔天卻在別的店發現只賣七千圓。明白嗎？明白我看見標價七千圓時的心情嗎？

而且不是特賣也不是特價喔。上頭很正常地標著七千圓。就算再看一次也不會改變喔。雖然我原本也期待只有外觀一樣，實際上是舊型號或其他版本。但是沒用，是一樣的電風扇。

這個時候，我腦中閃過股票的攤平。買下這臺七千圓的電風扇，降低電風扇的平均購買價。不過，終究還是用不到兩臺電風扇，所以我打消了主意。與其開兩臺電風扇，我寧可開冷氣。畢竟我搬家時買了新冷氣嘛。

咦？你說既然這樣就用不著電風扇？一點也沒錯，不過也有些日子開電風扇比冷氣省錢……對，都是我任性。

那麼回到本篇。由於是後記，所以必須稍微聊一下第八集的內容。

第八集戈爾他們進入學園就讀這件事，占了不小的篇幅呢。不過這部分我還記得我在寫網路連載版時，一邊寫一邊想著書籍化時該怎麼辦。

畢竟故事會持續使用主角以外的視點一陣子嘛。兩邊的時間流逝也不同，我擔心會讓讀者覺得太複雜。不過呢，試著寫出來之後，就發現還是能解決。凡事都要挑戰。這很重要。

在此重申，接下來的第九集我也會加油。

內藤騎之介

補充。

原先任職的公司解散了，作家成了本業。我現在是期待已久的專職作家。

作者 內藤騎之介

Kinosuke Naito

大家好，我是內藤騎之介。
一顆在情色遊戲農田裡收成的圓滾滾鄉下土包子。
過著有大量錯字漏字的人生。
還請多多指教。

插畫 やすも

Yasumo

有時玩遊戲，有時畫圖。
是一位插畫家。
希望自己能創作出更多元的題材。

異世界悠閒農家

08

哈克蓮&烏爾莎的下集預告閒～聊

媽媽，這次封面是我們耶。

對呀。烏爾莎感覺很可愛呢。

媽媽也很漂亮喔。

呵呵呵。話說回來，我有個小疑問……

什麼疑問？

我們在包心菜田做什麼呀？

人家說，概念是去花田玩之後，在回家的路上採集食材。

人家是誰？

攝影師。

……第、第八集裡，獸人族男孩們很努力呢。

要換話題？可以是可以……戈爾哥哥他們很活躍呢。

09

即將發售！

Next
Farming life
in another world.

到了下一集，好像還會再講一點他們那邊的事喔。

這樣啊。這麼一來，我還有機會出場嗎？

烏爾莎不用擔心喔。畢竟妳和阿爾弗雷德一樣是孩子們的代表……是大家的姊姊。

嘿嘿嘿～因為我是姊姊嘛～

要擔心的是我。因為下一集會有特色強烈的天使族登場呀～

蒂雅媽媽的媽媽，還有琪亞比特姊姊的媽媽對不對？很強耶。

不過放心吧，烏爾莎。我才不會輸。沒錯，下一集我也會大大活躍喔。

不愧是媽媽！加油！

包在我身上。就是這樣，下一集也要買喔。

要買喔～

國家圖書館出版品預行編目資料

異世界悠閒農家/內藤騎之介作 ; Seeker譯. -- 初版.
-- 臺北市 : 臺灣角川股份有限公司, 2021.03-
冊 ; 公分
譯自 : 異世界のんびり農家
ISBN 978-986-524-283-1(第6冊 : 平裝). --
ISBN 978-986-524-697-6(第7冊 : 平裝). --
ISBN 978-986-524-946-5(第8冊 : 平裝)

861.57 110000943

Kadokawa
Fantastic
Novels

異世界悠閒農家 8

（原著名：異世界のんびり農家 8）

2021年11月3日　初版第1刷發行
2022年12月2日　初版第2刷發行

作　者：內藤騎之介
插　畫：やすも
譯　者：Seeker

發行人：岩崎剛人
總編輯：蔡佩芬
編　輯：彭曉凡
美術設計：莊捷寧
印　務：李明修（主任）、張加恩（主任）、張凱棋
發行所：台灣角川股份有限公司
地　址：104台北市中山區松江路223號3樓
電　話：（02）2515-3000
傳　真：（02）2515-0033
網　址：www.kadokawa.com.tw
劃撥帳戶：台灣角川股份有限公司
劃撥帳號：19487412
法律顧問：有澤法律事務所
製　版：巨茂科技印刷有限公司
ISBN：978-986-524-946-5